KB133050

BBULMEDIA

www.bbulmedia.com

www.bbulmedia.com

絶世狂人

절세
광인

절세
광인

1판 1쇄 찍음 2014년 5월 26일
1판 1쇄 펴냄 2014년 5월 29일

지은이 | 곤 붕
펴낸이 | 정 필
펴낸곳 | 도서출판 **뿔미디어**

편집장 | 이재권
기획 · 편집 | 윤영상

출판등록 | 2002년 9월 11일 (제081-1-132호)
주소 | 경기도 부천시 원미구 상동로 117번길 49(상동) 503호 (우)420-861
전화 | 032)651-6513 / 팩스 032)651-6094
E-mail | bbulmedia@hanmail.net
홈페이지 | http:/bbulmedia.com

값 8,000원

ISBN 979-11-315-1161-9 04810
ISBN 979-11-315-1159-6 04810 (세트)

目次

第七章

일계(一計)

絶
世
狂
人

　악마적인 것은 이따금 착한 체하거나 아예 선으로 변신
하기도 한다. 이렇게 해서, 악마적인 것이 내 눈에 보이지
않으면 나는 선으로 가장한 그것에 물론 패하고 만다. 그
까닭은 가장된 선이 참된 선보다 매혹적이기 때문이다.

　　　　　　　— 프란쯔 카프카(Franz Kafka), 체코 문호

　　　　　　　*　　　*　　　*

"흑. 아학!"
"헉헉."
끈적끈적한 여자의 교성.

젊은 남자의 헉헉거림.

둘의 오묘한 조화가 화려한 방안에 가득 울려 퍼지고 있다.

고풍스러운 빗살무늬 형식의 커다란 창을 통해 비쳐든 빛이 교교롭다. 그 빛이 팽팽하게 당겨진 사내의 등과, 그리고 그의 허리를 감싸고 있는 미끈한 여자의 허벅지 위를 누비는 땀에 반사되며 번들거렸다.

사내의 동작은 점점 빨라져 갔다. 덩달아 여자의 신음도 서서히 커져 갔다.

그러던 어느 순간 사내의 하체가 부르르 떨렸다.

"아!"

여자의 짧은 신음이 창을 통해 들어온 달빛 사이를 뜨겁게 갈랐다. 절정에 이른 것이다. 그 직후, 사내의 건장한 상체가 여자의 풍만한 가슴 위로 고스란히 포개졌다.

"하아ㅡ"

여자는 절정의 여운에 몸을 한 차례 바르르 떨고는 천천히 눈을 떴다.

그녀의 입에서 나온 달뜬 한숨이 사내의 뜨거운 등판에서 뿜어지는 열기와 함께 그녀의 시선을 잠시 가렸고, 그 시간은 매우 짧았다.

"응?!"

한숨 섞인 열기가 걷히고 시야를 회복한 그녀의 눈에 뭔가 이상한 것이 보였다.

그녀는 사내와 이 방에서 여러 차례 성교를 맺었기에 이 곳의 구조에 대해서 꽤나 잘 알고 있었다. 아무리 어두운 밤이지만, 천장의 형태를 못 알아볼 정도는 아니었다.

그녀가 눈을 크게 떠 천장의 모양을 유심히 살폈다. 어디가 이상한지 정확히 말하기는 어려웠지만, 확실히 미묘하게 부자연스러웠다.

그녀가 결국 찾을 수 없어, 이 방의 주인인 자신의 위에 엎드린 사내에게 말하려던 찰나, 갑자기 천장의 어느 한 곳에서 새파란 빛 두 개가 생겼다.

마치 야행성 짐승의 야광성 눈처럼 보였다.

아니, 자세히 보니 그런 것 같은 것이 아니라 진짜로 눈이었다. 다만 다른 것이 있다면 야생동물이 아닌 진짜 사람의 것이라는 점.

천장의 형태가 변한 게 아니라, 누군가가 천장에 붙어 있었던 것이다.

"누, 누구?"

예상하지 못한 사람과의 뜻밖의 만남에서 누구나 하는 본능적인 첫 마디.

그리고 그 말이 그녀가 이승에서 뱉은 마지막 말이 되었다.

쐐애액!

푸욱!

벌리고 있던 그녀의 입안으로 단검 하나가 날아 들어와

박혔다.

조금 전까지 끈적한 애음(愛吟)을 만들어 내던 그녀의 혀가 그대로 단검에 꿰뚫렸다.

파박.

여자의 입에서 뿜어져 나온 피가 벌거벗은 사내의 등판을 덮치는 순간, 복면인 역시 바닥으로 떨어져 내렸다.

서겅.

사내를 노린 흑의인의 검은 목적을 달성하지 못하고 애꿎은 여자의 목을 베어 버렸다. 여자는 흑의인의 일검에 머리를 잃었다.

하지만 그녀의 머리는 여전히 침상 위에 남아 있었다. 입에 박힌 단검이 그녀의 뒷머리를 뚫고 나와 침상에 깊이 박혀 들었기 때문이었다.

창.

흑의인의 검을 피한 사내는, 아까부터 흑의인의 존재를 알고 있었던 듯 공격이 시작되자마자 침상을 벗어나, 벽에 걸린 검을 뽑아 들었다.

그는 잠시의 망설임도 없이 흑의인을 향해 검을 찔렀다.

단순한 찌르기처럼 보였지만, 그건 착각일 뿐. 실상 그 일검은 흑의인이 움직일 수 있는 모든 방향을 점하고 있었다.

만약 흑의인이 어느 한 방향으로 피한다면 그쪽으로 변초를 뿌려 내며 경로를 차단할 것이다.

파라라락!

사내의 검이 교사(巧詐)스럽게 움직이며 흑의인을 공격해 들었다.

이제 흑의인이 살아날 방법은 단 하나. 사내의 일검을 맞받아치는 것뿐이었다. 그 사실을 아는 것인지 흑의자객은 여자의 목을 벴던 검을 들어 사내를 향해 마주 뻗어 왔다.

하나 사내는 자신의 검에 대한 확신이 있었다.

이 일검을 받아 낼 수 있는 자는 무림 전체를 통틀어도 그리 많지 않다.

특히 이곳 안휘성에서는 열 손가락으로 꼽을 수 있을 정도. 일개 자객 따위가 맞받을 수 있는 검이 아니었다.

그는 추호의 의심도 하지 않았다. 이 일검에 자신의 목을 노린, 겁 없는 자객의 목이 바닥에 떨어지리라는걸.

그런데!

우우우우웅!

자객의 검이 갑자기 먹빛으로 변하더니, 기괴한 검명이 울렸다.

그와 함께 흑의자객의 묵색 검기가 미친 듯 날뛰며 사내의 검기를 모조리 잘라 내기 시작했다. 사내의 검기는 변초를 뿜어내기도 전에 모두 소멸되고 있었다.

"음?! 이건?"

사내는 놀랐다. 그 이유는 자신의 검이 자객의 검에 막혀서가 아니었다. 그가 놀란 건 아주 오랜만에 보는 검법이었지만, 자객의 검법을 그가 아주 잘 알고 있었기 때문이었다.

"묵광살검(墨狂煞劍)?! 젠장!"

사내는 다급히 내뻗었던 검을 회수했지만, 이미 늦은 상황이었다.

결국 사내의 떨리는 검끝과 흑의자객의 묵색 검미가 허공에서 맞닿았다.

차차창!

둘의 검이 뿜어내던 기세에 비해서는 파검음이 그리 크지 않았다.

하지만 그 파장만큼은 전혀 가볍지 않았다. 흑의인의 깨어진 묵검기의 여운에 사내의 벌거벗은 몸 곳곳에 생채기가 났고, 둘 사이 바닥과 천장 곳곳에 푹 패인 검자가 생겨났다.

반면 흑의인은 복면의 한쪽이 잘려 나가며 얼굴의 하관이 드러났다. 그의 왼쪽 뺨에는 긴 자상 자국이 있었다.

누구도 온전히 승리하지는 못한 것이다.

둘은 여전히 상대를 향해 검을 뻗은 자세 그대로 한참을 서로 노려봤다.

그러던 어느 순간.

"하하하하."

무슨 이유에선지 사내가 갑자기 크게 웃어 젖히며 검을 내렸다.

그에 이제는 쪼그라든 그의 하물이 징그럽게 덜렁거렸다.

사내는 흑의인이 여전히 자신을 향해 검을 뻗고 있다는 걸 알고 있었지만 아랑곳하지 않고 방 한가운데에 있는 탁자에 가서 앉았다.

흑의인 또한 사내가 검을 내리자, 말없이 검을 따라 내리고는 조용히 팔짱을 꼈다. 그러고는 몸을 꼿꼿이 세운 채 사내를 바라봤다.

둘 다 싸울 의사가 없다는 것을 표현한 셈이다.

탁.

사내가 탁자 위에 자신의 검을 놓으며 먼저 말을 꺼냈다.

"십 년만인가?"

"구 년하고 백구십 일."

십 년, 그리고 구 년하고 백구십 일. 기억에 대한 정확도는 달랐지만, 둘은 아는 사이였다.

"광운, 자네답군. 그런 자질구레한 것까지 정확하게 기억하고 있는 걸 보니."

"……."

사내는 흑의인을 광운이라고 불렀고, 그에 대해 잘 알고 있는 듯 보였다.

그걸로 봤을 때, 흑의인 광운은 애초에 사내를 죽이러 온 것이 아니었다. 그걸 증명이라도 하듯, 광운의 몸에서 자연스레 흘러나오던 살기 또한 사라졌다.

광운에게서 여전히 아무런 반응이 없었지만, 사내의 말

은 계속되었다.

"그래, 무슨 일로 십팔운(十八雲)께서 직접 이곳까지 납시셨는가?"

둘의 사이가 썩 매끄러운 사이는 아니었던 듯, 사내의 말이 약간은 비꼬는 것처럼 들렸다.

하지만 광운은 별로 상관없다는 듯 자기 할 말을 하기 시작했다.

"명령이 떨어졌다, 회영(灰影)."

모래 한 움큼을 입에 물고 이야기하는 것마냥 광운의 목소리는 거칠었다.

"명령?"

회영은 광운의 입에서 나온 단어가 '명령'이 맞는 것인지 재차 확인했다.

하지만 그건 필요 없는 일이었다. 비록 십여 년 만에 만난 사이지만, 광운이 실언을 할 사람이 아니라는 걸 누구보다 잘 알고 있는 회영이었다.

회영의 몸이 화끈 달아올랐다.

뒤이어 몸을 한 차례 세차게 떨기까지 했다. 저쪽 침상 위에 머리와 몸체가 분리된 채 뒹굴거리고 있는 여자와의 성교, 아니, 그 어떤 여자와의 성행위에서도 느껴 본 적 없던 흥분을, 고작 명령이라는 말 한마디에 느끼고 있었다.

명령. 이 얼마 만에 듣는 말인가.

'십 년 만인가……'

'그'의 명령으로 강호에 나왔었다. 그 이후, 십 년간 단 한 번도 명령을 받지 못했던 회영이었다. 그런데 이렇게 갑작스레 명령이 떨어졌다.

그의 얼굴에서 버릇처럼 흐르던 장난스러운 표정이 사라지고, 그의 목소리에서 또한 가벼움이 완벽히 없어졌다.

"내용은?"

"제일계."

"……!"

광운의 입에서 나온 말은, 거칠지만 짧은 한마디였다.

예상은 하고 있었던 대답이지만, 충격은 있었다. 그가 강호에 나온 이유, 그리고 여태껏 살아온 이유가 바로 저 한마디 안에 모두 담겨 있었다.

'제일계!'

광운과 회영의 눈이 허공에서 얽혀 들었다.

회영은 다시 한 번 질문을 던졌다. 제일계를 수행하는 데에 있어서 핵심적인 인물에 대한 물음이었다.

"변영(變影)은?"

그에 기다렸다는 듯 광운의 대답이 이어졌다.

"남궁세가."

"날짜는?"

이미 오래전부터 예고되어 온 일이어서인지, 지독히도 짧고 암호문 같은 대화임에도 둘 간의 의사소통에는 조금의 막힘도 없었다.

"이번 달 보름이 변영의 혼롓날이다."

"혼례? 변영이? 그럼 설마 변영이?!"

"……."

회영은 광운에게서 더 이상의 언질은 없었지만, 변영이 누구로 위장한 것인지 짐작할 수 있었다.

"수위는?"

수위. 정도를 말하는 단어다.

이번에도 앞뒤 말 모두 잘린 질문이었지만 광운은 별 망설임이 없이 입을 뗐다.

"변영과 남궁혜(南宮慧)를 제외한 모든 자."

회영은 예상했다는 듯 광운의 대답에 고개를 끄덕였다. 하지만 아직까지 걸리는 문제가 하나 있었다.

"그거 알고 있는가? 지금 안휘에 추혼독수 당오가 와 있다. 그도 대상 안에 포함되는 것이냐?"

"물론이다."

"이곳의 전력만으로는 무리다. 지원은?"

"그림자 다섯."

"그림자 다섯?"

"변영과 너를 포함한다면 그림자 일곱이다."

"……!"

회영은 상당히 놀랐다. 제일계가 중요한 것은 맞으나, 이렇게 파격적으로 지원해 줄 줄은 몰랐다. 그만큼 '그'의 의지가 대단하다는 뜻일 테지.

"그 정도면 아무리 당오가 있다 하더라도 어렵지 않게 성공할 수 있겠군. 그런데 너는 왜 여기 온 거지? 나는 네가 지원이라고 생각했는데?"

"나는 따로 할 일이 있다."

"제이계를 위한 밑밥 뿌리기겠군."

"……."

역시나 대답할 필요가 없는 질문에는 응답하지 않는 광운이었다. 하지만 회영은 더 캐묻지 않았다.

광운의 침묵만으로도 그 답은 이미 끝난 것이었고, 어차피 둘 다 제 일에만 충실하면 된다.

그림자와 구름은 각자 맡은 임무가 다르다.

그렇게 키워졌고, 그렇게 살아왔다.

할 말을 모두 마쳤는지 광운이 몸을 돌렸다. 떠나려는 것이다.

그런 그의 등을 보며 회영이 마지막 질문을 던졌다.

"아, 그런데 변영의 이름이 뭐였지?"

회영은 이미 변영이 누구인지 짐작하고 있었지만, 확인 차원에서 물었다.

"도허옥(途墟玉)."

광운은 그 이름을 뱉은 직후 먼지가 꺼지듯 그 자리에서 사라졌다. 마치 원래부터 이곳에 존재하지 않았던 것처럼 그렇게 말이다.

"광운. 예나 지금이나 재수 없는 건 여전하군. 쯧, 그나저나 이제 진짜 시작인 건가?"

회영은 고개를 한 번 젓고는 침상 옆으로 걸어갔다.

그러고는 여전히 침상 위에 누워 있는 목 없는 여인의 하반신을 발로 밀어 침상 밖으로 떨어뜨렸다.

그녀의 목에서 흘러나온 피가 바닥을 더럽혔지만 아랑곳하지 않았다.

어차피 이곳에서 이런 일은 꽤 자주 일어나는 일이었고, 저런 노리개 한 명 정도 죽었다고 놀라거나 그를 책망할 사람은 아무도 없었다.

회영은 몸에 흐른 땀을 대충 닦고는 여자의 피가 묻은 옷을 챙겨 입었다. 그의 얼굴에는 이미 아까의 진지함은 모두 사라졌고 원래의 장난스러움이 가득 묻어 있었다.

"에잉. 광운 저 자식 때문에 마음에 드는 옷에 피가 잔뜩 묻었잖아, 젠장. 그나저나 그림자들은 평생 혼자 살 줄 알았더니, 혼례도 하게 되는구나. 아, 이거 여러 가지로 부럽네. 변영이 정파의 영웅이 되고, 거기에다가 안휘제일미(安徽第一美)까지 배필로 얻게 되다니. 나는 이런 어두침침한 곳에서 저런 걸레 같은 년이나 상대하고 있는데 말이지."

그는 장난인지 진짜 부러움인지 모를 말을 남기고는 방을 나섰다.

탁.

문이 닫혔고, 방에 정적이 찾아왔다.

입에 검이 박힌 여자의 머리만이 덩그러니 혼자 남아 달과 눈싸움을 벌이는 이곳은.

천마성 안휘지부(安徽支部)의 총책임자, 은라색마(銀裸色魔) 파가혈(巴柯血)의 방이었다.

*　　*　　*

신성(新星).

새로 떠오른 별을 지칭하는 말이다.

사람들은 흔히 '갑작스럽게 나타난 뛰어나고 젊은 인재'를 가리킬 때 이 말을 사용한다. 그런 면에서 봤을 때, 도허옥은 더할 수 없이 이 단어에 어울리는 사람이다.

그는 정말 갑자기 무림에 나타났다. 하지만 처음 그의 행보는 미풍에 불과했다.

그의 이름이 강호 인사들에게 처음 알려진 건, 도허옥이 요령성(遼寧省)의 한 이름 없는 마적단을 혼자서 없앴을 때였다. 이때만 해도 그를 주목하는 사람은 거의 없었다.

그러던 것이.

하북성(河北)의 하북팔괴(河北八怪), 산서(山西)의 마붕방(魔鵬幇), 섬서(陝西)의 비천요리(飛天妖狸) 하랑(夏琅), 사천의 뇌양장(雷陽掌) 천대강(天大彊)……

도허옥이 서진하면서 계속해서 사마외도(邪魔外道)의 길을 걷는 자들을 무찔러 나가자, 사람들은 조금씩 그를 다시 보기 시작했다.

그렇다고 하더라도 그에 대한 평가는 여전히 박했다. 호사가들은 그가 상대했던 자들이 이류급이라고 애써 폄하했고, 진짜 고수를 만나게 된다면 그의 거침없는 행보도 끝이 나리라고 말하는 데에 주저함이 없었다.

그리고 마침내 그런 날이 왔다.

도허옥이 호북에 도착했을 때, 음양쌍마(陰陽雙魔)가 그의 앞을 가로막은 것이다.

음양쌍마는 비록 이신삼괴오고십대에 들지는 못하지만, 그들에 그리 뒤떨어지지 않는 실력의 전대 거마들이었다. 도저히 강호에 출도한 지 얼마 되지도 않은 애송이가 상대할 수 있는 자들이 아니었다.

하지만 도허옥은 사람들의 그런 고정관념을 일거에 깨버렸다. 비록 이긴 것은 아니었지만, 혼자서 음양쌍마에 맞서 일천 합을 버틴 것이다. 결국 쌍방은 승부를 가르지 못하고 서로 물러섰다.

이 결과는 강호에 큰 파문을 불러왔다.

사문도 없이 홀로 강호를 떠도는 젊은 낭인이, 수십 년간 강호를 횡행했던 거마 둘과 호각을 이루었다? 쉽게 믿기 어려운 일이었다.

그러나 이내 그 사실은 도허옥의 무공 내력이 밝혀지면서 해소되게 되었다.

도허옥은 아주 패도적인 도법을 사용했는데, 그가 일도

일도를 내칠 때마다 천지가 무너지는 듯한 뇌음(雷音)이 사방을 떨어 울렸다.

강호에 뇌음을 동반하는 무공은 여럿 있지만, 그토록 강렬한 소리를 내는 뇌도(雷刀)는 그리 많지 않았다.

뇌정도법(雷霆刀法).

삼백 년 전, 천하제일인이었던 뇌정도제(雷霆刀帝)의 독문무공.

도허옥이 사용하던 도법이 바로 그것이었다. 그가 어디서 그걸 얻었는지는 알려지지 않았지만, 어쨌든 그가 그 도법을 사용함으로써 그는 스스로 뇌정도제의 후예임을 세상에 알렸다.

그의 공명정대한 행보와 뇌정도법, 그리고 그에 걸맞는 실력. 그 세 가지의 절묘한 조화로 인해 그의 명성은 금세 천하를 질주하기 시작했다.

이에 젊고 전도유망한 그를 품에 안기 위해 많은 무림대파들이 그에게 추파를 던졌다.

그를 자파의 그늘 아래로 끌어들일 수만 있다면, 비단 그와 같이 뛰어난 인재를 얻는 것뿐만 아니라 잠재적인 천하제일도법까지 수중에 넣을 수 있었다.

당연하게도 그 경쟁의 치열함은 도산검림의 흉험함에 비할 바가 못 되었다.

그렇지만 도허옥은 그런 무림대파들의 다툼을 비웃기라도 하듯, 계속해서 사마외도의 길을 걷는 악인들을 척살하는 데에만 주력했다.

그럼에도 구파일방이나 중원오대세가에서는 여전히 그를 주목하고 있었고, 여전히 신성 쟁탈전은 진행되고 있었다.

그런데.

그렇게 때 아니게 펼쳐진 무림대파들의 물밑 경쟁은 그가 안휘성 합비에 도착한 후 너무도 싱겁게 끝이 나고 말았다.

도허옥이 남궁세가의 둘째 딸인 남궁혜와 첫눈에 사랑에 빠져 버린 것이다.

결국 승리자는 남궁세가가 되어, 나머지 각 대파들은 아쉽지만 쓴 입맛을 다시며 그를 포기할 수밖에 없었다.

요즘 남궁세가는 그 치열한 신성 쟁탈전의 결과물인 도허옥과 남궁혜의 혼례 때문에 눈코 뜰 새 없이 정신없이 돌아가고 있었다.

그 당사자인 도허옥은 말할 것도 없이 아주 바빴다.

그는 직접 남궁세가의 문호(門戶) 근처에 설치된 임시 접객원에서 하례객들이 올 때마다 인사를 하고 있었다.

훤칠한 키에 서글서글한 호남형의 얼굴을 가진 도허옥은 그 외형만으로도 영웅의 풍모를 풍겼다.

하례객들은 그와 인사를 나누고 빈객당(賓客堂)으로 떠나면서도 단 한시도 그에 대한 칭찬을 멈추지 않았다.

원래라면 굳이 신랑이 이렇게 나와서 접객을 할 필요는

없었다.

그럼에도 도허옥은 자진해서 귀찮은 접객까지 담당하고 있었으니, 하례객들 입장에서는 도허옥의 겸손한 태도에 더욱 감탄할 수밖에 없었다.

하지만.

도허옥의 실제 목적은 접객이 아니었다.

그는 비록 호탕한 웃음으로 손님들을 맞고 있었지만, 실상은 예리한 눈으로 객들의 면면을 살피고 있었다.

누가 왔는지, 그들의 정확한 사문은 어딘지, 얼마나 강한지 등을 꼼꼼히 머릿속으로 정리 분류하고 있었다.

무엇보다도, 꼭 와야 할 사람들이 왔는지, 오지 않았는지 확인하는 것이 그에게는 중요했다.

한편의 연희(演戱)가 벌어지려면 여러 명의 배우가 필요한 법이다.

주연은 도허옥이었고, 수많은 들러리들과 몇 명의 필수적인 조연들이 있어야 했다.

하지만 조연들 간에도 비중의 차이라는 것이 엄연히 있었다.

도허옥은 그중 가장 중요한 조연을 매일 이곳에서 기다리고 있었다. 그만 도착한다면, 쓸모없는 들러리들 따위는 백 명 정도 없어도 그만이었다.

그리고 그가 이곳 남궁세가에 얼굴을 드러내면 '대계'의 시작을 위한 준비가 마침내 모두 끝이 난다.

도허옥이 그렇게 본 면을 숨긴 채 손님을 맞이한 지 사흘쯤 지났을 때, 마침내 그가 고대하던, 이번 '제일계'의 최고 조연이 남궁세가에 도착했다.

'왔군.'

사방이 개방된 큰 천막 형식의 임시 접객원 안으로 수십 명의 사람들이 들어오고 있었다.

도허옥이 애초에 예상했던 것과는 다르게 상당히 많은 인원이었지만, 그것이 그리 중요한 건 아니었다. 그에게 중요한 사람은 저들 중 맨앞에 선, 차가운 인상의 갈의중년인뿐이었다.

아니나 다를까.

중년인의 등장에, 먼저 와서 하례 명부에 이름을 적고 있던 무림인들이 그를 알아보고 웅성거리기 시작했다.

오랜만에 사람들 앞에 모습을 드러내는 것이었지만, 갈의중년인은 등장만으로도 사람들을 격동시킬 만큼 강호에서 차지하는 비중이 높은 고수 중 한 명이었다.

"갈(喝)!"

중년인은 그를 보며 쑥덕거리는 사람들을 쳐다보며 날선 일갈을 토했다.

그러자 웅성거리던 무림인들의 입이 일시에 침묵에 빠졌다.

차갑게 사람들을 훑어보고 있는 중년인은 고수로서도 유명했지만, 괴짜로도 이름이 널리 알려져 있었다.

만약 그가 조금만 더 강하고 괴악했더라면, 무림삼괴가 아니라 사괴가 되었으리라는 말이 공공연히 떠도는 데에는 다 이유가 있었다. 이곳의 누구도 그의 비위에 거슬리고 싶은 사람은 없으리라.

"시끄럽군. 내가 지금 못 올 데라도 왔다는 말인 게냐?"

그의 차가운 눈매와 특유의 꼬장꼬장한 말투가 사람들의 간담을 서늘케 했다.

사람들은 마음속으로 그의 별호를 떠올리며 그의 눈을 피하기에 여념이 없었다. 죽을 때 죽더라도 혼이 된 상태에서까지 쫓기고 싶지 않아 알아서 피하는 것이었다.

'역시 추혼독수답군.'

갈의중년인은 바로 당오였다.

어젯밤 밤을 새워 개정대법을 수행한 후, 하루 꼬박 걸어 합비 소호변에 있는 이곳 남궁세가까지 온 것이다. 그와 함께 나타난 사람들은 당연히 동봉수와 당화, 그리고 단리세가 사람들이었다.

사람들이 당황하는 것과 달리, 도허옥은 당오의 등장에 속으로 미소 짓고 있었다.

왜 안 그렇겠는가.

그렇게 긴 시간 동안 이번 일 하나를 위해 그림자로서 음지에서 움직였다. 이제 이번 일만 마치면, 비로소 음지의 그림자가 아닌 제대로 된 양지의 그림자가 될 수 있으리라.

"할 말이 있으면 그렇게 구석에서 쫑알거리지 말고 내

앞으로 나와서 말하거라."

"……."

당연히 나서는 사람은 아무도 없었다.

아니, 한 사람 있었다.

당오가 등장했을 때부터 지금까지 한 번도 여유로운 접대용 미소를 잃지 않은 유일한 한 사람. 도허옥이었다.

"안녕하십니까? 당 대협."

도허옥의 인사에 당오의 시선이 그제야 사람들에게서 그를 향해 옮겨졌다.

"누군가 자넨?"

"처음 뵙겠습니다. 저는 도허옥이라 하옵니다."

포권을 취하는 도허옥을 바라보는, 당오의 얼굴에 살짝 흥미롭다는 표정이 떠올랐다.

익히 들어 알고 있던 강호의 신성이 누구인지 궁금했던 모양인지, 당오의 눈이 도허옥의 아래위를 빠르게 살펴 갔다.

도허옥은 당오의 눈이 자신의 전신을 훑고 있었지만, 별로 상관하지 않았다.

어차피 저렇게 본다고 자신의 진정한 정체에 관해 알 수 있는 것은 아니니까 말이다.

그는 스스로 자부했다. 자신의 변용(變容)은 강호에서 가장 완벽했다.

이것만큼은 비록 '그' 라 할지라도 자신을 따라올 수 없었다. 그의 변용은 단순한 역용술(易容術) 따위가 아니었다. 근골을 완전히 새롭게 재구성해 외모를 변하게 하는, 천변만화술(千變萬化術)에 기초한 변용술이었다.

"오호, 자네가 귀찮게 나를 이곳으로 오게 한, 바로 그 도성(刀星)이란 젊은이로군."

"네, 대협."

도허옥이 머리를 가볍게 조아리며 당오의 질문에 대답했다.

그에 당오의 눈초리가 다시 한 번 날카로워졌다. 하지만 그리 오래 유지되지는 않았다.

"훌륭하군, 훌륭해. 하지만 그게 다야. 어제 만났다면 최고였을 텐데, 오늘 보니 영 아쉽구먼."

무슨 말인가?

당오는 도허옥이 당최 이해할 수 없는 말을 던지고는 도허옥을 지나쳐 임시 접객원의 뒤편, 남궁세가의 안채 쪽으로 걸어갔다.

"안에 벽이 놈 있지?"

"네, 안에 계십니다."

역시 무림괴짜로 통하는 당오였다. 누가 있어 남궁세가의 가주 이름을 저렇게 함부로 부르겠는가.

하지만 도허옥도 만만치가 않아서 전혀 당황함 없이 당오의 말을 받아넘겼다.

"그럼 들어가겠네."

"네, 대협. 며칠 전부터 가주께서 기다리고 계셨습니다."

당오가 거침없는 성격의 괴짜라면, 도허옥은 폭포수 같은 인물이었다.

물처럼 유한 면이 있으면서도, 강하고 호탕한 면을 가졌다. 물론 그의 진짜 모습이 아닌, 그의 껍데기가 그런 것이었다.

도허옥은 자칫 무례하게 보일 수도 있는 당오의 행동에도 시종일관 여유롭게 대처했다.

그 모습에 그곳에 모인 사람들은 다시 한 번 그에게 감탄하고 있었다.

하지만, 단 두 사람만은 거기에서 예외였다.

바로 당오와 동봉수였다.

당오는 동봉수라는 최고의 인재에게 이미 충분히 감탄했기에 더 감탄할 일이 없었다.

반면, 동봉수는 전혀 다른 이유에서 그런 것이었다.

기본적으로 동봉수는 사람에게 감탄하지 않는다.

그는 그저 사람을 관찰할 뿐이다. 관찰해서 사냥감과 적으로 구분한다.

만약 어떤 대상이 뛰어나다면, 그에게는 그저 뛰어난 사냥감이나 적이 될 따름이었다. 이때 그 대상자가 사냥감이라면 고민할 필요 없이 사냥하거나 가만히 놔두면 그만이다.

그러나 만약 적이라면 전혀 다른 상황에 직면하게 된다.

이럴 경우, 동봉수는 통상 세 가지 선택지 중 하나를 택한다. 사냥에 방해가 되기 전에 없애 버리거나, 또는 피하거나 혹은 속이는 것이다.

그는 당오를 따라 이 임시 접객원 안으로 들어왔을 때부터 도허옥을 주시하고 있었다.

바로 영안 때문이었다. 영안이 새로운 고레벨의 적 출현을 알려 왔었다.

[20…… 10…….]

당오가 도허옥을 지나쳐 천막의 출구 쪽으로 걸어가고 있었으니, 원래대로라면 영안이 알려 주는 거리는 늘어나다가 끊겨야 정상이다.

그런데도 영안이 경고하는 거리가 오히려 줄어들고 있었다.

그렇다는 것은 그 새로운 고레벨의 적이 도허옥이라는 뜻.

그렇다면, 도허옥은 세 가지 선택지 중 어떤 것을 택해야 하는 적인가.

없애야 하는가, 아니면 피해야 하는가, 아니면 속여야 하는가?

정답은 이미 정해져 있었다.

레벨이 10이상 차이가 나는 상황에서 첫 번째 선택지는 벌써 사라졌다. 남궁세가에 들어오는 순간, 두 번째 선택지도 이미 없어졌다.

남은 선택지는 하나뿐.

속여야 한다.

가장 일반적인 선택지이자, 또 가장 수행하기 어려운 선택지.

특히 적이 자신과 비슷한 부류의 인간이라면 잠시도 긴장의 끈을 늦춰서는 곤란하다.

그리고.

그의 판단에 도허옥은······.

동봉수는 도허옥을 보자마자 알 수 없는 위화감 같은 것을 느꼈다.

처음에는 그것이 뭔지 잘 알 수 없었다. 그러다가 도허옥과의 거리가 몇 미터 내로 가까워지자, 그는 그 위화감의 정체를 알 수 있었다.

보통의 사람이라면 절대로 발견할 수도 없을 미묘한 특징이었고, 설혹 그걸 찾았다 하더라도 이상하다고 느끼기 어려운 점이었다.

'완벽해. 완벽해도 너무 완벽하다.'

동봉수가 찾은 그 위화감의 정체는.

완벽한 대칭이었다.

사람은 누구나 외형상 좌우 불균형이 발생한다. 정도의 차이만이 있을 뿐이다. 비단, 얼굴만이 아니라, 팔다리의 길이, 어깨의 높낮이, 치아의 배열, 가슴이나 엉덩이의 처짐 정도, 심지어는 성기의 모양도 좌우 불균형이 존재한다.

그런데.

도허옥은 완벽했다. 완벽한 외모뿐 아니라, 그 대칭이 완벽했다.

동봉수가 살던 현대 지구의 성형술로도 사람의 얼굴을 완벽한 대칭으로 만들기는 쉽지 않다. 하물며 외과술이라고는 전무한 이런 세상에서 저런 흠잡을 데 없는 대칭이 자연적으로 생긴다?

있을 수 없는 일이다.

너무 완벽해서 오히려 부자연스럽다. 만들어진 것이다.

그의 육감이 그렇게 말하고 있었고…….

그의 판단은 도허옥이…….

'포식자다. 너와는 다르지만, 또 다른 형태의 포식자다.'

라고 결론짓고 있었다.

동봉수는 정말 오랜만에 제대로 된 포식자를 만났다는 걸 깨달았다.

동봉수는 도허옥을 좀 더 주시하기 시작했다.

그러나, 도허옥은 당오만 바라보고 있었다.

자신이 벌일 연희판의 최대 조연에만 주목할 뿐, 동봉수라는 괴물이 자신을 바라보고 있다는 걸 전혀 알지 못하고 있었다.

"뭣들 하고 있는 것이냐? 얼른 따라오지 않고."

애초에 혼자 떠날 것처럼 걸어가던 당오가 임시 접객원의 입구에서 멈췄다. 그러고는 고개를 돌려 일행에게 큰소리로 말했다.

동봉수와 당화는 곧장 그를 따라나섰다.

그러나 기대효 등 단리세가의 인물들은 머뭇거렸다. 자신들도 당오가 말한 '얼른 따라오지 않는' 사람에 해당하는지에 대해 헷갈렸기 때문이었다.

애초에 당오가 약속한 것은 여로를 남궁세가에 인계할 때까지 같이 움직이는 것과 단리강해를 남궁벽의 외성제자로 넣어 주는 일이었다.

여로와 하례품들은 이미 남궁세가 밖에서 이곳의 마고공과 하인들에게 넘겨줬다. 이제 당오가 지킬 건 단리강해를 남궁벽에게 추천하는 일뿐이었고, 그 일은 굳이 단리강해가 같이 가지 않아도 되는 일이었다.

또 접객원까지 들어온 사람들은 원래 방명록에 이름을 쓰고 신원 확인이 확실히 되면 그제야 남궁세가 안으로 들어설 수 있었다.

그것이 더욱 그들을 망설이게 만드는 것이다.

당오가 말한 대상에 자신들이 들어 있으면 당오가 신원 보증을 한 셈이니, 굳이 신원 확인의 단계를 거칠 필요가 없었다. 그렇지 않다면, 여러 가지 신원 확인을 위한 과정을 거쳐야지만 남궁세가 안으로 들어갈 수 있었다.

단리세가의 인원들이 그렇게 갈팡질팡하고 있을 때, 당오가 다시 짜증을 부리며 소리쳤다.

"에잉, 뭐하는 거야? 내 말 못 들었나? 너희들도 빨리 따라와. 그래야 저번에 말한 걸 들어줄 수 있을 것 아닌가."

당오의 말에 기대효와 단리강해의 얼굴에 화색이 돌았다.

저 말은 당오가 그저 약속을 들어주는 정도가 아닌, 남궁벽과 직접 만나게 해 주겠다는 뜻을 내포하고 있었다. 그냥 추천을 받아 외성제자가 되는 것과 남궁벽에게 직접 얼굴 도장을 찍는 것은 전혀 다른 일이었다.

"방명록은 너희들 중 아무나 한 명만 남아서 작성해. 우리 것하고, 저기 저 녀석 이름도 같이."

당오가 직접 동봉수를 지명해서 '저 녀석'이라고 표현했다. 이제 완연히 당가의 사람임을 천명한 것이었다.

할 말을 모두 마친 당오는 손을 내리고 바로 몸을 돌려 임시 접객원을 벗어났다. 뒤를 이어, 동봉수와 당화, 그리고 단리세가의 인원들이 줄줄이 빠져나갔다.

그걸 본 도허옥이 급히 당오를 따라나섰다. 사실상 당오가 도착한 순간부터, 임시 접객원에 있을 필요가 없었기 때문이었다.

"당 대협, 제가 제왕전(帝王殿)까지 모시겠습니다."

제왕전은 남궁세가의 중심부에 있는, 남궁세가주 및 가주의 직계 가족들이 지내는 곳이다.

"그러든지 말든지."

저 멀리 앞서 가면서도 도허옥의 말을 들었는지, 당오가 차갑게 대답했다.

도허옥은 스산하게 눈을 한 번 빛내고는 임시 접객원에서 사라졌다.

이제 일행 중 흑오단원 단 한 명만이 임시 접객원에 남았다.

그는 당오가 말한 대로 일행의 이름을 하나씩 적어 나갔다.

그러다가 마지막에서 막혔다. 바로 소삼의 이름을 적을 차례에서였다. 아직도 소삼인지 확신할 수 없었기 때문이었다.

"……에이 몰라."

그는 잠시 고민하다가 이내 두 글자 지렁이 글씨로 휘갈겨 적고는 접객을 담당하는 하급무사를 따라 제왕전으로 향했다.

그가 적은 두 글자는.

여전히 '소삼'이었다.

*　　*　　*

남궁세가는 넓었다.

달리 중원오대세가가 아니라는 걸 세가의 장원이 몸소 말하듯, 단리세가의 규모와는 비교조차 되지 않았다.

각종 전각 하나하나가 모두 단리세가의 그 어떤 건물보다 컸을 뿐 아니라, 그 수 또한 세가 내부를 전부 돌기 전에는 쉽게 알 수 없을 것 같았다. 거기에 더해, 남궁세가 특유의 표식으로, 각 전각의 지붕 위에 일장(一丈)에 달하는 검이 한 자루씩 박혀 있었고, 그 검신에 제왕지가(帝王之家)라는 글씨가 아로새겨져 있었다.

그 모습이 가히 검으로 천하를 내려다보는 듯 느껴져, 괜히 안휘제일세가라고 불리는 게 아니라는 걸 알 수 있었다.

단리강해와 기대효 등 봉양에서는 난다 긴다 하는 단리세가의 인물들도 남궁세가의 위용에 압도되어 잔뜩 움츠러든 채 조용히 도허옥을 따라가고 있었다.

그에 반해, 당화는 마치 자기 집인 양 여유롭게 걸었다. 당문의 후인이라는 배경이 남궁세가에 크게 못지않다는 걸 그녀의 태도에서도 충분히 느낄 수 있었다.

동봉수는 그런 당화의 살짝 뒤에서 걸었다.

그도 이제 당가의 일원이 된 것처럼 움직이고 있는 것이었다. 굳이 의도한 바는 아니었지만, 그가 일행의 가장 뒤에서 걷게 되었다.

그는 남궁세가의 구조를 머릿속에 넣으면서도 도허옥을 관찰하는 것을 멈추지 않았다.

굳이 영안이 계속해서 경고음을 보내지 않더라도, 그의 육감이 도허옥이 위험한 자라고 지속적으로 신호를 보내 오고 있었다.

저자는 누구인가?

원래 도허옥이란 사람이 진짜로 있었는데 그를 죽이고 도허옥으로 분한 것인가? 아니면 도허옥이라는 가상의 '캐릭터'를 만들어 지금과 같이 '키워진' 것인가?

어느 쪽인지는 아직 알 수 없었다. 확실한 건 둘 중 하나라는 사실.

뒤에서 살펴본 도허옥의 걸음걸이는 여느 사람들처럼 미묘하게 불균형적이었다.

원래의 그는 보통 사람들처럼 비대칭의 신체를 가져야만 한다는 증거다. 저런 걸음걸이는 필연적으로 짝다리를 만들어 낸다. 모든 사람들은 사실 짝다리일 수밖에 없다. 아주 미세하냐, 심각하냐 정도의 차이만이 있을 뿐.

그럼에도 도허옥의 발 길이는 조금의 다름도 없이 일치했으니, 역시 도허옥은 의심할 여지없이 구린 구석이 있는 인간이었다.

동봉수의 눈이 아무도 모르게 매섭게 빛나며, 도허옥에

대한 분석에 박차를 가하기 시작했다.

'누구냐 너? 그리고 왜 이곳에 온 것이냐?'

그가 그렇게 생각했을 바로 그때였다.

"다 왔군."

"다 왔습니다. 이곳이 제왕전입니다."

맨앞에서 걷던 당오와 도허옥이 동시에 제왕전에 도착했
다는 걸 알려 왔다.

그에 일행은 일시에 그 자리에 정지했다.

제왕전.

그 이름에 걸맞게 미친 듯이 웅장한 건물 한 채가 그들의
앞을 가로막고 있었다.

사실 도착하기 전에 이미 멀리서부터 보였기에 모두들
저 건물이 제왕전이라는 건 이미 알고 있었다. 하지만 멀리
서 보는 것과 가까이서 보는 것은 차이가 컸다.

다른 전각들의 옥상에 단 한 개씩의 검이 박힌 것과는 다
르게, 제왕전의 지붕 위에는 서른세 개의 검이 박혀 있었
다. 모두 낡디낡아 녹이 잔뜩 슬어 있었지만, 그 가치는 빛
이 나는 검들이었다.

그 검들은 바로 전대 남궁세가의 가주들이 쓰던 검들이
었다.

남궁세가주는 죽을 때가 가까워지면 저런 식으로 제왕전
지붕 위에 자신의 검을 박는다. 그렇게 제왕지도(帝王之道)
를 마치는 것을 기념하고 세상을 뜨는 것이다.

그 모습 자체로, 남궁세가가 무려 천여 년간 무림이라는 전장에서 살아남았다는 상징이었다.

단리세가의 인물들은 그걸 올려다보며, 심장이 쪼그라드는 듯 압도당했다.

동봉수는 당연히 별 감흥 없이 그 모습을 한번 슥 보고는 말았다.

그에게는, 죽으면 모두 끝이었다. 그가 보기에는 저러한 모든 일들이 아무런 의미가 없었다.

그런데 당오에게는 그 모습이 짜증이 나는 모양이었다.

"에잉, 여기는 올 때마다 기분이 나빠. 지네들이 뭐라고 함부로 제왕이니 뭐니란 말을 쓰면서 저렇게 내려다보는 건가? 무덤에서 고이 잠이나 주무실 것이지들, 쯧."

그러면서도 그의 눈은 맨 마지막에 박혀 있는 검을 뚫어지게 바라보고 있었다.

도허옥이 그런 그를 한 번 바라보고는 말했다.

"그럼 잠시만 여기서 기다리십시오. 제가 들어가서……."

"됐어. 어차피 계속 기다리고 있었다고 했잖은가?"

역시나 거침이 없는 당오였다. 당오는 도허옥을 지나쳐 바로 제왕전 안으로 걸어 들어갔다.

차창.

제왕전의 입구를 지키던 무사들이 당오를 알아보지 못하고 검을 뽑아 그를 막아섰다.

비록 도허옥과 같이 나타났지만, 그들의 역할은 누구든 남궁벽의 허가가 없이는 안으로 들어서지 못하게 막는 것이었다.

"내가 손을 써야겠는가?"

당오가 차갑게 웃으며 말했다. 그렇다고 적의가 있는 말투는 아니었다. 어떻게 보면 오히려 기분이 좋은 것 같은 웃음이었다.

"추혼독수 당 대협이시다. 들어가시게 길을 터 드려."

"……!"

도허옥의 말에 그제야 무사들은 자신들이 누구의 앞을 막아섰는지 알게 되었는지 얼굴이 시꺼멓게 변색되었다. 그들은 다급히 검을 내렸다.

"허허, 너무 걱정하지 말게나들. 내 추혼비접은 아무 영혼이나 쫓지는 않는다네."

당오는 무사들의 어깨를 가볍게 툭툭 치고는 제왕전 안으로 들어섰다.

무사들의 몸이 움찔했음은 말할 필요도 없었다.

얼마 전에 당오에게 당했던 경험이 있는 탓인지 단리세가의 인원들도 그 모습에 한 차례 부르르 몸을 떨고는 제왕전 안으로 걸음을 옮겼다.

도허옥과 당화도 바로 그들의 뒤를 따랐다.

마지막으로……

동봉수가 제왕전 안으로 들어섰다.

그의 눈은 여전히 도허옥의 등을 바라보고 있었다.

                    *   *   *

제왕전 안은 의외로 단출했다.

특별한 내부 장식도 없었고, 사람이 많이 있는 것도 아니었다.

그저 아주 큰 방 하나에 양옆으로 다른 방으로 갈 수 있는 통로가 길게 연결되어 있었다.

입구 맞은편 끝 쪽에는 그리 높지 않은 단이 하나 놓여 있었고, 그 단 위에 삼나무로 만든 제법 큰 의자가 있었다. 그것이 이 제왕전 안에 있는 유일한 집기였다.

의자에는 청의를 입은 청수한 인상의 한 오십 대 중년인이 한 명 앉아 있었다.

그가 바로 남궁세가의 가주 남궁벽이었다.

그는 옆에 서 있는 백청색 비단옷을 입은 미녀와 얘기를 나누다가 당오가 다가오는 것을 봤다.

그는 당오를 보자마자, 반색을 하며 단에서 날듯이 뛰어내려왔다.

"어서 오십시오, 당 숙(唐叔). 참으로 오랜만에 뵙습니다."

"쯧쯧쯧, 남궁세가의 가주라는 녀석이 체통 없이 뛰어다니는 꼬락서니 하고는, 에잉."

말은 그렇게 하면서도 당오의 차가운 얼굴에도 어렴풋이 미소가 맺혀 있었다.

"죄송합니다, 하지만 반가운 걸 어쩌겠습니까? 하하."

"네놈 큰딸 혼례 때도 못 와 봤는데, 작은딸 보내는 날은 네놈 눈물이라도 닦아 줘야 그래도 숙부라고 불러 줄 것 같아서 왔느니라."

남궁벽이 당오를 당숙이라고 부르는 건 혈연관계가 있어서가 아니라, 당오와 남궁벽의 아버지인 검성(劍聖) 남궁패(南宮覇)가 의형제였기 때문이다.

아까 당오가 제왕전 지붕 위에 박혀 있는 맨 마지막 검을 의미 있게 쳐다본 이유도 그래서였다.

남궁패가 죽은 후, 당오는 당가에 틀어박혀 두문불출했었다. 이번이 그 이후 최초의 강호행이었다.

"하하하. 잘 오셨습니다. 그런데 어째 저보다 더 젊어 보이십니다?"

"쯧, 네놈은 못 본 새 제대로 중늙은이가 되었구나. 그게 다 무공 연마를 게을리 해서 그런 게야."

"가주 일이 좀 바빠야지요. 검을 못 잡은 지 워낙 오래돼서 검에 녹이나 슬지 않았는지 모르겠습니다."

확실히 얼핏 보기에는 당오보다 남궁벽의 나이가 더 들어 보였다. 그만큼 당오의 무공 화후가 높은 것이리라.

그렇게 둘이 오랜만의 환담을 나누는 사이, 이제 갓 스물이나 되었을까 싶은 절세미녀 한 명이 그들 쪽으로 다가왔다.

그녀는 조금 전까지 남궁벽과 대화를 나누던 여인이었
다.

고운 눈매와 밤하늘을 닮은 것 같은 검은 눈썹, 차가우리
만치 날카로운 콧날, 천고의 장인이 정성껏 빚어낸 듯한 입
술과 윤곽이 뚜렷한 턱, 윤기가 자르르 흐르는 긴 머리칼이
며 홍조를 띤 피부색, 긴 목과 늘씬한 몸매.

달기나 양귀비가 과연 이토록 이나 아름다웠을까? 경국
지색(傾國之色)의 미녀가 있다면 그녀들보다는 이 여인을
가리키는 단어이리라.

"안녕하시와요, 당 숙조(唐叔祖). 소녀 혜(慧)라 하옵니
다."

백청색 비단옷 자락의 끝을 잡고 날아갈듯이 고개와 허
리를 숙이는 그녀의 자태에 제왕전에 모인 모든 사내들의
얼굴에 감탄의 빛이 어렸다.

다만, 동봉수는 겉으로만 그럴 뿐, 내면의 눈은 여전히
고요함 그 자체였다.

동봉수와 같은 별종이 아니라면 누구나 한 번 보면 감탄
을 금치 못하게 하는 미모를 뽐내는 그녀가 바로, 이번에
도허옥과 백년가약을 맺게 된 남궁벽의 차녀인 안휘제일미
남궁혜였다.

그녀의 인사를 받은 당오의 얼굴에 차가움과 부드러움이
적절하게 섞인 미소가 맺혔다.

"네가 혜아구나. 네가 완전히 꼬마였을 때 봤었는데, 이

제는 아름다운 낭자가 다 되었구나. 우리 화아에 못지않구먼, 허허."

당오의 칭찬에 남궁혜의 얼굴에 맺힌 홍조가 더욱 진해졌다.

부끄럼을 타는 모습이 너무도 아름다워, 사내들의 가슴을 재차 뜨겁게 달구었다.

"하하하, 당 숙. 그런 말씀은 화아의 면사 너머의 얼굴을 보여 주시고 난 다음에나 하셔야 합니다. 이래 봬도 제 딸이 안휘에서 가장 예쁘다고 소문이 자자한 아이입니다."

"안 되네. 우리 화아는 너무 예뻐서 저 면사가 없으면, 어느 귀신이 잡아갈지도 모를 정도라네."

누가 자식 자랑을 팔불출이라고 했는가. 이 정도 되면 충분히 팔불출이 되어도 괜찮다는 걸 보여 주듯 분위기가 금세 화기애애해졌다.

그 이후, 당오와 남궁벽 사이에 이런저런 가벼운 안부 인사가 오가고, 마지막에는 당오와 남궁벽이 따로 얘기를 나누기 위해 제왕전 안의 가주 집무실로 이동했다.

당오는 가기 전, 당화에게 몇 가지 말을 하고는 단리강해를 따로 데리고 갔다. 약속을 지키려는 것이었다.

그 모습을 본 기대효와 기만지도 무사히 임무를 마친 데에 대한 안도의 한숨을 내쉬었다. 그리고는 남궁세가의 무사를 따라 빈객당으로 떠났다.

이제 제왕전에는 동봉수와 당화, 그리고 도허옥과 남궁

혜만이 남았다.

그제야 당화가 남궁혜에게 다가가며 인사를 건넸다.

"혜 언니, 오랜만이에요."

"응. 오랜만이야, 화 매."

둘은 어렸을 때부터 집안끼리 오가며 언니 동생으로 부를 정도로 친분이 있는 사이였다.

"오랜만인데 얼굴도 안 보여 줄 거야?"

"아, 미안해요, 언니. 이걸 쓰고 있는 데에 익숙해져서 쓰고 있다는 사실도 잊어버리고 있었어요, 호호."

남궁혜의 가벼운 타박에 비로소 당화가 그녀의 면사를 벗었다.

그린 듯한 아미에 날카로운 콧날은 남궁혜에 못지않고, 조금은 시원시원한 입술과 백옥 같은 피부, 그리고 부엉이 눈처럼 커다란 눈은 청순해 보이는 남궁혜에 비해 어딘지 모르게 서역인의 느낌을 주는 당화였다. 하지만 그 비율이 과한 것이 아닌, 적절해서 정말 아름다웠다.

전체적으로 남궁혜가 청순한 느낌의 미인이라면 당화는 차가운 느낌의 이지적인 미인이었다.

둘 다 너무도 아름다워, 누구라도 둘 사이의 우열을 가리기 어려울 정도였다.

아마, 단리세가의 남자들은 당화의 면사 뒤의 얼굴까지 봤다면 오늘 밤에 잠을 이루지 못했으리라. 아니, 이미 남궁혜의 얼굴을 본 것만으로도 밤잠을 설치는 사람도 분명히 나올 것이다.

당화가 면사를 벗자, 그때를 기다렸다는 듯 도허옥이 다가오며 포권을 취했다.

"아까 워낙 경황이 없어 미처 인사를 드리지 못했소. 도허옥이라 하오."

"당화라고 해요, 형부. 형부라고 불러도 되죠?"

"화, 화 매…… 아직은……."

당화의 형부라는 말에 남궁혜가 부끄러워하며 다시 한 번 양 볼에 붉은 기운을 띠었다.

"하하하! 형부라……. 좋구려."

"저는 정말 혜 언니 같은 부끄럼쟁이가 나보다 일찍 시집갈 줄은 미처 몰랐네요."

"얘, 얘는……."

남궁혜가 또 부끄러워하며 도허옥의 뒤에 숨었다.

누가 언니고 누가 동생인지 알기 어려울 정도의 모습이었다.

"호호, 저렇게 부끄러워하면서 신혼 초야는 어떻게 치르려나 몰라."

"화, 화 매……. 무슨 그런 말을……."

"하하하. 당 낭자, 그만하시오. 혜 매가 초야에 도망가면 낭자가 책임져야 할지도 모르오?"

"호호호, 죄송해요. 그래도 설마 그러려고요?"

"설마가 사람 잡는다는 말이 있지 않소? 하하."

남궁혜가 도허옥과 당화의 계속된 농에 더욱 부끄러워하며 고개를 숙였다.

"화 매, 그만해……."

얼굴이 새빨개지다 못해 아예 딸기마냥 벌겋게 달아오른 남궁혜가 결국 눈을 흘기며 한소리 한다.

그에 당화가 그녀에게 귀엽게 혀를 내밀며 말했다.

"그러게 누가 이렇게 일찍 시집가래? 호호."

"……그런데 이분은…… 누구시니?"

결국, 안 되겠던지 남궁혜가 억지로 화제를 돌렸다. 그녀가 눈짓으로 동봉수를 가리키며 말했다.

당화는 동봉수를 바라보며 얼굴을 가볍게 찡그렸다.

"아, 이 사람은……."

그녀는 잠시 말을 얼버무렸다.

뭐라고 소개해야 할지 애매했기 때문이었다. 당오는 이 자에게 큰 기대를 걸고 있는 듯했지만, 솔직히 당화는 아직 그에 대한 확신이 없었다.

무엇보다도 아무리 하늘이 내려 준 재질을 가지고 있다 하더라도 그의 나이가 너무 많았다.

그녀가 알기에는 저렇게 늦은 나이에 무공을 익혀 대성을 했다는 사람을 본 적이 없었다.

무림 전체 역사를 찾아보면 몇 명 있을지도 모르지만, 최소한 그녀가 아는 한도 내에서는 없었다.

거기에 더해서, 아직 세가 원로들의 승인이 떨어진 것도 아니었다.

그녀가 말을 잇지 못하고 끌고 있을 그때였다.

"소삼이라 합니다."

동봉수가 직접 자신의 소개를 했다.

동봉수가 자신을 소삼이라고 소개한 이유는 간단했다. 그것이 당화가 원하는 대답이었기 때문이었고, 또 하나는 당화가 저렇게 머뭇거릴수록 도허옥의 이목이 자신에게 쏠릴 것이라고 생각했기 때문이었다.

하지만 그렇다 하더라도 이미 자신에게 쏟아질 도허옥의 관심을 막을 수 없다는 건, 동봉수도 예상하고 있었다.

소삼이든, 당삼이든 그 어느 쪽이든 간에, 도허옥에게 그는 '이상한 존재'일 것이 분명했다.

"소삼? 성은 무엇이오?"

동봉수의 말에 도허옥이 의문을 느끼고 성을 물어 왔다.

중원 대부분의 사람은 성이 있었다. 천출이라 할지라도 웬만한 사람은 성을 다 가지고 있었다.

"아직…… 없습니다."

동봉수가 고개를 숙이며 일부러 말을 흐렸다.

"아직 없다?"

동봉수를 바라보는 도허옥의 눈에 처음으로 이채가 떠올랐다.

그의 눈이 동봉수의 전신을 빠르게 훑어 내렸다.

새로 산 듯한 깨끗한 흑의를 입고 있었지만, 어딘지 많이 어색했다.

제대로 먹지 못해 삐쩍 마른 몸, 새가 와서 알을 낳아도 이상할 것 같지 않을 정도로 헝클어진 머리칼.

어느 면을 봐도 당오나 당화와 같이 다닐 수준의 사람이 아니었다. 아니, 심지어 임시 접객원으로 들어올 만한 사람으로도 보이지 않았다.

하례물품을 싣고 온 하인들이나 일꾼, 혹은 표국(鏢局)의 쟁자수들은 엄밀히 따져 남궁세가의 객이 아니었기에 접객원으로 들어올 필요가 없었다.

접객원을 들어올 수 있는 사람은 남궁세가의 손님으로서 빈객당에 머무를 수 있을 만한 실력이나 명성이 있는 무림인 혹은 그 일행이어야만 한다.

동봉수는 저런 꼬락서니를 하고 있었지만, 어찌 되었건 당오가 직접 데리고 온 인물이었다. 그리고 단리세가의 인물들이 빈객당으로 떠날 때도 같이 가지 않은 걸로 봐서는 당가의 인물임이 분명했다.

'그런데 성이 없다라?'

도허옥은 다시 한 번 동봉수를 살펴봤다.

하지만 여전히 납득이 되지 않았다. 동봉수의 모습은 하인, 그 이상도 이하도 아니었다.

차라리 거지꼴이었으면 개방인가 하는 생각이라도 할 수 있었을 텐데, 그것도 아니었다.

"네……."

동봉수가 힘없이 대답했다.

도허옥은 그런 동봉수를 슬쩍 한 번 바라보고는 웃으며 그의 어깨를 가볍게 툭 쳤다.

"하하, 괜찮소. 뭘 그런 걸로. 성이 없으면 만들면 될 것 아니오?"

얼핏 보기에는 젊은 영웅이 아무것도 아닌 사람을 위로 하는 것처럼 보였지만, 실상은 근골을 살펴보는 것이었다.

고작 어깨를 가볍게 치는 정도로 모든 걸 파악할 수는 없지만, 단련된 몸인지 혹은 단련하기 쉬운 몸인지 정도는 알아낼 수 있었다.

하지만 도허옥이 방금 손끝으로 느낀 바로는.

동봉수의 신체는 지극히 평범했다. 아니, 오히려 평범 이하였다.

밥도 제때 못 먹은 것처럼 곯은 몸에 근골도 가늘었다.

역설적이게도 그 점이 도허옥의 의심을 자극했다.

그의 눈에 아주 짧은 의문이 잠깐 떠올랐다가 사라졌다. 바로 옆에 있는 당화와 남궁혜도 눈치채지 못할 정도로 빨리.

도허옥은 결벽증이 있었다. 어떤 일을 처리함에 있어서 조금의 어긋남도 용서하지 않는 성향을 가지고 있었다. 그의 몸이 완벽한 좌우대칭을 이루는 것도 그러한 성향의 결과물이었다.

그가 그림자로 발탁될 수 있었던 가장 큰 이유 중 하나가 바로 그러한 완벽을 추구하는 성향 때문이었다.

그에게 소삼 같은 인간들은 아주 작은 티끌에 불과했다.

하지만 그가 확실히 알지 못하는 티끌이었다. 문제가 되기는 어렵겠지만, 문제가 될 가능성이 아예 없다는 뜻은 아니었다.

동봉수가 도허옥을 주목하듯, 도허옥도 소삼으로 분한 동봉수를 신경 쓰기 시작했다.

"난 당 낭자와 계속 같이 붙어 있길래 당가의 사람인 줄 알았는데, 아닌가 보오?"

동봉수는 그 말을 듣자, 도허옥이 자신을 주시하기 시작했다는 걸 알았다.

'위험하군.'

그는 비록 목소리를 되찾았지만, 아직 함부로 말할 수 있는 처지가 못 되었다. 그저 당화가 이끄는 대로 따라가야 하는 순한 양일 뿐.

동봉수가 고개를 돌려 당화를 바라봤다. 그에 당화가 가볍게 웃으며 말했다.

"형부, 그만 물어보세요. 그냥 사정이 있어서 저희랑 같이 다니는 사람이에요."

"그렇소?"

"아, 우리 하루 종일 걷느라 피곤해요. 이제 좀 쉬고 싶네요."

당화 딴에는 곤란한 상황을 모면하려 하는 것이었겠지만,

그것이 오히려 도허옥의 의심을 샀다.

"아, 그렇겠구려. 미안하오. 내가 피곤한 사람을 붙잡고 너무 오래 얘기했구려. 그럼 날 따라오시오."

그렇게 일단은 도허옥의 눈길을 피했지만, 동봉수는 그가 한동안 자신을 주시할 거라는 걸 알고 있었다. 자신이라도 분명히 그랬을 테니까.

* * *

동봉수와 당화는 도허옥과 남궁혜의 안내를 받아 천객당(天客堂)으로 향했다.

남궁세가의 빈객당은 세 종류였다.

천지인 삼재(三才)를 따서, 천객당, 지객당(地客堂), 인객당(人客堂)으로 나뉜다.

이 중 천객당은 무림대파에서 온 손님이나 명망 높은 무림인들이 묵는 숙소이고, 지객당은 중소문파의 장문인이나 장로급들을 위한 숙소였다.

인객당은 그렇게 분류되고 남은 '나머지' 사람들이 묵는 진짜 '빈객당(貧客堂)'이었다.

천객당은 그 규모도 훌륭했지만, 그 입지 조건이 좋았다.

이곳 남궁세가의 장원은 소호변에 지어져 있는데, 천객당이 있는 곳은 남쪽 수문(水門) 바로 옆에 있었다.

엄밀히 따지면, 천객당과 수문은 땅에 지어진 것이 아니라, 소호 위, 즉, 물 위에 지어진 구조물이었다.

소만(巢灣)이라 불리는 작은 만(灣)이 들어오는 양옆의 작은 섬에 천객당을 짓고, 만 쪽에 놀잇배 등을 정박하고는 만 입구에 수문을 세운 것이다. 이는 물론 외적의 침입을 막는 역할을 한다.

통상 천객당에 묵는 손님들은 한 번씩 남궁세가의 큰 놀잇배를 타고 소호의 야경을 구경하고는 했다.

소호는 중원 오대호수(五大湖水) 중의 하나로, 그 절경은 오대호수 중에서 가장 수려한 걸로 유명했다. 특히 야경이 아름다워, 소호의 밤 풍경은 예로부터 시인 묵객들이 자주 소재로 삼을 정도였다.

동봉수 등이 천객당에 도착했을 때는 이미 해가 완전히 저물어 달이 어슷하게 하늘에 걸려있었고, 소만의 물에 달빛이 반사되어 신비로운 풍경을 자아내고 있었다.

"예쁘다……."

당화가 그 장면을 보고 감탄을 금치 못하며 탄식을 뱉었다.

그녀는 남궁세가에 한두 번 와 봤지만, 밤에 이렇게 소호의 한 부분을 보는 것은 처음이었다.

수상 정원과 같은 모습을 한 천객당과 소만의 모습은 이제는 아가씨가 된 당화의 마음을 떨리게 하기에 부족함이 없었다.

"예쁘지? 우리 오늘 소호로 밤 나들이 갈 생각인데, 너도 같이 갈래?"

감탄하고 있는 당화를 보며 남궁혜가 나들이 제안을 했다. 그녀의 말로 미루어 봤을 때는 원래부터 둘은 오늘 소호로 야경을 구경하러 나갈 예정인 게 분명했다.

"에이, 언니. 나도 이제 눈치가 있어."

당화의 어감이 조금 이상해서인지, 남궁혜가 또 얼굴을 붉히며 고개를 숙였다.

그나마 다행인 건 아까와는 다르게 밤의 어둠이 그녀의 얼굴을 어느 정도 가려 준다는 점이었다.

그때 둘의 대화를 듣고 있던 도허옥이 끼어들었다.

"괜찮소. 우리는 어차피 며칠 뒤면 평생을 해로할 사이인데, 그깟 하루 정도 처제에게 양보 못 하겠소이까? 많이 피곤하지 않으면 같이 나갑시다. 마침 달이 만월에 거의 가까워졌을 이맘때 소호가 가장 아름답소. 만월 때보다도 더 말이오."

그렇게 말하면서 도허옥은 가벼운 눈짓으로 동봉수를 바라봤다.

동봉수는 그걸 보고 도허옥의 속셈을 알 수 있었다. 그가 자신에 대해 더 알고 싶어 한다는 것을. 이유는 빤한 것이었고 말이다.

동봉수와 도허옥 둘의 가식적인 눈이 진안 사이를 두고 허공에서 아주 잠깐 얽힌다.

동봉수는 심하게 티 나지 않을 정도에서 적당히 도허옥

의 눈을 피했다.

그렇다 하더라도 이미 시작된 의심을 없앨 수는 없었다.

하지만 여전히 둘 사이에는 큰 차이가 존재했다.

동봉수는 도허옥에 대한 어떤 확신이 있었고, 도허옥은 동봉수에 대해 의심만 하고 있다는 것이었다.

작은 것 같지만, 그 차이는 매우 크다.

마치, 오지선다형 질문을 받은 학생과, 문제인지 아닌지도 모를 애매한 지문 한 줄짜리 시험지를 받아 든 학생의 차이랄까.

동봉수가 의도한 것처럼 도허옥의 눈을 피해 달을 쳐다볼 때, 당화가 기쁜 목소리로 말했다.

"정말 그래도 될까요? 형부?"

"물론이오."

도허옥의 시원한 대답에 남궁혜가 배시시 미소 지었다.

그 모습을 봤을 때, 남궁혜는 이미 도허옥에게 완전히 속아 넘어간 상태였다.

"그럼 같이 갈까요? 이제 언제 언니랑 같이 달구경할 수 있을지도 모르는데, 소호에서 같이 보면 좋을 것 같네요."

"그래, 그러자."

남궁혜가 예쁘게 웃으며 당화의 손을 잡았다.

당화가 그녀의 손을 맞잡으며 동봉수를 보며 말했다.

"괜찮죠?"

당화가 통보하듯 동봉수에게 말했다.

그에게 선택의 여지를 주지 않는 강압적인 말투였다.

그녀의 입장에서는 어쩌면 당연한 일이었다. 어차피 당오의 신신당부 때문에 둘은 같이 움직여야만 했다.

천객당에서 각자 방을 배정받더라도 당오가 올 때까지는 어차피 동봉수와 같이 있어야만 했다. 그럴 바에는 천상경(天上景)이라는 소호의 야경을 보며 남궁혜와 별리의 정을 나누는 게 훨씬 나으리라 생각했다.

하지만 동봉수의 처지에서는 이 야유(夜遊)가 아주 껄끄러웠다.

도허옥이라는 미지의 야수가 그를 주시하고 있었다.

이곳에서는 어떤 일이 벌어질지 알 수 없는 세상, 무림이었다.

그럴 가능성은 희박했지만, 도허옥이 혹시라도 자신이 무혈지체라는 걸 알게 될 수도 있었다.

위험했다.

하지만 동봉수는 피할 수 없었고, 당화의 눈빛은 가차 없었다.

선택은 애초에 그의 몫이 아니었다. 마고공을 벗어났지만, 아직 그에게는 자유 의지가 없었다.

'어쩔 수 없군.'

이렇게 된 바에야, 소호로 나가서 도허옥이 자신을 관찰하는 것처럼 자신도 도허옥에 대해 좀 더 알아보는 수밖에.

"네."

그의 짧은 대답으로, 넷의 한밤 소호 나들이가 결정되었다.

잠시 뒤.

붉은 비단 돛을 화려하게 올린 괘비범선(卦緋帆船) 한 척이 열린 수문을 지나 소호로 출발했다.

배는 시원한 밤바람을 타고 물살을 가르며 달빛이 가장 잘 비치는 곳으로 향했다.

중조고비진(衆鳥高飛盡)
고운독거한(孤雲獨去閑)
상간량불염(相看兩不厭)
지유경정산(只有巢湖景)

뭇 새들 높이 날아 사라지고
외로운 구름 홀로 한가로이 떠가네.
서로 마주 보아 둘이 싫지 않은 것은
오로지 소호의 풍경뿐이로세

남궁세가의 선고공들이 노를 저으며 노래를 불렀다.

이백(李白)의 독좌경정산(獨坐敬亭山)이란 시를 소호에 맞춰서 바꿔 부른 노래였다.

그 노래 때문인지, 정말로 구름 한 점이 홀로 둥근 달을 가르며 지나가고 있었고, 그 모습이 더 없이 운치가 있었다.

배는 어느새 호수의 한가운데에 도착했다.

선고공들은 여유롭게 돛을 내리고, 배 양옆에 달린 닻까지 물속에 떨어뜨렸다.

배는 이내 완전히 소호 정중앙에 멈춰 섰다.

"호수에 비친 달이 정말 예쁘네요."

당화가 감탄하며 말했다.

그녀의 말대로 구름 한 점을 끼고 소호 속으로 뛰어든 것 같은 달은 형용하기 어려울 정도로 아름다웠다.

그걸 시작으로 당화와 남궁혜의 수다가 시작되었다.

그리고 도허옥의 동봉수에 대한 탐문도 본격화되었다.

"여자들은 여자들끼리 얘기하라고 하고 우리는 남자들끼리 술이나 한잔합시다."

도허옥은 그렇게 말하면서 동봉수를 선수(船首)로 이끌었다.

동봉수는 도허옥의 뒤를 따르며 올 것이 왔다는 걸 깨달았다.

하지만 사실 뭔가를 묻는 것만으로 자신에 대해 알아내는 것은 불가능했다. 그리고 어제 있었던 개정대법 덕분에 임시로라도 그의 몸에 혈도가 생겼다.

하나 도허옥이 자신을 붙잡고 정밀 검사를 하지 않는 다음에야 무혈지체에 대해 알아낼 수는 없으리라.

"네."

동봉수는 도허옥을 바라보며 대답했다.

그가 할 수 있는 최소한의 대답. '네'라는 한마디였다.

그에 도허옥이 호탕하게 한 번 웃고는 선수에 동봉수 혼자 놔두고는 갑판 아래쪽으로 내려갔다.

"잠시만 기다리시오. 내 금방 끝내 주는 술을 가지고 돌아오겠소."

도허옥이 갑판 아래로 사라지면서, 영안이 그의 멀어짐을 알려 왔다.

[5, 6, 7, 8⋯⋯.]

그 짧은 순간에도, 동봉수는 끊임없이 도허옥에 대해 생각했다.

아까와 마찬가지로 도허옥이 누군지는 여전히 알 수 없었다. 그리고 지금 그것이 그리 중요한 것도 아니었다.

그에게 중요한 건 과연 도허옥이 이 남궁세가에 왜 저런 모습을 하고 잠입을 한 것이냐는 점이었다.

이것도 지금으로서는 알 수 있는 방법이 없었다. 다만 확실한 건, 도허옥 정도의 인물이라면 남궁세가에서 제법 큰 일을 도모할 수 있을 것이라는 사실이었다.

그만큼 도허옥이란 인물은 지금 남궁세가에서 차지하는 비중이 높은 사람이었다.

그는 계속 생각했다.

그렇다면 그 '큰일'을 언제 시작할 것인가?

'왜'에 대한 해답 없이는 알아내기 어려운 문제였다. 하지만 최소한 지금이 아닌 것만큼은 확실했다.

어렵게 남궁세가에 잠입했는데, 굳이 이렇게 나들이 중에 일을 저지를 이유는 어디에도 없었다.

그러나 그것만큼 확실한 사실 한 가지가 더 있었다.

도허옥이 아무 이유 없이 이렇게 나들이를 나오지도 않았을 것이라는 점. 아까 분명히 남궁혜가 이렇게 말했었다.

'원래'부터 이 나들이가 계획되어 있었다고.

그가 오늘 파악한 바로 미루어 봤을 때, 도허옥은 필요하지 않은 일은 조금도 하지 않는, 자신과 비슷한 부류의 인간이었다.

남궁혜는 이미 자신의 손아귀에 있어서 굳이 그녀의 마음을 더 사기 위한, 이러한 '불필요한' 밤 나들이를 나올 이유가 없었다.

자신이나 도허옥과 같은 부류는 밤에 더욱 바쁜 법이다.

보통의 포식자들이 야행성인 것처럼 말이다. 그런데 이렇게 중요한 밤을 고작 밤 나들이 따위로 보낸다는 건 상상할 수도 없었다.

'도허옥이 나들이를 나와서 하려던 일이 과연 무엇일까?'

자신을 탐색하려는 건 곁다리에 불과하다. 그 이외의 중요한 것이 있었다. 분명히.

무엇이냐?

동봉수는 그걸 확인하고 싶었다.

동봉수는 그것에 관해 끊임없이 생각하고 찾아 나갔다.

하나하나 차근차근.

일단 배를 타고 나왔다. 왜? 배의 역할은?

뭔가를 실어 나른다? 그렇다고 가정하면…….

무엇을?

알 수 없었다. 추측하기도 어려웠다.

왜냐하면, 아직 도허옥이 도모하고 있는 일이 어느 정도 규모인지, 또 어떤 방향성을 가진 일을 꾸미고 있는지 알 수 없었기 때문이었다.

범위를 좁혀야 한다.

큰일, 큰 사건.

남궁세가 내부 깊숙한 곳까지 들어와야지만 할 수 있는 일.

도허옥이라는 가상이지만 완벽한 '캐릭터'를 만들어서까 지 해야만 하는 일.

동봉수는 금세 여러 가지를 유추해 낼 수 있었다.

첫 번째는 경쟁 세력이나 사파에서 첩자 개념으로 도허 옥을 남궁세가에 심은 것이다.

상당히 긴 시간이 소요되겠지만, 도허옥이 데릴사위인

채로 남궁세가의 요직을 차지한다면 최고의 간자(間者)로 활동할 수 있으리라.

두 번째는 경쟁 세력이나 사파에서 남궁세가를 완전히 무너뜨리기 위해서 도허옥을 침투시킨 것이다.

상당히 복잡한 과정을 거치긴 했지만, 확실히 효율적인 방법이었다. 외부에서 들이치고 도허옥이 내응을 하는 방식일 터.

세 번째는 도허옥 혼자 독자적으로 남궁세가에 숨어든 것이다.

이유는 복수나 무공을 훔쳐 배울 목적 정도.

네 번째는 정말로 남궁혜와 사랑에 빠진 것이다.

그 외에도 그가 생각지도 못한 이유들이 더 있을 수도 있었다.

그러나 크게 분류해서 이 범주를 벗어나지는 못하리라 판단했다.

이 가운데 첫 번째, 세 번째, 네 번째는 동봉수 자신에게 아무 영향도 끼치지 않는다.

문제는.

저 중 두 번째 것이었다.

만약 도허옥이 정말로 남궁세가를 무너뜨리기 위해서 이곳에 온 것이라면, 그만큼 철저히 준비했을 것이고, 남궁세가를 무너뜨릴 수 있을 만큼 큰 세력에 소속된 자라는 뜻이 된다.

이 경우라면, 매우 치명적일 수도 있었다.

이미 지금 상황은 동봉수가 도허옥을 죽일 수도, 그리고 피할 수도 없는 상황이다.

지금 동봉수가 도허옥이란 적을 상대할 방법은 오로지 속이는 것뿐.

그런데 이런 상황에서, 갑작스럽게 예상치 못한 강력한 세력이 이곳으로 들이친다면? 그리고 남궁세가가 그들을 전혀 막아 낼 수 없다면?

이 경우, 설사 동봉수가 지금 도허옥을 완벽하게 속여 낸다 하더라도 살아날 가능성은 없다고 봐야 했다.

경우의 수가 많을 때는 최악의 경우에 대비해서 준비해야만 한다. 특히, 그것이 목숨과 연계된 것이라면 더더군다나 더.

그리고 이상하게도 동봉수의 육감은 자꾸 그에게 그 최악의 경우일 것 같다고 속삭이고 있었다.

만약 그 최악의 경우가 맞는다면 도허옥의 거사일은 분명히 그의 혼롓날이 될 터. 정확히 무엇인지는 모르겠지만, 그러한 상징성이나 실용성을 가지고 그 모든 일을 꾸몄을 것이 분명할 것이었으니까.

동봉수는 아직 퍼즐의 조각을 몇 조각밖에 맞추지 못했지만, 어렴풋이 전체 퍼즐의 윤곽을 잡은 것 같은 느낌이 들었다.

그의 육감과 이 가정을 모두 종합하면……

누가?

도허옥과 그의 배후 세력이.

언제?

이번 보름달이 뜨는 날.

어디서?

여기에서.

무엇을?

남궁세가를.

어떻게?

공격한다.

왜?

아직 모른다.

이 모든 불길한 예감과 추리가 맞는다면, 그는 이곳에서 다른 포식자의 먹이가 될 수밖에 없었다.

동봉수의 눈이 낮게 침잠해 들었다.

빠져나갈 방법을 생각하는 것이었다.

그의 어둡게 잠긴 눈 뒤편의 두뇌가 빠르게 회전할 그 순간!

[10, 9, 8, 7, 6, 5······.]

영안이 다급히 적의 접근을 알려 왔다.

"……!"

동봉수는 분명히 갑판 아래로 내려가는 입구 쪽을 바라보고 있었다.

도허옥이 나타나면 언제든지 맞춰서 대응을 해야 했기 때문이었다. 그러나 분명히 도허옥은 아직 갑판 위로 올라오지 않았다.

그런 상황에서 뭔지 알 수 없는 고레벨의 적이 그에게 가까워지고 있었다.

배 아래쪽에서 도허옥이 움직이고 있는 것인가?

영안이 알려 온 적의 거리는 5미터에서 멈췄다.

만약 도허옥이라면 이 거리가 다시 늘어나다가 갑판 위로 올라온 후 줄어들 것이다.

그런데.

"아 미안하오. 술이 이상한 곳에 있어서 찾기가 좀 어려웠소. 하하하."

도허옥이 마침내 갑판 위로 올라왔다.

그러나 영안이 알리는 적과의 거리는 여전히 5미터에 고정되어 있었다.

'도허옥이 아니다!'

배 길이는 대략 눈대중으로 봤을 때 25미터, 폭 10미터, 높이 5~6미터.

지금 영안에 탐지된 적의 위치는 배 바닥 삼판(杉板)이었다.

[5, 4, 3, 2, 1.]

영안의 숫자가 줄어든 것은 도허옥이 5미터 이하로 가까이 다가오면서부터였다.

이제는 의심할 여지가 없었다.

도허옥을 제외한 적이 이곳에 나타났다!

"괜찮습니다."

동봉수는 도허옥의 미안하다는 말에 가장 무난한 대답을 했다.

그러면서도 그의 두뇌 회전은 멈추지 않았다.

'이거였나? 이 밤에 뱃놀이를 나온 이유가?'

술을 가지고 온다는 것은 아마도 핑계였으리라.

도허옥은 분명 갑판 아래로 내려가, 지금 배의 바닥 삼판 위에 붙어 있는 적에게 이 배로 건너오라는, '약속'된 신호를 보냈을 것이다.

현재 소호 위에는 동봉수 등이 타고 있는 배 말고도 합비의 부호들과 술꾼들이 배를 타고 달구경을 나와 있었다.

저 놀잇배들 중 어딘가에 타고 있던 자들이 도허옥의 신호를 보고 이 배로 잠입했을 것이다. 그것도 도허옥에 못지 않은 고수, 혹은 고수'들'로 말이다.

이것이 도허옥이 오늘 밤 뱃놀이를 나온 주요 목적이었고, 이미 달성한 걸로 보였다.

"자, 여기 내 잔 받으시오. 이거 금아주(檎芽酒)인데, 좀 독하기는 하지만 아주 귀한 술이라오. 나도 이곳에 와서 처음 맛봤는데, 정말 이거 때문에라도 남궁세가에 계속 머물러야겠다고 마음먹었소이다, 하하."

도허옥은 한 손에 들고 있던 잔 하나를 동봉수에게 건네며 말했다.

원래 동봉수는 도허옥이 술을 가지러 내려갔을 때부터 어떻게 적당히 그를 상대해 자신에 대한 의문을 없애게 할지에 대해 고민했었다.

그런데 지금은 그게 중요한 문제가 아니었다.

지금 중요한 것은 저들이 과연 '몇 명'이나 이 배로 잠입했는지를 확인하는 일이었다.

막말로 도허옥이 자신에게 가지는 의문점은 '소삼'의 일대기를 읊어 주는 정도로도 상당 부분 해소시킬 수가 있었다.

당오와의 특별한 만남이라고 해 봐야 겨우 하루.

일평생 마고공이었다가, 고작 하루였다.

도허옥이 아무리 치밀한 자라 할지라도 고작 그 하루를 문제 삼지는 않을 것이 분명했다. 게다가 그 사실을 확인시켜 줄 사람들도 여럿—단리세가의 인간들—이 있었다.

단 하루.

도허옥의 성향상 그 하루가 그저…….

조금 '찝찝할' 따름이겠지.

"아, 죄송합니다만, 소인이 사실 아까부터 속이 그리 좋지 않았습니다. 잠시 볼일 좀 보고 와도 되겠습니까?"

동봉수가 배를 살짝 잡으며 가볍게 얼굴을 찡그렸다.

"아, 물론이오. 그리고 보니, 이곳에 도착한 이후 볼일 볼 틈도 없었겠구려. 청판(廳板 : 갑판) 밑에 내려가 선인(船人)들한테 물어보면 어떻게 해야 하는지 알려 줄 것이오."

도허옥은 동봉수의 연기를 전혀 눈치채지 못하고 있었다.

연기라고 하기엔 너무 생생하기도 했고, 그가 봤을 때 동봉수가 자기를 상대로 연기를 할 아무런 이유가 없었기 때문이기도 했다.

동봉수는 도허옥에게 고맙다는 말을 하고는 바로 배 가운데에 있는 장루(墻樓) 쪽으로 다가갔다.

이때 남궁혜와 달을 보며 즐겁게 얘기를 나누고 있던 당화와 동봉수의 눈이 얼핏 마주쳤다. 그에 당화가 금세 눈살을 찌푸리며 고개를 틀었다.

마치 더러운 벌레를 본 눈빛이랄까.

하지만 동봉수는 그녀의 그런 눈빛에도 조금의 신경도 쓰지 않았다.

중요하지 않은 일에는 조금의 영향도 받지 않는 동봉수였다.

그는 그저 영안에 집중할 뿐이었다.

영안은 동봉수에게서 '가장 가까이 있는 한 명'의 레벨 10이상 차이가 나는 대상만 표적으로 한다.

만약 그의 주변 10미터 거리에 한 명이 있고, 다른 한 명이 5미터 거리에 있다면 영안이 느낄 수 있는 대상은 5미터 거리에 있는 단 한 명뿐이다.

그래서 그 특성 덕분에, 도허옥 이외의 적 출현을 정확히 감지할 수 있었다.

[……12, 13, 14.]

동봉수가 장루 아래쪽에 설치된 계단을 따라 상장 갑판 아래로 내려가는 중에도 영안이 알려 오는 거리는 늘어나고 있었다.

갑판 아래 하실(下室)은 생각보다 넓어서 여러 가지 잡기들이 이곳저곳에 흩어져 있었고, 남궁세가의 선고공들이 여기저기 흩어져서 자고 있었다.

늦은 시간에 이렇게 세가의 인물들이 나오자고 하면 저렇게 시도 때도 없이 동원되는 것이 고공들의 어쩔 수 없는 숙명이다.

그래서 잘 수 있을 때 저런 식으로 쪽잠이라도 자야 했다. 동봉수도 마고공으로 있었다면 최소한 겉으로 보기에는 여전히 저들과 비슷한 삶을 살고 있었을 것이다.

그랬다 하더라도 그의 본질이 바뀌는 건 아니었겠지만 말이다.

"볼일 볼 수 있는 곳이 어딥니까?"

동봉수가 장루 계단 바로 옆에 널브러져 자고 있던 선고공 한 명을 깨워 뒷간의 위치를 물었다.

형식적인 질문이었다. 어차피 실제 그의 목적은 진짜로 뒷간에 볼일 보러 온 것이 아니었고, 다른 '볼일' 때문이었으니까.

"저쪽 구석에 판실 보이십니까? 거기 보면 요강이 하나 있을 것입니다. 혹시 요강이 불편하시다면 그 옆에 있는 노구(櫓口)에다가 볼일을 보시면 됩니다. 거기는 멀리 나갈 때가 아니면 항상 노를 빼놓습죠. 솔직히 뱃사람들은 전부 거기다가 일을 보지요."

선고공은 꿀맛 같은 쪽잠을 깨운 동봉수가 마뜩찮을 텐데도, 그에 아랑곳하지 않고 그의 질문에 착실히 대답했다.

동봉수의 외향과는 상관없이, 선고공에게 동봉수는 남궁 세가의 손님이었다.

그것도 남궁혜와 같이 놀잇배를 탈 정도로 중요한 객이었다. 선고공에 불과한 그로서는 동봉수가 바로 어제까지 마고공이었다는 사실을 알 방법이 전혀 없었다.

동봉수는 그가 가리키는 쪽을 바라봤다.

선미 쪽이었는데, 확실히 좌우 하나씩 나무판이 세로로 세워져 있었다. 나무판의 높이는 정확히 상장갑판과 하판

사이를 빈틈없이 이을 정도였고, 그 두 판 사이, 즉, 배의 중앙 부분에는 작게 통로가 나 있었다.

그 때문에 이쪽에서는 그 판실 안을 들여다볼 수 없게 되어 있었다.

선고공의 말대로라면 아마도 저 세워진 각각의 나무판 뒤쪽에 하나씩 노구가 있다는 소리이리라.

그는 선고공이 알려 준 대로 판실 쪽으로 걸어갔다.

그러는 사이에도 영안의 경고음은 계속해서 그의 신경을 자극하고 있었다.

처음 영안이 생겼을 때는 이 시끄러운 소리 때문에 머리가 아플 지경이었는데, 이제는 도리어 이 소리를 들으면 정신이 집중이 되었다. 뇌의 긴장도를 극대화시키는 느낌이랄까.

그가 장루 아래에 내려갔을 때까지 영안이 알려 주는 거리는 계속 늘어나서 결국 14미터를 가리킬 정도가 되었다. 바로 첫 번째로 확인한 새로운 적과의 거리였다.

그런데.

[14, 13, 11, 10······.]

판실로 다가가면 다가갈수록 영안이 알려 오는 숫자가 줄어들고 있었다.

분명히 도허옥과 새 적은 선수 쪽에 있었다.

그리고 동봉수는 지금 선미 쪽으로 다가가고 있었다. 그렇다면 원래대로라면 적과의 거리는 계속해서 늘어나다가 결국에는 영안의 경고음이 끊겨야 정상이다.

그런데 늘어나던 거리는 14미터를 기점으로 해서 다시 줄어들기 시작했다.

이는.

'또 있다!'

이 배로 숨어든 적이 한 명이 아니라는 뜻이었다.

[6, 5, 4…….]

동봉수가 마침내 판실 안으로 들어섰다.

판실은 조금 전 선고공이 얘기했던 대로 양옆에 하나씩 노구가 있었다.

그 안쪽의 빈공간은 창고로 쓰이는지 각종 항호(航湖)용 공구들이 널려 있었는데, 선고공의 말처럼 뚜껑이 덮인 제법 큰 요강도 하나 있었다.

그는 어차피 요강 따위를 사용하러 온 게 아니었기에, 요강을 놔두고는 최대한 배의 벽면 가까이 붙었다.

먼저 왼쪽부터.

노구가 있는 곳이 배의 끝이었다.

선고공이 뒷간 대신 거기에다가 똥오줌을 싼다고 한 것처럼 노구에 가까이 다가서자 악취가 코를 찔렀다.

하나 동봉수는 그에 아랑곳하지 않고 노구에 최대한 가까이 몸을 붙였다. 그러고는 영안을 확인했다.

[3.]

이제 영안은 3미터를 가리키고 있었다.

이 노구 아래 3미터에 있는 하판에 적으로 추정되는 자가 하나 붙어 있었다.

'일단 둘.'

선수에서 확인한 자와 합치면 둘이었다.

둘이 아직 끝이 아닐 수도 있었다.

동봉수는 바로 맞은편 판실 쪽으로 이동했다. 역시나 거리가 늘어나다가 다시 줄어들었다.

방금 3미터를 가리킨 지점의 맞은편 노구 쪽에서는.

오히려 3미터보다 더 가까운 2미터 위치에 적이 하나 더 있었다.

'셋!'

세 명의 추가적인 적을 확인한 동봉수는 판실을 나왔다.

그리고 선수 쪽으로 걸어갔다. 혹시 선수 쪽에도 아까 확인했던 적 이외에 더 있을 수도 있었기 때문이었다.

"쿨······."

아까 그에게 길을 가르쳐 준 선고공은 이미 다시 잠 속으로 빠져든 상태였다.

낮은 코골이 소리가 오히려 깊이 잠들었다는 방증이었다.

동봉수는 그를 지나쳐 선수 쪽으로 다가갔다.

역시 영안의 경고음이 늘어나다가 14미터를 기점으로 줄어들었다.

그곳에서 그는 아까 확인했던 적 이외에 그 맞은편 삼판에 한 명이 더 붙어 있다는 사실까지 확인했다.

'넷.'

총 네 명.

지금 이 배 밑에는 그와 레벨 10이상 차이가 나는 적이 넷이 있었다. 도허옥을 포함한다면 다섯.

각각 배 전면과 후면의 바로 아래 배 바닥의 양옆으로 한 명씩 있었다.

영안의 거리감으로 넷의 위치를 정확히 파악할 수 있었다.

그렇다면 이들이 이 배에 숨어든 목적은 무엇인가?

이쯤 되면 생각할 것도 없었다.

만약 이들의 목적이 남궁혜의 납치 같은 것이었다면 이미 저질렀을 것이다.

이 배에는 그들을 막을 만한 인물이 도허옥뿐이었는데, 정황상 그가 이들 넷을 이곳으로 불러들였다.

절정고수 넷이 아무 짓도 하지 않고 배 아래에 붙어 있기만 한다?

'배가 왔던 곳, 남궁세가로 돌아가기만을 기다리고 있군.'

이 배는 곧 남궁세가로 돌아가게 되어 있고, 누구의 의심도 받지 않는 배.

남궁벽의 둘째 딸과 그 사위가 타고 있는 배를 누가 의심을 하겠는가. 그렇다는 것은, 지금 배 밑에 붙어 있는 절정 고수들이 남궁세가에 아무런 방해 없이 잠입할 수 있다는 의미이다.

이들은 동봉수와 최소한 레벨 10이상 차이가 나는 사람들.

그 차이가 20이 될지, 30이 될지는 전혀 알 수 없는 일.

그런 자들이 넷씩이나 남궁세가에 몰래 스며든다는 건⋯⋯.

전복(顚覆).

도허옥이 꾸미고 있는 '큰일, 큰 사건'은 역시나 그의 육감이 말한 대로였다.

첫 번째, 세 번째, 네 번째 가능성은 모두 사라지고 두 번째 가능성만이 남았다.

도허옥과 이 세력은 남궁세가를 완전히 뒤엎을 생각이다. 한두 명을 죽이기 위함이 아니었다. 절대로.

'남궁세가를 강호에서 지울 생각이군.'

그렇다면 D—Day는 역시⋯⋯.

바로 그날.

도허옥의 혼롓날이리라.

그때에 맞춰 일을 벌이기 위해 하나씩 준비를 하는 것일 테고, 이 일 또한 거사를 위한 준비 단계의 일환일 터였다.

여기에 만일은 없다.

혹시 도허옥과 이들이 다른 편일 것이라는 가능성은 '영(零)'이었다.

남궁세가는 명색이 천하제일세가.

이 놀잇배가 세가로 돌아가면 분명히 배에 대한 점검을 할 테고 혹시라도 숨어든 자가 있는지 없는지도 확인을 할 것이다.

보통이라면 거기서 걸릴 테고, 운이 좋아 배를 벗어나 남궁세가 내부로 침투하더라도 오래지 않아 남궁세가의 무사들에게 꼬리를 밟힐 것이다.

하지만.

누군가 그들에게 세가 내로 숨어들 시간을 벌어 주고, 또 숨어 있을 장소까지 제공해 준다면 얘기는 완전히 달라진다. 이미 그 준비는 도허옥이 다 마련해 놨을 테고, 그대로 흘러갈 것이다. 이미 막을 수 있는 사람은 없었다.

동봉수도 막을 수 없었다.

그가 세가로 돌아가서 침입자가 있다고 말한다고 한들 누가 믿어 주겠는가.

거기에 더해, 그들을 숨겨 준, 혹은 숨겨 줄 사람이 도허옥이다, 라고 말한다면?

스스로를 위험에 빠뜨리는 자충수가 될 것은 불을 보듯

빤한 일. 동봉수가 택할 수 있는 선택지가 아니었다.

그렇다면 이제 어떻게 해야 하는가?

도허옥의 계획은 차근차근 진행되고 있었고, 동봉수가 막을 수 있는 방법은 없었다.

진퇴양난(進退兩難).

당화나 당오가 항상 붙어 있어 남궁세가를 벗어날 수는 없었다. 그렇다고 남궁세가 안에 남아 있다면, 도허옥과 그 배후 세력이 때가 되면 남궁세가를 공격할 것이다. 그 결과는 대충 예상이 된다.

최악의 경우, 남궁세가 내의 인원들 모조리 섬멸될 터.

당오를 따라다닐 경우, 운이 좋다면 살아날 수도 있겠지만, 그건 정말 운이 좋을 경우였다.

만약 이런 일이 있을 때마다 운에 맡겼다면 동봉수는 지금까지 잡히지 않고 버티지도 못했을 것이다.

재수라는 건 바보들이나 믿는 요행수에 불과했고, 동봉수는 바보가 아니었다.

동봉수는 확실한 방법을 찾아 나섰다.

진퇴양난의 상황에 처했을 때 보통 사람이라면 포기를 하기 십상이다. 하지만 동봉수는 포기하지 않는다. 그 어떤 상황에서도 냉철한 이성을 유지하며 위기를 헤쳐 나간다.

앞과 뒤가 막혔다면 옆길로 빠져나간다. 양옆이 막혔다면 위로 솟구치거나 아래로 숨을 것이다.

만약 그도 여의치 않다면.

양난을 평정한다.

그렇게 하는 것이 동봉수의 방식이었고, 그리고 그렇게 할 수 있는 이가 바로 동봉수였다.

동봉수의 눈빛이 소삼의 눈빛에서 어느새 동봉수 본연의 '무' 한 눈빛으로 돌아왔다.

그는 무슨 생각을 하고 있는 것인가?

아직은 아무도 알지 못했다.

잠시 뒤.

동봉수는 아무 일 없다는 듯 갑판 위로 올라와 도허옥과 술을 마셨다. 그리고 그 자리에서 술에 취해 소삼의 일대기를 줄줄 읊었다. 당오와의 일은 대충 왜 그러는지 모르겠다는 식으로 마무리 지었다.

도허옥은 동봉수의 이야기에서 어떠한 허점도 찾아낼 수 없었고, 결국 납득할 수밖에 없었다. 동봉수는 아무것도 모른다는 것을 말이다.

이후 동봉수는 술에 취해 하실로 내려가 판실 안 노구에 머리를 박은 채 잠이 들었다.

결국 그날의 밤 뱃놀이는 그렇게 끝이 났다.

그때까지 하늘 위의 달에는 여전히 구름이 껴 있었다. 그럼에도 달이 워낙 커서 달빛이 환하게 세상을 비추고 있었다.

만월이 멀지 않았다.

보름달과 상현달의 중간 지점.

아무것도 모르는 당화와 남궁혜는 남궁세가로 돌아가는 중에도 웃는 낯으로 달을 바라보고, 그들 옆에 서서 회심의 미소를 짓고 있는 도허옥도 달을 올려다보고 있었다.

하지만 그들이 모르고 있는 사실이 하나 있었다.

그들과 같은 달을 보고 있는 사람이 또 있다는 사실을 말이다.

동봉수는 노구에 머리를 박고 똥오줌 냄새를 맡으면서도 침착하게 소호에 반사된 일그러진 달을 똑똑히 지켜보고 있었다.

그 달은 하늘을 통해 직접 보는 달보다 밝지는 않지만, 더 은밀하고 더 조용히, 그리고 더 아름답게 소호 위에 물결을 따라 흐르고 있었다.

*   *   *

동봉수와 도허옥, 그리고 당화와 남궁혜의 뱃놀이가 끝난 시각은 이경(二更, 밤 9~11시)에서 삼경(三更, 밤 11~새벽 1시)으로 막 넘어갈 즈음, 이때가 번을 서는 세가 무사들이 첫 번째로 교대를 하는 시각이었다.

그들이 탄 배는 금방 소만에 정박하고, 도허옥과 두 여인이 먼저 하선했다.

뒤이어 동봉수가 선고공들에게 업혀 배에서 내렸다.

도허옥은 교대를 할 세가 무사들에게 동봉수를 씻겨서 천객당 중 빈방 아무 곳에나 재우라고 명령을 하고는, 남궁혜와 함께 제왕전으로 돌아갔다.

그리고 그가 가는 길에 교대로 인한 '번의 공백'이 발생하고 있었고, 그사이로 은밀한 그림자 넷이 도허옥의 뒤를 따랐다.

당화는 동봉수를 혼자 놔두지 말라는 당오의 당부도 잊고서 분뇨(糞尿) 냄새가 진동을 하는 동봉수를 놔두고 혼자 동천객당으로 들어가 버렸다.

별것 아닌 일이었지만, 당화는 동봉수에게 더욱 넌더리가 난 것이었다.

그녀는 화끈한 무림인이라면 술도 어느 정도 할 줄 알아야 한다고 생각했다. 그녀의 기준에서 고작 금아주 몇 잔에 저렇게 나동그라진 동봉수는 사내도 아니었다. 하물며 천고의 기재라니…… 그녀는 당오가 분명히 잘못 본 것이 확실하다고 여겼다.

그녀에게 동봉수는 그저 운 좋게 당오의 마음에 든 찌질이에 지나지 않았다.

당화가 사라지자, 선고공들에게서 동봉수를 넘겨받은 남궁세가 무사들은 그를 업고 천객당 안에 있는 욕실로 그를 데리고 가 정성껏 씻겼다.

차가운 물이 몸에 닿았지만, 동봉수는 그때까지 정신을

차리지 못했다. 아니, 그런 척했다.

그의 노력의 결실로, 잠시 뒤 그는 천객당 중 서객당(西客堂)의 맨끝, 빈방에 홀로 남게 되었다. 도허옥의 명령으로 동봉수를 씻겨 준 무사들이 그를 그곳에 데려다 놓고 복귀한 것이다.

그들 입장에서는 교대하고 바로 돌아가서 쉬어야 하는데, 냄새나는 동봉수를 씻겨야 했으니 기분이 나쁠 법도 했으나 남궁세가의 무사답게 끝까지 할 일을 제대로 마쳤다.

서객당은 소만을 사이에 두고 서쪽 섬에 있는 객당으로 남자들을 위한 객당이었다. 반대로, 소만의 동쪽에 있는 섬에 지어진 동객당은 여자들을 위한 객당이다. 아마 당화는 지금쯤 동객당에서 곤히 자고 있으리라.

동봉수는 무사들이 떠난 뒤에도 그 자세 그대로 침상에 누워 있었다. 아직 그를 찾아올 이가 한 명 더 있었기 때문이었다.

드르륵.

역시 그의 예상대로 얼마 지나지 않아, 방문이 열리고 누군가 나타났다. 예상 밖에, 한 명이 아니라 두 명이었다.

나타난 사람은 당오, 그리고 단리강해였다.

당오는 방에 들어와 동봉수가 자는 걸 확인하고는 가볍게 혀를 찼다.

"쯧쯧쯧. 혼자 놔두지 말라고 그렇게 신신당부를 했건

만."

당오는 자리에 없는 당화를 가볍게 책망하고는 단리강해를 데리고 다시 방을 나섰다.

드르륵.

탁.

방이 닫히고, 마침내 동봉수의 '시간'이 찾아왔다.

그렇게 동봉수의 눈이 천천히 뜨여졌다.

*   *   *

(수정) 신무림 온라인 제7법칙 : 패시브 스킬 영안은 동봉수의 반경 20미터 이내에 접근한 위험 인자를 파악해서 그에게 알려 준다. 기준은 레벨 10차이.

추가 : 영안은 동봉수에서 '가장 가까이 있는 한 명'의 레벨 10이상 차이가 나는 대상만 표적으로 한다. 만약, 그의 주변 10미터 거리에 한 명이 있고, 다른 한 명이 5미터 거리에 있다면 영안이 느낄 수 있는 대상은 5미터 거리에 있는 단 한 명뿐이다.

※여전히 이 모든 법칙은 정해진 것이나 확실한 것이 아니다.

第八章

파계(破計)

絶
世
狂
人

　악을 선으로 바꾸려고 애쓰는 것보다는 악이 없는 세상
을 창조하는 것이 신에게는 더 간단하지 않았을까? 그는
악이 없는 세상을 창조할 수 없었던 것일까? 그렇다면 그
는 전지전능하지 않으므로, 스스로 전지전능하다는 것에서
모순되는 존재다. 그러므로 신은 신이 아니거나, 존재하지
않는다.

　　　　— 미셸 라크르와(Michelle Lacroix), '악(Le
　　　　　　　　　　　　　　　　　　　　Mal)'에서

＊　　＊　　＊

고산공(高慊恭)은 남궁세가 천풍단(天風團) 삼조(三組)의 조장이다.

시골 무사 출신으로 남궁세가에서 칼밥을 먹으며 천풍단의 조장까지 되었으니, 어떻게 보면 제법 성공한 인생이다.

"으아함—"

하지만 그는 늘 지루했다. 지금 하품을 하고 있는 것도 일상의 권태로움 때문이다.

오늘도 삼조의 조원 열 명을 데리고 삼경에 이곳 동천객당 앞으로 나와 천풍단 이조(二組)와 번(番) 교대를 했다. 이런 단조로운 매일이 고산공은 지겹고 따분했다.

십여 년 전, 남궁세가에 외성제자로 들어왔을 때만 해도 항상 가슴이 두근두근했었고, 내일이 기다려졌다. 그것은 동경을 하던 꿈을 마침내 이루었다는 성취감 때문이었다.

그가 시골 무관에서 처음으로 섬긴 스승에게 무공을 배웠을 때부터 들어왔던 이야기, 그리고 꿈.

강호의 무사가 되어라. 그리고 마음껏 세상을 활보하라.

고산공은 남궁세가에 들어오면서 그 꿈을 이루었다고 생각했다. 그리고 더 높은 꿈을 꾸기 시작했다.

강호에 이왕 발을 들였으니, 영웅이 되자.

그렇게 결심했다.

천마성의 마병(魔兵)들과 피를 튀기는 혈전을 통한 승리.

집사전 사졸(邪卒)들의 목을 베고 강남을 제패하는 일.

어둠 속에 숨은 정체 모를 세력의 음모를 분쇄하고 무림을 구원하는 것.

그때만 해도, 그런 일들을 당장 이룰 수 있을 것만 같았다.

그러나 꿈은 꿈일 뿐. 현실은 그가 생각해 왔던 것과 전혀 달랐다.

천풍단의 원래 임무는 적을 추격해서 섬멸하거나 적진 수색 및 정탐 등을 하는 것이다.

하지만 현재 천풍단의 주 업무는.

고산공이 지금 하고 있는 것처럼 보초 서기에 불과했다.

오랜 평화로 인해 싸울 일이 드물었고, 특히나 남궁세가와 같은 대문파는 한 지역의 패자이므로 더욱 그랬다.

더군다나, 이 안휘성에 있는 큰 무림 세력이라고는 고작 남궁세가 하나였다.

누가 시비라도 걸어 줘야 승리를 하든, 제패를 하든, 영웅이 되든 할 텐데, 그런 일은 십여 년간 단 한 번밖에 일어나지 않았다.

게다가 십 년 전 그는 워낙 말단 무사였기에, 전투에서 활약할 기회조차 없었다.

이제는 달라졌다. 그는 그렇게 스스로 믿었다.

누구와 붙어도 이길 자신이 있었는데, 영웅이 될 기회조차 주어지지 않는 현실이 원망스러웠다.

"모름지기 사내라면 전쟁터에서 적의 목을 자르고 그 피를 마시며 노래 부르라 했는데, 난 지금 여기서 뭐하는 건지. 젠장, 하다못해 장강십팔수로채(長江十八水路寨) 놈들이라도 다시 쳐들어오면 좋으련만, 그놈들도 요즘은 통 잠잠하니 이거 원 참. 이 고산공이 결국 이런 식으로 보초나 서면서 썩는구나."

장강십팔수로채.

현 중원이 삼패의 천하라고는 하지만, 강호에는 그들만 있는 것이 아니다. 무수히 많은 군소방파들이 무림 곳곳에 난립해 있으며, 개중에는 삼패에는 모자라나, 다른 여타 군소방파에 비해서는 큰 세력들이 몇 있었다.

이른바 '제삼세력(第三勢力)'.

그중에서도 장강십팔수로채는 녹림삼십이산채(綠林三十二山寨)와 더불어 청록쌍걸(靑綠雙傑)이라고 자칭하는 큰 세력이었다.

정사마(正邪魔) 그 어디에도 속하진 않지만, 산이나 강에서는 그 누구도 무시할 수 없는 위세를 떨치는 이들이 바로 장강수로채와 녹림이었다.

비록, 세인들은 그들을 수적과 산적이라는 의미로, 청록쌍적(靑綠雙賊)이라 불렀지만, 그들의 영향력만큼은 강호에서도 누구도 무시하지 못할 만큼 컸다.

수상청 산중녹(水上靑 山中綠).

물 위는 파랗고, 산 속은 푸르다.

강호인들은 이 짧은 글귀로 그들의 물 위와 산 속에서의 지배력을 평했다.

중원의 젖줄인 장강을 장악한 장강수로채와, 무림대파들이 없는 산들을 쥐락펴락하는 녹림의 강대함을 짧은 여섯 글자로 표현한 것이다.

이들은 속성상 결속력이 강한 하나의 집단으로 뭉쳐지지는 않지만, 무림맹처럼 명목상 하나의 큰 연맹체로 이어져 있었다.

그래서 십팔채와 삼십이채로 각각 나뉘어 있으면서도, 크게 보면 한통속이라 하여 장강수로채와 녹림이라고 부르는 것이다.

지금 고산공이 장강십팔수로채 운운하는 것은 남궁세가가 가장 최근 크게 무력 충돌을 한 상대가 바로 장강십팔수로채였기 때문이다.

그것도 바로 그가 이곳에 외성제자로 들어오던 바로 그해에 양 세력 간의 격돌이 있었다.

통상 남궁세가를 안휘 제일 세력이라고 부르는 이유는, 장강십팔수로채가 남궁세가보다 약해서가 아니라, 장강십팔수로채 중 단 하나만이 안휘성에 자리 잡고 있기 때문이었다. 만약 십팔수로채 전부가 안휘성에 모여 있다면, 아무리 남궁세가라 할지라도 그 지배력을 유지하기 어려울 터였다.

그들은 장강 전체에 퍼져 있고, 당연히 장강이 크게 가로지르는 안휘성에도 물길을 따라 빈번하게 출몰했다.

장강십팔수로채는 수적답게 꾸준히 안휘성에서 세력을 넓히길 원했고, 남궁세가는 그런 그들을 막으려 했으니, 필연적으로 둘은 충돌할 수밖에 없었다.

십 년 전.

장강십팔수로채의 총채주 장강용호(長江龍豪) 사사호(査賜豪)가 남궁벽의 경고를 무시하고 소호 쪽으로의 세력 확장을 시도했다.

이에 안휘성에 대한 패권에 위협을 느낀 남궁세가의 가주 남궁벽이 즉각 세가의 거의 모든 무력 단체를 동원해 소호로 출진했다.

둘은 소호를 사이에 두고 극렬히 대립하다 결국 충돌하기에 이르렀다.

싸움은 치열하게 전개되었지만, 그 기간은 그리 길지 않았다.

왜냐하면, 둘 다 무리할 필요가 없다고 판단해 전투가 확전되어야 할 시점에 병력을 물렸기 때문이었다.

둘이 사생결단 낼듯이 싸워 봐야 호시탐탐 그들의 영역을 넘보는 다른 문파들에게 어부지리를 주는 격이라는 걸 느낀 것이었다.

결국 두 세력은 지루한 지엽전만 일 년여 정도 더 벌이다가 끝내는 휴전을 했다.

이때 맺은 협정으로 인해 소호에서 발생하는 모든 이권은 오롯이 남궁세가의 것이 되었고, 장강십팔수로채는 안휘로의 추가적인 진출을 하지 않는다는 약속하에, 장강에서 벌어지는 사업을 방해받지 않는다는 약언(約言)을 남궁세가로부터 얻어 냈다.

서로 으르렁거릴 바에 양보할 건 양보하고 얻을 건 얻은 그러한 협정이었다.

그것이 십여 년 전, 고산공이 겪은 유일한 전투다운 전투였다.

사실 그는 이때 남궁세가에 갓 들어온 새내기였기에 실제 전투에 거의 투입되지 않고, 척후 임무나 번을 서는 정도의 일밖에 하지 않았다.

그럼에도 그는 그 한 번의 출격을 지금까지 우려먹으며 조원들에게 크게 떠벌이는 처지였다.

하지만 조원들도 그가 대단치 않다는 건 잘 알고 있었다.

그가 대단했다면 고작 이곳에서 번조의 조장이나 하고 있지는 않았을 테니까 말이다.

고산공이 처한 현실은 이경에서 삼경까지 동천객당 운교(雲橋) 쪽을 보초 서는 번조의 조장에 불과했다.

특히, 오늘처럼 쾌비범선이 소호 나들이를 나섰던 날에는 놀잇배를 수색하는 잡일까지 떠맡아야 하는 신세였다.

놀잇배가 돌아오는 시각이 어김없이 이때가 될 가능성이

높았기에, 통상 번조의 조장들 중에서도 가장 능력 없는 자들이 이 시간의 번 조장을 맡게 된다.

"이거 봐, 고산공. 그럼 수고하게."

이조의 조장이 고산공에게 인수인계를 마치고는 조원들을 데리고 숙소로 복귀했다. 개중에는 아까 술 취한 천객당의 객을 씻긴 조원들도 있었다.

"아 근데, 저걸 꼭 우리가 수색해야 돼?"

고산공은 소만의 가장 깊숙한 곳에 정박되어 있는 괘비범선을 바라보며 얼굴을 찌푸렸다.

사실 지금 저쪽 서천객당 쪽에도 보초를 서는 인원들이 있었다.

놀잇배는 엄연히 동천객당이 있는 섬과 서천객당이 있는 섬 가운데 지점의 호만(湖灣)에 있었는데, 매번 천풍단의 번조가 수색을 담당하는 것이 불만이었다.

그렇지만 어쩔 수 없는 일이었다.

저쪽 서천객당 쪽의 번을 담당하는 천뢰대(天雷隊)는 그 너머에 있는 지객당의 번을 서는 일까지 맡고 있으니까.

그런 상황에서 매일 있는 일도 아닌, 유선(遊船)의 수색 정도로 이러쿵저러쿵하는 것도 우스꽝스러운 일이었다.

"야, 여기 세 놈만 남고 나머지 전부 범선에 올라."

"넷, 조장."

아무리 미덥지 못한 조장이라도 조장은 조장이었다.

삼조의 조원들은 최소한의 보초 인원 셋만 남기고 괘비

범선 쪽으로 이동했다.

그들이 호만을 따라 돌아가자, 그들이 들고 있는 화접자(火摺子)의 불빛이 소호에 반사되었다. 그에 소만의 주변이 일시적으로 환하게 밝아졌다.

바람이 제법 강하게 불고 있어 잔잔하지만은 않은 물결이 불빛을 받아 반짝였다.

그 모습이 꽤 인상적인 야경을 연출했지만, 천풍단원이라면 누구나 자주 볼 수 있는 풍경이었기에 그들은 별로 신경 쓰지 않고 괘비범선을 향해 걸어갈 따름이었다.

퐁─

그때 뭔가가 물속에 잠기는 것 같은 작은 소리가 났다.

너무도 작은 소리였기에 삼조 조원들은 아무도 듣지 못했다. 또한, 그 소리가 들려온 위치가 동천객당 뒤편이라 정확히 소만의 안쪽인 소호 방향이기도 했고, 동천객당 건물에 시야가 가려져 있는 사각지이기도 했다.

사실 그들이 경계를 서는 위치는 동천객당이 있는 섬 쪽이 아니라, 정확히는 섬과 이쪽 내륙을 잇는 운교 너머였다.

천객당에 머물고 있는 객들은 모두 신원이 검증된 사람이라는 가정하에서 이루어지는 경계 근무인 셈이다.

조원들은 곧 만의 가장자리를 돌아 괘비범선이 정박해 있는 정박지에 도착했다.

어두운 호만의 한쪽 귀퉁이에 정박해 있는 범선은 고요

한 작은 요새였다. 너무 조용해서 어떻게 보면 무서워 보이기도 했다.

하나 그들은 이 일을 워낙 많이 해 봤기에 이제는 아무렇지도 않았다. 그들은 배를 오르내릴 때 임시로 배 선수에 대는 계단인 선계(船階)를 밟고 한 명씩 배에 올랐다.

잠시 뒤, 갑판 위에서 어른거리던 화접자 불빛이 완전히 사라졌다. 아마도 그들 모두 갑판 위 수색을 마치고 괘비범선의 하실로 내려간 것이리라.

고산공은 멀리 보이는 조원들의 화접자 불빛이 사라지자, 평소에 늘 그랬던 것처럼 운교의 끝 쪽에 팔을 걸치고는 선 채로 잠이 들었다.

남은 세 명의 조원들도 이제는 익숙한 일이라 신경 쓰지 않고 자기들의 일인 경계에 충실했다.

그렇게 한 식경(食頃 : 약 30분)이 흘렀다.

하지만……

괘비범선을 수색하러 간 조원은 아무도 돌아오지 않았다.

아니, 돌아오지 못했다.

뚝뚝뚝…….

고산공이 침을 흘리며 졸고 있을 때, 그의 조원 일곱 명은 이미 한 줌의 핏물로 변해 동봉수의 검 끝을 타고 흘러내리고 있었으니까.

*   *   *

괘비범선의 하실.

슥, 퍽, 빠드득.

살이 썰리고, 뼈가 뭉그러지는 소리가 어둠 속을 배회한
다.

동봉수의 손이 움직일 때마다 시체는 본래의 형체를 잃
어 갔다.

시체 수는 일곱.

원래는 시체의 가슴에 한 '글자' 씩 새기려고 했는데, 한
명이 모자랐다.

그에 그는 아예 시체를 조각조각 내어 하실 바닥에 시체
의 뼛조각들을 박아 글씨를 만들어 내고 있었다.

소금에 절여진 삼나무의 강도는 생각보다 강했다.

동봉수는 뼈를 하실 바닥에 정교하게 박아 넣기 위해, 있
는 힘껏 발로 세게 밟아야 할 정도였다.

빠그작, 빠박.

그의 발이 방금 한 시체에서 분리된 갈비뼈를 소리가 나
게 밟았다. 뼈가 부서지며 삼나무로 만들어진 하판에 깊이
박혀 들었다. 그걸로 그가 의도했던 글자 하나의 한 획이
완성되었다.

동봉수는 계속해서 그 일을 해 나갔다.

퍽, 빠작. 빠그락……

뼈가 바스러지는 소름 끼치는 소리가 쉴 새 없이 하실의 내부를 울렸다.

도대체 동봉수는 여기에 어떻게 나타난 것이고, 무엇을 하고 있는 것인가?

동봉수는 사실 아까 천풍단 이조의 조원들에게 업혀서 동천객당으로 들어갈 때 이미 그 주변 지리와 구조를 완벽히 파악해 놓은 상태였다.

그는 당오가 자신의 방에 들렀다가 나갈 때를 기다렸다가 바로 '일'을 시작했다.

밤이라 천객당에 투숙한 고수들은 모두 자고 있었다. 번을 서는 무사들은 전부 동천객당이 있는 섬이 아닌, 운교 너머의 육지 쪽에 있었다. 물론 이도 아까 모두 확인이 끝난 사항이었다.

운교 쪽을 향하고 있는 방문으로만 나가지 않는다면, 번을 서는 무사나 아직 자지 않고 있는 하례객들에게 걸리지 않는다.

그러나 방문은 하나.

어디로 나가야 번 무사들의 눈을 속이고 방을 벗어날 수 있는가?

답은 간단했다.

이곳 안휘지방의 가택들은 하나같이 조립식 건물이었다. 봉양도 그랬고, 남궁세가도 동일했다. 남궁세가가 내부의 건

물인 천객당 또한 마찬가지.

동봉수에게 조립식 건물은 어느 방향이고 모두 '문'이다. 이미 그 사실은 자살역병 사건 때 입증한 바 있었다.

그는 문틈으로 번병들의 움직임을 잠깐 살피고는 그들이 어지럽게 쾌비범선 쪽으로 이동하는 틈을 타, 자신의 방 후면의 기둥 하나를 인벤토리에 넣고는 그리로 빠져나왔다. 그 위치는 운교 너머에 있는 번 병들이 아무리 보려고 해도 볼 수 없는 사각지였고, 평소라면 신경 쓸 필요도 없는 곳이었다. 왜냐하면, 그곳은 바로 소호와 연결된, 마치 절벽과 같은 장소였으니까.

하나 동봉수에게는 그 점이 오히려 다행이었다. 어둠 속의 물처럼 사람이 숨어들기 좋은 곳은 드무니까 말이다.

동봉수는 바로 소호로 잠수했다. 그러고는 쾌비범선으로 이동하는 번병들의 뒤를 따라 은밀히 이동했다.

잠시 뒤.

예정된 수순대로 천풍단 삼조 조원 일곱 명은 배에 올랐다. 동봉수는 그때를 틈타 밤놀이를 할 당시 자신이 머리를 처박고 있었던 냄새 나는 노구가 있는 쪽으로 움직였다.

역시 아까 그 선고공이 말한 대로 노구에는 여전히 노는 없고, 구멍은 뚫린 상태였다.

노구는 작았지만, 동봉수의 몸도 작았다. 키가 작은 건 아니었지만, 소삼의 체격 자체는 아주 작았다. 좁은 어깨와 골반, 깡마른 그의 몸은 노구에 몸을 끼워 넣기에 충분했다.

그는 노구를 통해 배의 하실로 숨어들었다.

곧.

동봉수라는 괴물이 숨어 있는 줄도 모르고 수색을 하러 온 삼조의 조원들이 하나씩 하실로 내려왔다.

그러곤.

어둠 속에서 펼쳐지는 동봉수의 삼재검법에 모두 경험치와 목숨을 맞바꾸는 신세가 되었다.

동봉수가 야밤에 위험을 무릅쓰고 이곳에 나타난 이유는 물론 진퇴양난에 처한 현 상황을 타개하기 위함이었고, 그 방법은 지극히 '그다운' 방법이었다.

그가 지금 뼈로 새기는 글은 일종의 '경고 메시지'였다.

동봉수는 계속해서 시체의 뼈를 분리해 메시지를 새겨 나갔다.

그렇게 한 식경이 지난 어느 시점.

"조장, 뭔가 이상하니까 단주께 보고 드리는 게……."

"야 이, 개새끼야. 부장한테 가서 뭐라고 보고할래? 배에 조원들만 올려 보냈다가 안 내려오길래 쫄아서 확인 못 해 봤습니다, 그럴래? 일단 무슨 일인지 알아보고 난 다음에 보고를 해도 해야 할 거 아냐? 어?"

누군가의 목소리가 들렸다. 한 명이 아니고 여러 명이었다.

누군가?

깊게 생각해 보지 않아도 알 수 있었다.

이야기의 대화 내용을 들어 봐도 그렇고, 이곳에 찾아올 만한 사람을 추리해 보면 당연한 것이었다.

찾아온 사람들은 지금 하나씩 글자의 획이나 점으로 탈바꿈되고 있는 뼈들의 주인과 같은 조에 속한, 나머지 조원들이었다.

대화로 미루어 봤을 때, 그들의 조장도 같이 온 것이 확실했다.

'너무 오래 걸렸어.'

경고를 조금 강력하게 하려다 보니, 시간을 너무 지체했다.

아직 그가 계획했던 여덟 글자를 모두 적지 못했다. 지금 완성한 글자는 겨우 네 자.

삐걱삐걱.

그가 있는 바로 위 상장 갑판이 울렸다. 그들이 배에 이미 올라 갑판 위를 걷고 있는 것이다.

이제는 원래 계획했던 '골문(骨文)'은 고사하고, 남은 네 자를 검으로라도 새길 시간적 여유가 없었다.

사실 네 글자만으로도 절반의 메시지는 전달할 수 있었다. 하지만 그 뒤의 네 글자가 훨씬 더 중요했다.

여기서 그냥 물러나느냐, 아니면 나머지 네 자를 모두 적고 물러나느냐.

후자를 선택하면 방해자들을 모조리 해치워야 한다. 번조의 조원들은 이미 전투력이 자신에 비해 현격히 떨어진다는 걸 확인했다.

그러나 조장의 능력은 아직 어느 정도인지 미지수.

영안이 조용한 걸로 봐서는 자신과 번조의 조장이 레벨 10이상까지는 차이가 나지 않는다는 정도만 확인이 가능했다.

삐걱삐걱.

"너무 조용합니다, 조장. 역시 뭔가 이상합니다."

다시 발소리가 들리며, 조원으로 추정되는 자의 음성이 들렸다.

조금 전보다 꽤 많이 가까워져 있었다. 아마도 장루 근처까지 온 것이리라.

장루 바로 아래에 하실로 통하는 층계가 있으니, 곧 하실로 내려올 터.

결정의 순간이 왔다.

동봉수의 눈빛이 어둠 속에서 반짝인다. 그가 순간적으로 결정을 내린 것이다. 그는 판단을 마친 순간, 이미 몸을 움직이고 있었다.

"나도 보면 알아 새끼야!"

조장이 조원의 보챔에 짜증을 내는 사이 동봉수는 이미 이 배로 숨어들 때 사용했던 노구로 빠져나가고 있었다.

그는 도주를 선택한 것인가?

동봉수가 막 노구로 빠져나간 순간, 그림자 넷이 조금 전까지 동봉수가 서 있던 곳으로 내려왔다. 그들이 들고 있는 화접자의 불빛이 이내 하실 내부를 환하게 밝혔다.

"헉!"

"……!"

"이, 이게!"

각양각색의 반응이었지만, 그 나타내는 감정은 똑같았다.

경악.

뜻밖의 일로 소스라치게 놀랄 때 느끼는 감정이다.

하실 내부는 피비린내가 진동을 하고, 사람의 주검이 걸레쪽처럼 찢어져 이리저리 흩어져 있었으니, 누가 놀라지 않을쏜가?

그 시체가 그들의 동료들일 경우에는…… 말이 필요 없지 않겠는가.

"시…… 바……. 다 나가! 지금 즉시 배를 벗어난다!"

조장 고산공이 소리치자, 가장 뒤에 있던 조원은 그의 말이 나오기 전에 이미 갑판 위로 올라가고 있었다.

우당탕탕!

지금 그들에게는 적의 확인 유무가 중요한 게 아니었다.

그만큼 하실에 펼쳐진 장면은 너무도 끔찍했다. 이제 그들이 할 일은 천풍단주에게 가서 이 일을 알리는 것이었다.

그들이 내는 시끄러운 발소리와 함께 배가 약간 출렁거렸다.

고산공이 하실로 내려갈 때 가장 앞장서고 있었기에, 지금은 가장 뒤에 처져 있었다.

그는 부하들의 뒤를 따라 선계 쪽으로 이동하면서도 뒤를 계속 경계했다.

아직 하실에 저런 끔찍한 짓을 한 자가 남아 있을 수도 있었기 때문이었다. 하지만 그 잔인한 침입자는 이미 배를 떠났는지, 그들의 시끄러운 소리에도 모습을 드러내지 않았다.

그렇게 고산공이 어느 정도 안심하고 몸을 돌려 선계 쪽을 바라보는 바로 그때!

"헉! 으아아!"

가장 앞서 가던 부하가 선계를 밟았다. 아니, 더 정확히는 선계를 밟으려다가 허공을 내리 딛고 그대로 소호 쪽으로 추락했다.

"선계가…… 사라졌다?!"

있어야 할 선계가 갑작스레 사라지는 바람에 가장 앞서 가던 삼조 조원이 발을 헛디디며 소호로 떨어져 내린 것이다.

푹, 빠득.

뒤를 이어, 고기에 검이 박히는 묵직한 소리와 뼈가 갈리는 탁음(濁音)이 났다.

그게 그의 마지막이었다.

그를 죽인 자는 바로.

동봉수였다.

사실 동봉수는 도주한 것이 아니었다. 그는 후자를 선택했다.

하던 일을 마무리 짓기로 한 것이다. 그는 노구로 빠져나가 바로 정박지와 배를 잇는 선계 아래로 숨어들어, 번 무사들이 배를 벗어나길 기다렸다.

예상대로 적들 중 하나가 선계를 밟았고, 그는 기습적으로 선계를 인벤토리에 넣어 버렸다.

뒤이어 발을 헛디뎌 머리부터 거꾸로 떨어지는 적의 입에 칼을 꽂아 넣었다. 그런 일은 그에게는 너무도 자연스러운 '손님맞이 서비스' 였다.

'하나.'

갑판 위에 올라온 사람은 총 4명이었다. 하나를 해치웠으니, 이제 셋 남았다.

"뭐, 뭐야?!"

그들이 깜짝 놀라 경호성을 발하는 것이 들렸다.

저들은 이제 이쪽으로 오지 못할 것이다. 적, 혹은 적들이 정박지 바깥에서 자신들을 기다린다고 착각하고 있을 터. 그래서 이제 배에서 쉽게 내릴 수도 없을 것이다.

비록 화접자가 있다 하더라도 지금은 자정이 넘은 한밤

중이었다.

이 어둠 속에 정박지 아래에서 적이 기다리고 있는데, 내려 바보는 없었다.

저들은 지금 완전히 혼란에 빠져 있다. 이제 결정을 지어야 한다.

동봉수는 얼른 지금 매달려 있는 모서리 부분을 타고 다시 노구 쪽으로 이동했다.

그러고는 잠시의 지체도 없이 하실로 들어섰다.

글씨로 변하다 만 시체들이 뿜어내는 알싸한 혈향이 코를 자극했다.

이제 곧 그 혈향은 더욱 진해지리라.

동봉수는 즉시 장루 계단이 있는 쪽으로 이동했다. 그가 막 계단 쪽에 도달하기 직전!

달빛을 등진 그림자 하나가 하실 안쪽으로 길게 드리워졌다.

'내려오려는 것인가?'

동봉수는 즉시 선미의 안쪽에 있는 판실로 도로 물러섰다.

어둠 속에 몸을 숨기기도 용이했고, 판이 있었기에 들킬 염려도 없었다. 혹, 적이 이리로 오면 다시 노구로 빠져나가면 그만이다.

위험도는.

물론 '제로'다.

동봉수는 살짝 눈을 내밀어 적의 움직임을 살폈다. 셋 다 하실로 내려왔다면 그가 동시에 감당하기 어려울 것이 자명했다. 그렇다면 작전을 바꿔야 한다.

그러나.

하실로 내려온 적은 하나였다.

적들이 흩어졌다. 아마 나머지 둘은 정박지 쪽으로 가서 화접자로 이곳저곳을 비춰 보고 있을 것이다. 그게 아니라면 상장갑판 위에서 우왕좌왕하고 있거나.

어느 쪽이건 상관없다.

동봉수는 아까 업혀 들어올 때 번조의 조장과 조원이 복장이 다르다는 걸 확인했다. 조원은 녹색, 조장은 파란색.

저자는 녹색 옷을 입고 있다. 조원이다.

게다가 그는 자신이 하실 바닥에다 박아 놓은 뼛조각에 정신이 팔려 있다. 망설일 필요가 없다.

동봉수는 인벤토리에서 단검을 꺼냈다. 그는 살금살금 판실의 어둠 속에서 움직였다.

그러던 어느 순간.

피잉—

가느다랗게 찢어지는 파공음이 하실에 작게 울려 퍼졌다.

퍽.

단검은 정확히 조원의 옆통수에 꽂혔다.

그는 외마디 비명 한 마디 유언으로 남기지 못하고 그대로 비명횡사했다.

동봉수는 조용하게 그러나 빠르게, 넘어지는 조원에게 접근해 그를 인벤토리에 집어넣었다. 바닥과 시체가 충돌하면서 발생할 소리를 미연에 방지하기 위함이었다.

'둘.'

둘이 죽었으니, 이제 둘 남았다.

동봉수는 방금 죽였던 조원을 장루 계단 쪽으로 가서 갑판 위로 던졌다.

쿵.

시체가 갑판 위에 떨어지면서 작은 진동과 소음이 일었다.

"조, 조장! 저기!"

뒤이어 마지막 하나 남은 천풍단 삼조 조원의 목소리가 동봉수의 귀에 들렸다.

나머지 둘은 역시 선계가 있던 선수 근처에 있었다.

동봉수는 바로 움직였다.

그는 다시 노구로 나갔다.

그러고 이번에는 선계 쪽으로 가지 않고 노구에서 바로 배 삼판의 판자들 사이에 작게 벌어진 이음매에 손을 끼워 갑판 위로 올라갔다.

노구의 위치가 선미에 있었기에 장루와의 거리는 십 미터, 선수와는 이십 미터 이상의 거리 차가 있었다.

동봉수는 높게 세워진 장루의 그림자를 배경으로 완벽하게 갑판의 선미로 올라섰다.

선미에는 놀잇배에 흔히 있는 거상(踞床 : 긴 의자, 벤치)이 놓여 있었기에 그가 숨기 수월했다.

그는 어둠에 숨어 있고, 적들은 아직까지 화접자를 들고 갑판 위를 서성였다.

고산공과 조원은 선수에서 배 한가운데에 있는 장루 근처로 이동해서 방금 동봉수가 죽인 시체를 살펴보고 있었다.

동봉수가 선미에서 자신들을 지켜보고 있다는 건 꿈에도 생각하지 못하고 있는 상황.

동봉수는 다시 단검을 꺼냈다. 이번에는 두 자루였다.

그는 조금의 망설임도 없이 바로 적의 뒤통수를 향해 던졌다. 던지기 패시브도 어느새 레벨 8에 이르러 있었기에 행동 보너스가 무려 40% 달했다.

쐐애액―!

비도술을 배운 적이 없는데도, 그가 던진 단검은 그야말로 비쾌하게 날아갔다.

퍽.

챙!

서로 다른 두 가지 소리가 동시에 울렸다.

조원은 무방비 상태에서 그대로 뒤통수에 단검이 박혀 즉사한 반면, 번조의 조장 고산공은 공기를 찢는 소리를 느끼고는 남궁세가에서 십 년간 닦은 발검술로 막아 냈다.

정말 간발의 차이로, 본능의 승리였다.

"거기냐?"

그렇게 말하며 동봉수가 숨어 있는 선미 쪽을 바라보는 고산공이었다.

하지만 섣불리 동봉수 쪽으로 다가오지는 못했다.

아니, 오히려 뒤로 물러섰다. 적이 동봉수 혼자가 아닐 것이라고 여긴 것이다.

아마 누구라도 그럴 것이다. 누가 혼자서 노구를 이용해 신출귀몰하게 이동했다고 생각하겠는가?

'셋.'

넷 중 셋이 죽었으니, 이제 적은 하나 남았다.

문제는 저자가 번조의 조장이라는 것.

동봉수는 솔직히 조금 전 비도를 던졌을 때 고산공을 죽일 수 있을 것이라고 생각했다. 그런데 고산공은 그걸 비웃기라도 하듯 너무도 수월하게 막아 냈다.

이길 수 있을까?

무의미한 질문이었다. 이미 내친걸음. 무조건 이겨야 한다.

동봉수는 초보자의 검을 꺼냈다.

그는 조심스럽게 고산공에게 다가갔다. 그러면서 생각했다.

'저자는 나보다 레벨이 높다. 정상적으로는 이길 수 없다. 무조건 이기려면 이길 방법이나 전략이 반드시 있어야 한다.'

그렇다면 어떤 방법과 전략이 필요한가?

결국, 한 가지로 귀결되었다.

'내가 가진 기술을 최대한 활용한다.'

동봉수에게는 스킬이 있다.

스킬과 동원할 수 있는 모든 기술들을 적절할 때에 적합한 방법으로 운용해서 적을 제압해야 한다.

동봉수는 걸어가면서 자신이 가진 모든 기술을 점검하기 시작했다.

우선, 그가 지금 가진 액티브 스킬은.

[삼재검법 1, 2초식], [경공], [운기행공]

이 세 가지였다.

나머지 영안 및 베기, 찌르기, 던지기, 막기 등은 패시브로써 항상 적용되고 있었다.

이외에 인벤토리 신공이 있다. 이는 사실상 동봉수가 가진 모든 기술 중 가장 뛰어난 생존 기술이자 공격 스킬이었다.

거기에 더해 초보자의 검과 옷, 신, 두건은 이곳에는 없는 '지존템'이다.

이 신무림 온라인, 즉, 무림에는 누구도 아이템을 가지고 있지 않았다.

오직 자신만이 아이템을 가지고 있다. 이 아이템들을 착용하는 것만으로도 레벨 1, 2정도의 차이는 쉽게 좁혀질 터.

착, 착, 착, 착.

몇 걸음을 걷는 사이, 그의 복장이 일변했다.

피에 절은 무명협객 때 입던 흑의와 복면을 인벤토리에 넣고, 초보자 세트로 갈아입은 것이다.

그 즉시 아이템 착용으로 인한 스탯의 상승이 일어났다.

우우웅—

그러고는 곧장 운기행공 스킬을 사용했다.

공격력과 방어력까지 증강되었다. 준비는 끝났다.

이제는 싸워서 이기면 된다.

몇 초 뒤.

동봉수가 마침내 장루의 그늘을 벗어나 달빛 아래 그 모습을 완연히 드러냈다.

무심한 눈, 마른 체격, 왜소한 몸에 비해 조금은 큰 키.

눈빛을 제외한 어느 곳을 보든지 소삼의 모습이었다.

"당신은?!"

드디어 모습을 드러낸 동봉수를 본 고산공이 놀랐다.

이유는 간단했다. 익숙지는 않지만, 동봉수를 얼마 전에 본 적이 있었기 때문이었다.

입고 있는 옷이 바뀌었지만, 충분히 알아볼 수 있었다.

남궁세가를 찾아온 손님답지 않게 빈약해 보이는 체형에, 아까 천풍단 이조 조원들에게 업혀 천객당 안으로 들어가는 걸 분명히 목격했었으니까.

"당신이 왜……?"

고산공의 질문에 동봉수가 무심하게 한마디 툭 던졌다.

"남궁세가를 위해서."

"……."

천풍단 조원들을 끔찍하게 죽이는 일이 남궁세가를 위하는 일이라니.

고산공으로서는 뭔 헛소리를 하느냐 하겠지만, 동봉수의 말은 사실이었다.

남궁세가가 살아야 자신이 살기 때문에, 조금 방법이 격할 뿐, 그로서는 최선을 다한 '조언'을 이 배에 남기는 중이었다.

"이런 미친……."

고산공의 입에서 '놈'이라는 마지막 말이 나오려는 순간.

팟—!

동봉수의 공격이 시작되었다.

고산공의 입장에서는 비겁하다고 생각되겠지만, 동봉수에게는 당연한 일이었고, 고산공이 질문을 해 왔을 때부터 이미 생각하고 있었던 일이었다.

싸움에는 '룰'이나 '페어플레이'가 없다. 그런 게 있다면 그게 더욱 웃긴 것 아닌가. 싸움은 이기기 위해 한다. 이기는 데 방법과 수단이 중요한가. 특히, 목숨이 걸린 일에 비겁 운운하는 것이 더욱 웃긴 일이다.

이곳에서 마주친 대부분의 것들은 괜찮았지만, 격식이라는 것. 그것 하나만큼은 동봉수의 마음에 들지 않았다.

싸움은 스포츠가 아니다. 이래저래 격식을 차려 봐야 싸움은 싸움일 뿐이다.

파바박.

[경공(輕功) Lv.5 숙련도 : 47.75%]
몸을 가볍게 하는 무공. 경공을 익힘으로써 더 높이 뛸 수 있고, 떠 빨리 달릴 수 있다.

현재 적용 레벨 : Lv.5 (플레이어는 이 스킬의 레벨 수위를 조절할 수 있습니다.)

점프력 보너스 : 50%

이동력 보너스 : 50%

초당 진기 소모 : 5JP

동봉수의 경공은 이제 레벨 5에 이르러 점프력과 이동력 보너스가 각각 50%에 이르렀다.

경공을 사용하는 그의 움직임은 조금 전과 판이하였다.

게다가 레벨 2의 운기행공까지 사용한 동봉수는 공격력과 방어력 보너스도 60%에 달했다.

그의 움직임뿐만 아니라, 검의 위력 또한 아까 천풍단 삼조 조원들을 도륙할 때와는 비교도 되지 않았다.

쐐애액—!

초보자의 검이 공기를 가르며 날카롭게 고산공의 목을 향해 날아들었다.

그 초식은 그동안 꾸준히 연마해 어느새 레벨 4에 이른, 삼재검법 제이초식 직도황룡이었다.

[삼재검법(三才劍法) 제2초식 직도황룡(直搗黃龍) Lv.4 숙련도 : 45.7%]

무림에 흔하디흔한 검법. 내공이 없는 범인들도 익힐 수 있다.

직도황룡은 찌르기의 강화판.

이 스킬의 모든 행동 보너스치는 관련 스킬의 숙련도 및 검기/검강의 시전유무와 관련이 있습니다.

현재 적용 레벨 : Lv.4 (플레이어는 이 스킬의 레벨 수위를 조절할 수 있습니다.)

찌르기(刺) 사정거리 보너스 : 4%

찌르기(刺) 공격력 보너스 : 4%

찌르기(刺) 시전속도 보너스 : -3%

회당 진기 소모 : 60JP

캉!

고산공도 만만치 않았다.

동봉수의 갑작스러운 공격에도 검을 빠르게 들어 올려 초보자의 검을 튕겨 냈다.

그리고는 곧장 동봉수에게 반격을 가해 왔다.

그래도 나름 남궁세가에서 십 년간 검을 닦았다고 검세가 예사롭지 않았고, 그 검명 또한 꽤 매서웠다.

고산공이 사용한 초식은, 바로 천풍검법(天風劍法) 제일 초식인 천풍유운(天風流雲)이었다.

천풍검법은 천풍단의 독문검법으로 거세면서도 하늘의 바람이 몰아치듯 상대를 들이치는 중검식이었다. 그중 천풍유운은 횡격(橫擊)에 특화된 가장 빠른 검식이었다.

후우웅—

바람이 구름 위를 부드럽게 노닐듯 고산공의 검이 동봉수의 허리를 쓸어 갔다.

동봉수는 조금 전 고산공이 쳐 낸 반동으로 아직 몸을 제대로 가누지 못한 상황이어서 고산공의 초식을 똑바로 막을 만한 상태가 아니었다.

그 상황에서 동봉수는 무리하게 손목을 비틀어 검끝을 아래를 향하게 세웠다.

그로써 검끝이 지면을 바라보며 수직으로 선 막기 자세가 완성되었다.

막기 패시브는 사실상 막을 일이 별로 없었기에 다른 스킬들에 비해 극도로 낮은 레벨 수준이었다. 겨우 레벨 2. 행동 보너스 5%.

파창!

배의 갑판과 정확히 수평을 이룬 고산공의 검이 동봉수

의 검날과 구십 도 각을 이루며 맞부딪쳤다.

"픕!"

검과 검이 맞부딪치며 파열음이 났다.

동시에 고산공의 초식에 휩쓸린 동봉수의 몸이 옆으로 멀리 튕겨져 나갔다.

그 충격에 동봉수는 저도 모르게 입에서 피를 뿜어냈다. 내상을 입은 것이다.

만약 운기행공의 레벨이 2가 아닌, 1이었다면 어쩌면…….

이 일검에 죽었을지도 몰랐다.

'예상보다 강하다!'

동봉수는 그렇게 생각했다.

고산공과의 레벨 차이도 차이였지만, 정식으로 무림의 검을 배운 자와 그저 게임 스킬로써 검을 다루는 자신의 차이가 커 보였다.

동봉수는 스테이터스 창을 열어 피해 상황을 확인했다.

방어에 성공했는데에도 불구하고 체력 게이지가 무려 10분의 1 정도나 닳았다.

진짜 몸으로 받는다면 죽음뿐이다.

그는 입가에 묻은 피를 닦고 다시 몸을 일으켰다. 내상을 입었지만, 그의 표정은 여전했다.

고산공은 그런 그를 보며 다시 공격을 해 왔다.

적이 동봉수 이외에 더 있다고 여긴, 고산공이 속전속결을 하려는 것이었다.

이번에는 천풍검법의 이초식인 천풍벽력(天風霹靂)이었다.

바람이 벼락을 따라 내리꽂히듯, 고산공의 검이 위에서 아래로 떨어졌다.

웅—!

천풍검법 자체가 워낙 중검법인지라 검이 공기를 가를 때 그 풍압이 대단했다.

마치 몽둥이를 허공에다 세게 휘두르는 것과 같은 바람 소리가 나며 검이 동봉수의 머리 위로 떨어지고 있었다.

그런데.

동봉수는 피하거나 막을 생각도 없이 그저 그 모습을 멍하니 바라보고만 있었다.

좀 더 자세히 보면 입꼬리가 살짝 올라간 것이 웃고 있는 듯도 보였다.

뭐가 그렇게 좋은가?

어떠한 일에도 감정의 기복이 없는 그는 이 절체절명의 순간에 도대체 뭘 보고 웃고 있는 것인가?

사실 동봉수는 그냥 이 상황이 즐거웠다.

지금 자신이 상처 입은 이 상황이 기묘하게 기분이 좋았다.

허무할 정도로 모든 것이 그의 계산대로 흘러가고, 너무도 쉽게 살인을 즐기던 현대 지구에서는 느낄 수 없던, 묘한 쾌락을 느끼고 있었다.

이곳에 온 이후 몇 번 그런 적이 있었고, 지금도 마찬가지였다.

충분히 이길 거라고, 쉽게 생각했었는데, 의외로 고전하고 있었다.

아니, 어찌 보면 상대도 안 될 정도로 밀리고 있었다.

그 예상 밖의 결과에 그는 역설적이게도 쾌감을 느끼고 있었다. 그가 현대 지구에서 포식자들을 사냥하고 다닌 것도 어떻게 보면 이런 예상하지 못한 상황을 기대한 것인지도 몰랐다.

다만, 그 모든 포식자들이 그의 바람을 이루어 주지 못하고 죽었을 뿐.

어쩌면 그는 지금 당장 죽어도 즐겁게 죽을 수 있을지도 모른다고 생각했다.

하나.

죽지 않는 것이…… 훨씬 좋다.

왜냐하면.

이 '신무림 온라인'에는 아직 그를 즐겁게 할 만한 예측 불허의 사건들과 괴물들이 훨씬 많은 것 같았으니까.

팍―!

고산공의 검이 동봉수의 머리를 반으로 쪼개기 일보직전!

그는 두건이 없는 이마 바로 아랫 부분에 평소에 인벤토리에 비상으로 넣고 다니는 쇳덩어리 하나를 꺼내 놓고는 그대로 옆으로 굴렀다.

흔히 이곳에서는 나려타곤(懶驢打滾)이라고 부르는 기술 아닌 기술이었다.

게으른 당나귀가 미친 듯이 땅을 구르는 것과 비슷하다 하여 붙여진 이름이다.

하지만 동봉수는 절대 그렇게 생각하지 않았다.

게으른 당나귀 따위는 그렇게 치열하게 살기 위해 노력하지 않는다.

나려타곤이라는 이름 자체가 잘못되었다.

고작 수치심 따위 때문에 생명을 버리는가. 동봉수로서는 이해할 수도, 그럴 필요도 없었다.

그는 필요하면 백 번이고 천 번이고 땅바닥을 구를 수도 있었다.

파캉.

고산공의 검이 허공에 갑자기 나타난 철판을 자르고 그대로 갑판에 박혔다.

"……!"

고산공은 이해할 수 없었다.

어디서 갑자기 철판이 나타났단 말인가?

하지만 그 일에 대해 오래 고민할 시간적 여유가 없었다. 동봉수가 옆으로 구른 후 바로 반격을 가해 왔기 때문이었다.

쐐애액.

날카로운 파공음과 함께 동봉수의 검이 고산공의 옆구리를 노리고 날아들었다.

동봉수가 사용한 이번 스킬도 직도황룡이었다.

"어딜!"

고산공이 볼 때는 가소로웠다. 처음에는 기습적으로 당했기에 조금 당황했지만, 지금은 이미 대비를 하고 있었다. 그런데 또다시 직도황룡이라니.

고산공은 갑판에 박힌 검을 뽑아서는, 바로 동봉수의 검이 오는 방향으로 들어 올렸다. 그는 이번에도 수월하게 동봉수의 검을 쳐 낼 수 있을 것이라 여겼다.

그런데!

이상한 일이 벌어졌다.

자신의 검과 동봉수의 검이 부딪쳐야 할 바로 그 시점!

갑자기 동봉수의 검이 사라져 버렸다. 그 때문에 고산공의 검은 허공을 가르며 그대로 머리 위쪽으로 쳐들렸다.

그 순간, 아주 잠시지만 그의 몸에 빈틈이 생겼다.

쐐액─!

날카로운 파공음.

없어졌던 동봉수의 검이 다시 날아오고 있었다.

"……!"

핏─

고산공이 간발의 차이로 초보자의 검을 피했다.

그러나 완벽히 피하지는 못해서 얼굴에 길게 검상이 생

겼다.

그는 도대체 어떻게 된 일인지 알 수 없었다.

날아오던 검이 사라졌다가 다시 나타나다니. 있을 수가 없는 일이었다. 하나 지금은 그런 게 중요한 때가 아니었다. 동봉수의 공격이 아직 끝나지 않았다.

고산공은 즉시 뒤로 물러섰다.

그러자 동봉수가 바로 따라붙으며 이번에는 삼재검법 제 일초식인 횡소천군을 시전 했다.

[삼재검법(三才劍法) 제1초식 횡소천군(橫掃千軍) Lv.4 숙련도 : 33.0%]

무림에 흔하디흔한 검법. 내공이 없는 범인들도 익힐 수 있다.

횡소천군은 옆으로 베기의 강화판.

이 스킬의 모든 행동 보너스치는 관련 스킬의 숙련도 및 검기/검 강의 시전유무와 관련이 있습니다.

현재 적용 레벨 : Lv.4 (플레이어는 이 스킬의 레벨 수위를 조절 할 수 있습니다.)

횡참(橫斬) 사정거리 보너스 : 4%

횡참(橫斬) 공격력 보너스 : 4%

횡참(橫斬) 시전속도 보너스 : -3%

회당 진기 소모 : 60JP

횡소천군도 직도황룡과 마찬가지로 레벨 4가 되어 있

었다.

횡소천군이 펼쳐지는 모양만 봤을 때는 고산공이 아까 사용한 초식인 천풍유운과 매우 흡사했다.

이번에는 동봉수가 공격하고 있었고 고산공이 방어해야 하니, 상황만 아까와 반대가 된 꼴.

이제는 고산공이 검끝이 아래로 향하도록 세우고는 동봉수의 검을 막았다.

아니, 막으려고 했다.

그런데 동봉수의 검은 이번에도 검과 검이 부딪히려는 찰나에 사라져 버렸다!

고산공이 멍하니 황당해하며 검을 앞으로 세우려던 바로 그때였다.

쐐아악!

동봉수의 검이 다시 나타났다.

그런데 그 검이 동봉수의 오른손이 아닌 왼손에 들려 있었다.

오른손은 이미 허공을 가르며 고산공의 정면을 지나쳤고, 그 오른손에 있던 검이 왼손에 있었다.

어차피 휘두르던 회전력은 고스란히 보존되어 있었기에 동봉수의 검의 위력은 그대로였다. 그 손 위치만 바뀌었다 뿐이었다.

이번에도 고산공은 어떻게 된 일인지 생각할 겨를도 없이 다시 검을 옆으로 세워 초보자의 검을 막았다.

"큭!"

대비하고 있다가 막은 것이 아니라, 불현듯이 방어를 한 것이라 내공을 온전히 검에 전달하지 못했다.

그에 고산공도 아까 동봉수가 날아간 것처럼 옆으로 날 아갔다.

펙.

동봉수와 달리 고산공은 배 옆면에 강하게 부딪쳤다.

동봉수처럼 내상을 입은 것은 아니었지만, 심리적인 충 격은 상당했다.

'이건 도대체 무슨 사술인가?!'

듣지도 보지도 못했던 검법이다.

아니, 이런 걸 검법이라고 할 수 있는가? 모르겠다.

다시 공기를 가르는 소리가 나며 동봉수의 공격이 계속 되었다.

하지만 어렵게 피하기는 했지만, 변칙적인 공격의 형태 를 파악한 고산공은 앞서보다 수월하게 동봉수의 공격을 막 거나 피해 낼 수 있었다.

불규칙적인 공격에 대비하기 위해 최대한 거리를 두는 방법으로 상대 방법을 선회한 것이다.

이후 한동안 고산공의 천풍검법과 인벤토리 신공이 동원 된 동봉수의 삼재검법이 충돌했다. 일견 둘 사이에는 우열 을 가리기 어려워 보였다.

하지만 실상은 동봉수가 궁지에 몰린 상황이었다.

'이제 1분 남았다.'

[운기행공(運氣行功) Lv.2 숙련도 : 38.9%]
단전에 축기된 기를 몸에 분포된 경맥을 통해서 기를 인위적으로 유도하는 수련법.
시전 시, 일시적으로 공격력과 방어력이 상승한다.
지속시간/쿨타임 : 5/10(분)
회당 진기 소모 : 200JP
현재 스킬 보너스 : 60%

운기행공의 지속 시간은 단 5분이다.

그에 비해 쿨타임은 10분. 그런데 이미 4분이 지나 버렸다.

1분만 더 있으면, 그 이후 5분간은 운기행공 없이 싸워야 한다.

죽음.

그 말은 죽으라는 말에 다름이 아니었다.

어떻게 해야 하는가?

동봉수는 지금 자신이 할 수 있는 대부분의 걸 동원해서 싸우고 있었다.

그런데도 고산공을 제압하지 못했다. 나머지 한두 가지가 더 있었지만, 그것마저 통하지 않을 공산이 컸다.

그래서 최대한 아끼며 기회를 엿보고 있었지만, 이미 인벤토리 신공의 약점을 파악한 고산공은 웬만해서는 막으려 들지 않고 물러섰다가 공격을 가하는 방식을 반복하고 있었다.

그렇다면 이대로 끝이라는 말인가?

동봉수는 전투를 계속해 나가면서도 머리는 잠시도 쉬지 않았다.

적의 행동 패턴을 파악하고, 앞으로의 공격을 예측하는 일, 그리고 궁극적으로 고산공을 죽일 방법을 계속해서 생각하고 있었다. 하나 방법이 쉬이 떠오르지 않는다.

팍—!

아무래도 신경이 분산되다 보니 허점이 생겼다.

그 틈을 놓치지 않고 들어온 고산공의 검에 동봉수의 팔이 가볍게 스쳤다. 따끔거리는 고통이 중추신경계에 전해지며 몸이 살짝 저릿저릿해졌다. 동시에 체력 게이지가 아주 약간 내려갔다.

'……체력 게이지가 내려갔다? 체력 게이지…… 체력 게이지……!'

동봉수는 체력 게이지가 약간 내려가는 걸 보고는 번개 같은 생각이 뇌리를 스쳐 지나갔다.

마침내 고산공을 없앨 방법이 떠오른 것이다!

'시간이 없다. 당장 시행해야 한다.'

동봉수에게는 잠시도 망설일 틈이 없었다.

고산공이 자신의 검격이 끝내 동봉수의 몸에 적중을 하

자, 승기를 잡았다고 생각한 것인지 천풍검법의 최후초식인 천풍개천(天風開天)을 펼쳐 왔던 것이다.

파라라락—

천풍의 부름에 하늘이 열리듯 수십 가닥의 검격이 동봉수에게 뿌려졌다.

중검임에도 불구하고 빠르고 변초가 많았다.

동봉수가 설사 피하려 한다 해도 한두 군데 적중은 피할 수가 없어 보였다.

실제로 동봉수의 다리와 가슴, 팔 부분에 아주 가볍게 검이 스쳐 지나가며 피가 튀었다.

그런데.

피해야 할 이때에 동봉수는 오히려 검을 들어 직도황룡의 초식을 펼쳐 고산공의 눈을 향해 찔러 들어갔다.

방어를 도외시한 그의 온몸에는 허점투성이였고, 당연하게도 고산공의 검격에 의한 상처가 기하급수적으로 늘어갔다.

파바바박!

피가 튀고 살이 찢기는데 동봉수의 검은 계속 앞으로 나갔다.

'동귀어진(同歸於盡)······?!'

고산공은 동봉수가 자신의 몸을 돌보지 않고 달려드는 걸 보고 그렇게 생각했다.

그가 피식 웃음으로써 그 행동을 비웃었다.

동귀어진을 하려면 그에 어울리는 초식을 써야 한다.

냉음수라장법(冷陰修羅掌法)의 냉음파멸(冷陰破滅)이나 오로지 동귀어진 수법으로만 이루어진 무정검결(無情劍訣) 정도는 되어야 진짜 동귀어진 수법이라 할 수 있는 법.

근데 고작 직도황룡이라니.

고산공은 뻗어 내던 천풍개천의 초식을 거둬들이고는 횡격인 천풍유운을 펼쳤다.

그의 검이 옆으로 길게 그어지며 자신을 향해 뻗어 오던 동봉수의 팔을 그대로 잘라 버렸다.

팟—!

동봉수의 오른팔이 검을 쥔 채로 하늘 높이 날아올랐다가 소호 속으로 빠져 들어갔다.

퐁.

'아직이다!'

비록 상대가 거의 자포자기 심정으로 나오고 있었지만, 고산공은 방심하지 않았다.

앞서 몇 번의 충돌에서 이미 동봉수가 기괴한 사술을 쓴다는 걸 알고 있었다. 이번에는 분명 왼팔에서 검이 나와 다시 공격해 올 터.

파바박!

고산공의 검이 다시 한 번 휘둘러지며 동봉수의 왼팔 쪽으로 날아들었다.

그의 예상대로 동봉수의 왼팔에서 검이 튀어나왔고, 오

른손으로 직도황룡을 펼치던 그 기세 그대로 왼손으로 다시 직도황룡을 펼치려 했다. 하지만 이미 둘 사이는 너무 가까워 직도황룡이 제대로 발휘되기 어려웠다. 거기에 더해, 고산공이 이미 그 모든 걸 예측하고 있었다.

승부는 누가 봐도 이미 결정 난 것처럼 보였다.

팍!

푹!

고산공의 검이 동봉수의 왼쪽 팔마저 그대로 잘라 냈다.

동봉수는 이제 더 이상 공격할 수 없는 처지가 되었다. 아니, 그래야만 했다.

그런데.

동봉수의 왼팔만 잘려 나갔다면 베이는 소리는 '팍' 하나로 끝이 났어야 했다.

그러나 소리는 하나가 더 있었다.

푹.

간명하지만 명쾌한 관통음.

"끅……."

도대체 어떻게 된 일인가?

고산공의 눈에 초보자의 검이 박혀 있었다.

끼긱끼긱.

동봉수의 이가 검병을 꽉 물고 앞으로 달려가던 탄력 그대로 밀고 나가고 있었다.

이물입퇴(二物入退).

마지막 순간 동봉수가 꺼낸 카드는 동시에 두 가지 물건을 인벤토리에서 꺼내는 수법이었다.

왼손 오른손만 신경을 쓰고 있던 고산공은 양손을 다 자르는 순간, 끝났다고 여겼지만.

실제로 끝난 것이 아니었던 것이다.

동봉수는 왼손과 입에서 동시에 검을 꺼냈다.

그중 진짜 공격은 입으로 꺼낸 초보자의 검.

그것이 멋지게 통해 고산공은 그 생을 마감했다.

사내라면 모름지기 사람의 목을 잘라 그 피를 마시며 노래를 불러야 한다는 고산공의 소원은, 바로 죽는 순간에 달성되었다.

단지, 그 피가 자신의 피이고, 그가 부른 노래가 '끅'이라는 단 한 소절에 불과하다는 점만 빼면…… 정확히 그가 원하는 대로 이루어졌다.

퍽석—!

동봉수의 죽음을 무시한 돌진의 위력이 얼마나 대단했는지 초보자의 검이 고산공의 눈을 뚫고 머리뼈까지 뚫고 그의 뒤통수 밖으로 삐져나왔다.

그렇지만 고산공을 죽이는 데에 희생이 너무 컸다.

동봉수는 불구가 되었다. 양팔이 잘리고, 온몸에 생긴 자상으로 말미암아 피가 끊임없이 쏟아져 나오고 있었고, 몸에는 심각한 내상까지 입은 상태였다.

이대로 단 몇 초만 있으면 그는 죽을 것이다.

그러나.

엄청난 고통이 엄습하는 건 둘째 치더라도, 이제 곧 죽을 상황인데도 동봉수의 입가에 맺힌 미소는 더욱 짙어졌다.

그 이유는.

번쩍—! 번쩍—! 번쩍—!

곧 다시 회복할 걸 알고 있었기 때문이었다.

고산공의 시체가 갑판 위에 넘어지는 그 순간, 동봉수의 몸에서 기이하고 신비한 섬광이 세 번 연속으로 뿜어져 나왔다.

다시 한 번 진화의 순간이 찾아온 것이다. 그것도 무려 삼 연속.

동봉수는 고산공을 죽임으로써 레벨 10이 되었다.

동시에 잃었던 팔도 다시 생겨나고, 모든 상처 또한 회복되었다.

동봉수의 레벨업으로 인해 발생한 성광(聖光)은 범선의 갑판을 넘어 남궁세가 곳곳에 퍼져 나갔다. 마치 대낮의 광명처럼 그렇게 말이다.

*　　*　　*

동봉수의 몸에서 나온 빛으로 인해 남궁세가가 밝아지던 바로 그 시각, 봉양의 단리세가도 대낮처럼 밝아져 있었다.

다만, 차이가 있다면, 단리세가는 밝아진 것뿐만 아니라 세가 전체가 불에 타오르고 있다는 점.

"끄아아악!"

건물은 이곳저곳 불길에 휩싸여 무너지고 있었고, 검은 복면을 쓴 흑의인들이 세가의 인원들을 마구잡이로 도륙하고 있었다.

이들을 막기 위해, 세가 유일의 무력 단체인 십자천검단이 출동했지만, 흑의인들의 검이 움직일 때마다 십자천검단원들의 목이 잘려 나갈 뿐이었다.

비명과 검이 부딪치는 소리를 듣고 단리천우가 잠에서 깨어났을 때는, 이미 십자천검단이란 이름이 무림에서 지워진 후였다.

"……."

단리천우의 모든 것인 단리세가가 불타오르고 있었고, 세가의 식솔들이 끔찍하게 죽어 나가고 있었지만, 그는 아무 말도, 아무 행동도 할 수가 없었다.

아니, 애초에 아무 생각도 나지 않았다.

왜? 도대체 누가 이런 짓을?

이런 생각들을 떠올릴 만도 했지만, 너무나도 압도적인 힘의 차이에 아예 몸에 힘이 풀려 버렸다.

얼마 지나지 않아 세가 내에는 그 혼자만이 남게 되었다.

그는 검을 뽑아 들고 있었지만, 흑의인 중 누구 하나도 베지 못했다. 아니, 검을 휘두를 수조차 없었다. 그저 몸만 바르르 떨고 있을 따름이었다.

타닥타닥. 타박타박. 타닥타닥.

단리세가가 불타는 소리를 뚫고 타박이는 발소리가 들렸다.

이 참상을 만들어 낸 흑의인들의 것이다.

그들은 이내 단리천우의 전방 삼 장 거리에 멈춰 섰다.

고작 다섯이었다.

비록 흑오단이 빠져나간 상태였지만, 그렇다고 해도 겨우 다섯 명에게 단리세가가 이렇게 무기력하게 당하다니. 단리천우는 믿을 수가 없었다.

"……누군가?"

단리천우는 넋을 잃은 표정으로 멍하니 가장 앞에 서 있는 흑의인을 바라보며 말했다.

흑의인의 지독히도 차가운 눈빛이 단리천우의 초점 잃은 눈빛을 금세 잡아먹어 버렸다. 마치 지금 불길이 단리세가를 세상에서 지우고 있는 것처럼.

흑의인은 말없이 단리천우에게 좀 더 가까이 다가왔다.

탁.

흑의인이 단리천우의 앞 일 장 거리에서 다시 멈췄다.

단리천우의 입술이 달싹달싹 거리다가 결국 조금 전 했던 말을 재차 뱉어 냈다.

"……누군가?"

흑의인은 고개를 살짝 들어 냉오한 목소리로 말했다.

"그런 게 중요한가?"

단리천우의 입술이 다시 한 번 바들바들 떨렸다.

아마 무슨 말을 하고는 싶은데 너무 허망해서 말을 할 수 없음이리라. 그러다가 그는 혀를 살짝 깨물고는 기어이 말을 꺼낼 수 있었다.

"……이, 이유가 뭔가?"

스윽.

물었지만, 대답은 없었다. 아니, 있기는 있었다.

단지, 그 대답이 말이 아닌 검이었을 뿐.

흑의인의 검이 비스듬히 아래에서 위로 올려 쳐졌다. 그걸로 끝이었다.

오른쪽 허리 아랫 부분에서부터 왼쪽 어깨까지 잘린, 단리천우의 상체가 매끈하게 잘린 하체 위를 타고 바다으로 스르륵 미끄러져 내렸다.

후두둑.

깔끔하게 잘린 그의 상체 아랫 부분을 통해 갈가리 조각난 내장 부스러기들이 쏟아졌다. 그런 마당에도 단리천우의 입은 여전히 '이유가 뭔가'를 묻고 있던 그 모양 그대로였다.

퍽!

그런 그의 입을 흑의인의 발이 짓뭉갰다.

그리고 그제야 단리천우는 대답 아닌 대답을 들을 수 있었다.

"자꾸 쓸데없는 걸 묻지 마라. 너 따위가 알 필요가 없는 것이니까."

봉양 최고 세가의 세가주였지만, 흑의인, 광운에게는 고작 '너 따위'에 불과했다.

그렇게 허무하게 단리세가가 세상에서 사라졌다.

그나마 단리천우에게 다행이라면 단리강해와 단리희가 단리세가를 떠나 있어서 이 겁난을 피했다는 것이다.

하지만……

불행인 것은…….

겁난은 이곳에만 닥친 것이 아니라는 사실이었다…….

이곳에 '구름'이 진하게 껴 있다면, 안휘 남부 지역 쪽으로는 '그림자'가 짙게 드리워져 있었고 단리희가 이미 그 그림자의 영역 안으로 들어가 있었으니까…….

*　　*　　*

승룡산(昇龍山).

합비 북단에 작게 솟아 있는 산이다.

사실 그 높이나 규모로만 봤을 때에는 산이라고 부르기도 어려운 언덕 수준의 산이었다.

그럼에도 산은 산인지라 이곳의 꼭대기에 올라서 아래를 내려다보면 합비의 전경을 모두 볼 수도 있었고, 멀리는 소호에서 피어오르는 물안개까지 감상이 가능했다.

자연히 승룡산의 정상에서는 소호에 인근해 있는 남궁세가의 장원 또한 한눈에 관찰할 수 있었다.

　이 산이 그 규모에 어울리지 않게 승룡산이라는 거창한 이름으로 불리는 이유는, 이곳의 산등성을 따라 다닥다닥 연결된 바위들이 마치 승천하는 용의 형상과 닮았기 때문이었다.

　"악! 그, 그만! 아흑!"

　지금 승천하는 용의 머리 부분에 해당하는 꼭대기 바위 위에서는 밤의 찬 기운을 몰아낼 정도의 열풍이 몰아치고 있었다.

　남자는 엎드린 여자의 뒤에서 거칠게 하체를 움직이고 있었고, 남자에게 강제로 뒤를 빼앗긴 여자는 머리를 숙인 채 흐느끼고 있었다.

　그런데 기이하게도 사내의 육체는 달빛을 받아 은빛으로 빛나고 있었다.

　이는 기공(奇功)인 은음색공(銀陰色功)을 익힌 자에게 나타나는 전형적인 현상이었다.

　현 무림에서 이 무공을 익힌 사람은 단 하나.

　바로 천마성 안휘지부의 부주 은라색마 파가혈이었다.

　퍽퍽.

　"아아!"

　파가혈은 여자의 뒷머리를 잡아 거칠게 뒤로 잡아당기며 허리를 앞으로 더욱 거칠게 밀어붙였다. 여자는 그에 또다시 미칠 듯한 쾌감을 느끼며 자지러졌다.

하지만 그렇게 격렬히 움직이면서도 파가혈의 눈은 여자에게 머물고 있지 않았다.

남궁세가.

그의 눈은 오로지 저 멀리 아른하게 보이는 남궁세가만을 바라보고 있었다.

별호에 색마라는 말이 들어가 있는 것처럼, 그는 여자를 안는 것을 좋아했지만, 더욱 좋아하는 것이 있었다.

그것은 바로.

피였다.

파가혈이 십여 년간 '그'의 명령을 기다린 것도 명령이 떨어지면 피를 실컷 맛볼 수 있을 것이란 기대감 때문이었다.

이제 며칠 뒤 제일계가 본격적으로 개시되면 남궁세가가 사라질 것이다.

그 과정에서 자연스럽게 지독한 혈극이 펼쳐지리라.

붉게 물들 남궁세가를 상상하자, 파가혈의 신체가 더욱 강렬한 은빛으로 변해 갔다. 그와 함께 그의 하반신의 움직임 또한 더욱 격렬해졌다.

"헉헉!"

"꺄, 꺄악!"

불쌍한 희생양은 자기가 죽을 줄도 모르고 쾌락에 겨워 눈을 까뒤집으며 희열에 몸부림친다.

그녀는 부하들이 어제 잡아 온 무림인이었다. 봉양에서 남궁세가로 향하던 길이었으니, 이번 변영과 남궁혜의 혼례를 축하하러 가는 길이었으리라.

희생양은 전혀 모르고 있겠지만, 아마도 그녀의 출신 가문이나 문파도 조만간에 강호에서 사라질 것이다.

'어쩌면 이미 없어졌을지도 모르지.'

광운은 절대로 자비로운 인간이 아니었다.

'제이계'를 위한 밑밥을 뿌리러 갔으니 안휘성 무림은 완전히 초토화될 것이다.

아마 모르긴 몰라도, 제이계를 위해 여러 명의 '구름'이 동원되었을 터. 순서만 다를 뿐. 안휘성의 어떤 문파도 광운의 손을 피할 수는 없으리라.

반면, 제일계에 동원된 그림자는 총 일곱.

'나와 변영, 그리고 남궁세가에 숨어든 넷. 그리고.'

다른 하나는 소호 방면을 책임지고 있었다.

자신이 이끌고 있는 천마성 안휘지부와 남궁세가, 그리고 또 다른 그림자가 거느리고 있는 그 세력까지 안휘에서 충돌한다면 결과는 두고 볼 것도 없이 자명한 일.

무본의 일계와 이계가 시작된 이상 안휘성 무림이 온전히 남아 있을 여지는…….

없었다.

"아아아하학!"

그걸 알 리 없는 여자는 자신의 음기가 완전히 소멸되어

가고 있는 와중에도 극락 속에서 헤매고 있었다.

파가혈은 이제 마무리해야 할 때가 다가왔다는 걸 알고는 여인의 마지막 남은 정기를 마음껏 흡수했다.

그런데 그가 막 절정에 오르려는 바로 그 순간!

번쩍—! 번쩍—! 번쩍—!

짧지만 아주 강렬한 빛 세 줄기가 그의 눈에 포착되었다. 방향은, 남궁세가 쪽이었다.

'저건 뭔가?!'

이곳에서 남궁세가가 어렴풋이나마 보인다 하여 그 거리가 가까운 건 절대로 아니었다.

웬만큼 강렬한 불빛이 아니라면, 남궁세가에서 이곳 승룡산 꼭대기까지, 그것도 이 밤에 절대로 뻗어 올 수가 없었다.

저런 정도의 강렬한 빛은, 태양빛이 아니라면 벽력탄(霹靂彈)의 폭발 정도는 되어야 하리라.

저건 변영이 보낸 신호는 절대로 아니었다.

변영은 태양신공(太陽神功)을 익히지도 못했을 따름 아니라 벽력탄도 가지고 있지 않았다.

무엇보다도, 태양신공이 내뿜는 열기나 벽력탄이 터지면서 발하는 파괴적인 폭광(爆光)에 이러한 편안하고 알 수 없는 따뜻한 기운이 실려 있을 리가 없었다.

그래서 파가혈은 더욱 불안했다.

뭔가 알 수 없는 일이 남궁세가에 벌어진 것이 분명했다.

이는 분명히 계획에 없던 일이다.

"아아아악!"

마침내 파가혈과 여인이 절정에 이르렀다.

털썩.

그의 양물이 여체에서 뽑혀 나오며, 여자는 그 생을 마감했다.

그의 몸은 어느새 은빛에서 원래의 색으로 돌아와 있었고, 그 양물 또한 아래로 축 늘어져 있었다.

"지금 즉시 합비로 통하는 모든 길목을 봉쇄한다."

누구에게 말하고 있는 것인가? 죽은 여자에게 말하고 있는 것은 분명히 아니었다.

"존명."

그걸 증명이라도 하듯, 바위 아래쪽 어딘가에서 대답 소리가 났다.

소리가 남과 동시에, 바위 아래로 드리워진 그림자들이 사방으로 늘어나기 시작하더니 이내 여러 가닥으로 분리되었다.

그러고는 승룡산 아래로 사라져 버렸다.

파가혈이 색공을 펼치던 바위 아래에 여러 명의 인원이 은밀히 숨어 있었던 것이다.

그림자들이 사라지자, 파가혈 또한 그대로 그 자리에서 꺼지듯 자취를 감추었다.

휘이잉—

승룡산 정상에 찬바람이 다시 불어 왔지만, 이제는 받아 줄 사람이 없었다.

하나 있었지만, 이미 죽은 시체일 뿐.

지금에 와서는 아무 의미도 없는 이름이지만, 시체의 이름은 단리희였다.

* * *

같은 시각, 남궁세가.

소호에서 불어오는 찬바람을 맞으며 두 사람이 범선 위에 서 있었다.

이미 동봉수는 떠나고 없었지만, 그가 남긴 끔찍한 풍경은 여전히 남아 두 사람의 마음을 무겁게 하고 있었다.

한 명은 천뢰대주 남궁후였고, 다른 한 명은 이곳에서 죽은 자들에 관한 책임을 지고 있는 천풍단주 남궁일(南宮溢)이었다.

"자네는 어떻게 생각하는가?"

먼저 남궁일이 말했다. 말을 하면서도 그의 시선은 시종일관 배의 갑판에 머물러 있었다.

거기에는 용이 승천하는 듯 멋진 필체로 글이 적혀 있었다.

다만, 거기서 올라오는 향이 먹향이 아닌, 혈향이라는 게 그의 미간을 찌푸리게 하고 있었다.

"……."

남궁후는 천뢰대주인 관계로 남궁일보다 더 빨리 이곳에 도착했다.

세 번의 섬광이 이곳에서 발원했을 때, 가장 가까이 있던 번 무사들이 바로 서천객당에서 번을 서던 천뢰대원들이었다.

남궁후가 천뢰대의 보고를 듣고서 먼저 이 배에 도착했고, 뒤이어 남궁일이 오늘 죽은 천풍단 삼조와 교대하러 나온 사조의 보고를 받고 이곳에 급히 왔다.

남궁후는 가타부타 대답 없이 장루 아래쪽 하실을 손으로 가리키며 말했다.

"이것만 봐서는 이 참경을 만든 자의 의도를 다 알 수는 없네. 따라와 보게."

남궁후가 남궁일을 데리고 배의 하실로 내려갔다. 남궁일은 무슨 이유가 있겠지 하는 마음에 별 말 없이 남궁후를 따라 하실로 내려왔다.

아직 밤이 깊은 시각이라 하실 내부는 어두웠다.

펑!

남궁후가 하실의 옆면에 장법을 펼쳐 구멍을 냈다. 이내 달이 뿜어내는 어스름한 빛이 들어와 하실을 밝혔다.

그 덕분에 잘 보이지 않던 하실 풍경이 둘의 눈앞에 고스란히 들어왔다.

"이건!"

하실의 바닥에는 사람의 뼈로 보이는 조각들이 아주 정교하게 박혀, 갑판 위의 혈문처럼 네 글자의 문장을 형성하고 있었다.

그 끔찍한 형상은 갑판 위의 것과 비할 바가 못될 정도로 잔혹했지만, 그 글의 정갈함만큼은 갑판에 쓰인 글과 마찬가지로 천하 명필이었다.

"새벽에 서천객당에서 번을 서던 천뢰대원들이 이곳에 가장 먼저 도착했었지. 그들이 이곳에 도착해서 조사한 바로는 이 골문이 갑판 위의 혈문보다 먼저 쓰인 것 같다더군. 즉, 침입자는 이곳에서 천풍단원들의 뼈와 살을 발라내 이런 짓을 한 후 갑판 위로 올라가 혈문을 적었다는 얘기지."

놀라는 남궁일에게 남궁후가 설명을 덧붙였다.

그 말을 들은 남궁일은 잠시 부하들의 명복을 빌고는 말을 이었다.

"……그런데 침입자는 어렵게 침입해서 대체 왜 이런 글을…… 아니, 이런 짓을 한 것인지 알 수 없군. 숨기에도 바빴을 텐데 말일세."

"글쎄…… 그건 나도 모르겠군. 힘들게 남궁세가로 침투해서는 왜 이런 걸 적은 건지……."

하실의 골문과 갑판 위의 혈문을 순서대로 합치면 다음의 여덟 자가 된다.

월만제몰 착여위왕(月滿帝沒 辶余爲王).

달이 차면 제왕이 몰락하고, 천천히 가는 내가 왕이 된다.

남궁후와 남궁일은 그 여덟 글자에 대해 한참을 애기한 후, 날이 서서히 밝아 오자 제왕전으로 발걸음을 옮겼다.

아무래도 이 일은 자신들 선에서 정리가 될 문제가 아닌 것 같아서였다.

*　　　*　　　*

(수정) 신무림 온라인 제5법칙 : 레벨업을 하면 몸에서 하얀빛이 사방으로 뿜어지며, 몸에 있는 상처가 모두 회복된다. 동시에 모든 스탯이 조금씩 올라간다. 즉, 힘이 세지고 몸이 날래지고 지능이 높아진다.

추가 : 이때 회복되는 건 상처뿐만 아니라, 소실된 신체까지 모두 포함한다.

※여전히 이 모든 법칙은 정해진 것이나 확실한 것이 아니다.

第九章

포위(包圍)

絶
世
狂
人

　죽음이 두려운 이유는 그곳으로 여행을 떠난 자들 중에
아무도 돌아오지 못했기 때문이다. 지도나 풍문도 없이, 돌
아올 수 없는 미지의 장소에 홀로 떨어진다는 건 공포 그
자체다.

　　― 윌리엄 셰익스피어(William Shakespeare),
　　　　　　　　　　　　　　　　영국 문호

*　　*　　*

　"야, 어젯밤에 있었던 일 얘기 들었어?"
　"뭐?"

"아, 너 아직 못 들었구나? 그게 뭐냐 하면……."

남궁세가가 아침부터 무척이나 시끄러웠다.

원인은 어젯밤에 남궁세가를 뒤덮었던 세 번의 밝은 빛, 그 때문이었다.

예로부터 사람들은 삼이란 숫자를 신성하게 생각했다.

일(一)을 양(陽), 이(二)를 음(陰)과 대비시켜 왔는데, 삼은 일과 이의 합으로 이루어진 수이므로, 음양이 조화된 완벽한 숫자라고 여긴 것이다.

게다가 어제 남궁세가 전체를 뒤덮었던 빛은 그 자체만으로도 마치 온 세상을 정화할 듯이 대단히 밝고 온화했다.

그 시간에 번을 서던 모든 무사들과, 잠을 자지 않고 있던 소수의 사람들이 그 일에 대해 하나같이 입을 모아 심상치 않았다고 얘기하고 있었다.

삼성광(三聖光).

여러 명의 입을 타면서 그 세 번의 빛은 삼성광이라는 거창하고 그럴듯한 이름을 가지게 되었다.

"삼성광이 말이야……."

아직 이른 아침이라 깨어 있지 않은 사람이 많음에도 불구하고 삼성광에 대한 소문은 일파만파 퍼져 나가고 있었다.

[이는 곧 있을 남궁혜와 도허옥의 혼례를 하늘이 축복하

는 것이다!]

누가 처음 말한 것인지는 알 수 없었으나, 아침 식사 시간이 되기 전에 이미 이 일에 대해 세가 내에서 모르는 사람이 없을 정도가 되었다.

심지어 이 삼성광에 대한 일로 남궁세가의 핵심 인사들과 장로들이 아침부터 제왕전에 모두 소집되어 있었다.

그러나 그들이 회의를 벌이고 있는 내용은 일반 세가원들과 하례객들이 생각하고 있는 것처럼 그리 희망적이지 못했다.

그 이유는 삼성광이 알려 온 것이 하늘의 축복이 아닌, 실제로는 사골문 사혈문(四骨文 四血文)이라는 재앙의 전조였기 때문이었다.

제왕전 한가운데 위치한 단상 위의 의자에는 자연스레 세가주인 남궁벽이 올라앉아 있었고, 그 좌우에 일렬씩 제왕검단(帝王劍團), 창궁검단(蒼穹劍團), 비연검단(飛燕劍團), 무애검단(无涯劍團), 섬전검단(閃電劍團)을 이끄는 단주들과 장로들이 늘어서 있었다.

현재 이곳에 있어야 할 인원 중에 빠진 사람은 처음 이 소식을 가지고 온 천풍단주 남궁일과 천뢰대주 남궁후뿐이었다.

모여 있는 사람들의 표정이 하나같이 진지한 것이 지금

이곳에서 진행되는 이야기가 얼마나 심각한 것인지 짐작할
수 있게 했다.

월만제몰 착여위왕.

오늘 이른 아침부터 지금까지 이곳에서 이루어지고 있는
모든 대화는 전부 이 여덟 글자에 관한 이야기였다.

처음에는 이 글귀에 대한 해석에서 약간의 의견 충돌이
있었다.

하지만 이제는 그 해석에 대한 대립은 더는 없었다.

월만제몰.

달이 차면 제왕이 몰락한다.

크게 생각할 것도 없이 이것은 남궁세가의 몰락을 뜻하
는 것이었다. 남궁세가는 예로부터 스스로를 제왕지가라고
부르는 가문이었다. 여기서 '제'가 뜻하는 것은 남궁세가
였고, '월만'이라는 건 이번 혼례가 보름날에 이루어지는
것을 말함이리라.

이에 대해서는 처음부터 논란의 여지가 있을 수 없었다.

해석의 차이가 발생한 건 골문으로 된, 앞 네 글자가 아
니었다. 피로 쓰인, 뒤의 네 혈문이었다.

착여위왕.

천천히 가는 내가 왕이 된다.

여기서 과연 '천천히 가는 내'가 누구인가에 대해서는
이곳에 모인 이들 간의 갑론을박이 있었지만, 이에 대해서
도 결국에는 이론이 있기 어려운 확실한 결론이 났다.

지금 벌어지고 있는 난상토론은 과연 이 '천천히 가는 나'로 지목된 이를 어떻게 해야 할지에 대한 것이었다.

"아까부터 계속 말씀드렸지만, 이건 명백한 음해(陰害) 요!"

창궁검단의 단주인 남궁중(南宮仲)이 좌중을 둘러보며 힘주어 말했다.

그는 남궁세가의 장로 중 유일하게 검단의 단주를 맡고 있는 사람으로서, 배분상으로는 남궁벽과 동등할 정도로 높은 인물이었다. 당연히 이런 회의에서 그의 발언권이 셀 수밖에 없었다.

"도성은 이제 세가에 들어온 지 1년도 채 되지 않았소이다. 그 말은 아직 세가에서 아무런 영향력도 행사할 수 없다는 뜻이오. 그건 혜아랑 혼인을 치른 이후라도 크게 달라지진 않을 것이오. 그건 여기 계신 분들이 더 잘 아시질 않소이까? 애초에 도성이라는 젊은이는 남궁 씨가 아니오. 그런데 그런 자가 도대체 무슨 수로 남궁세가의 가주 자리를 위협한다는 말이오?"

남궁중이 말하는 도성은 도허옥의 별호였다.

그의 목소리에는 다른 가능성의 여지가 있을 수 없다는 듯 확신에 차 있었다.

그런 남궁중의 말에 호응을 해 주려는 듯 다수의 장로들이 고개를 끄덕였다.

"세가의 무사들을 지독한 방법으로 죽인 침입자가 그 피와 뼈로 만들어 낸 기괴한 글귀만 믿고 세가의 사위가 될 사람을 의심하다니요? 천하무림인들이 남궁세가를 비웃을 일이오. 대체 남궁세가의 사위가 될 사람이 뭐가 아쉬워서 그런 일을 꾸미겠소이까? 나는 도대체가 왜 간악한 침입자 한 명의 중상모략에 남궁세가 전체가 이렇게 시끌시끌한 건지 이해할 수가 없소이다."

하나, 장로들에 비해 비교적 젊은 층인 무애검단의 단주 남궁인(南宮認)은 남궁중이나 장로들과 생각이 달랐다. 그는 남궁중의 이야기가 끝난 듯하자 바로 반박에 나섰다.

남궁인은 남궁중이나 장로들에 비해 한 배분 아래였지만, 젊은 무사들의 지지를 받고 있는 남궁세가의 차기 가주 감이었다.

고로, 배분과 상관없이 세가 내에서 상당한 영향력을 가진 자였다.

"저는 그 생각에 찬성하지 않습니다. 침입자는 비록 잔인하고 남궁세가에 무단 침입한 것은 맞으나, 그가 남긴 월만제몰 착여위왕이라는 여덟 글자에는 주목할 필요가 있다고 생각합니다."

"이것 봐. 무애검단주. '착여(辶余)'는 누가 보더라도 파자(破字)로 도허옥(逾)을 가리키는 말이야. 자네 말은 그렇게 명백히 드러나 보이는 침입자의 술수가 주목할 가치가 있다는 뜻이라는 말인가?"

남궁인의 말에 남궁중이 바로 끼어들며 말했다.

그에 남궁인이 다시 남궁중에게 반론을 제기했다.

"저는 그 점 때문에 오히려 더 주목해야 한다고 여기고 있습니다. 침입자는 어렵게 남궁세가에 '몰래' 잠입을 해서는 '다들 보란 듯이' 천풍단의 무사들을 죽이고 그 뜻이 너무도 명백한 글자 여덟 자를 배에 새겼습니다. 이건 그자의 목적이 애초에 남궁세가에 침입을 해서 누구를 죽인다거나 염탐을 하는 데에 있다는 것이 아니라는 의미입니다. 그리고 그자가 범선을 떠나면서 내뿜었던 세 줄기의 빛, 지금 세가원들이 삼성광이라고 떠들어 대고 있는 그것을 생각해 보십시오. 그자는 일을 마친 후, 마치 어서 와서 자신이 한 짓을 보라는 듯 강렬한 신호까지 보냈습니다. 그리고는 다시 귀신 같이 사라졌습니다."

"그래서 자네는 지금 확실치도 않은 침입자의 음해에 도허옥을 잡아들이기라도 해야 한다는 말인가? 며칠 있다가 결혼하는 새신랑을? 그랬다가 만약 음해라는 게 밝혀지면 어떻게 할 작정인가? 또, 그 일이 천하무림인들에게 알려지기라도 하면 그 뒷감당은 어떻게 하고, 혜아의 얼굴은 앞으로 어떻게 보려고 그러는 것인가 말일세."

"천하인들에게 망신살이 뻗는 건 나중 문제입니다. 설혹 이것이 침입자의 음해라 하더라도 저는 일단 도허옥의 신변을 구속하는 게 맞다고 생각합니다. 만에 하나라도 침입자의 말이 맞는다면 그게 더욱 큰일이 아닙니까? 그리고 음해라고만 치부하기에는 침입자의 행동이 매우 대담하고 그

능력이 탁월한 자입니다. 가주님과 장로 어르신들께는 죄송스럽지만, 이곳의 누가 있어 새벽에 있었던 그러한 빛을 재현해 낼 수가 있습니까? 이건 태양신공을 익혔고 익히지 않았고의 문제가 아닙니다. 설사 남궁세가의 누군가가 태양신공을 익히고 있었다 할지라도 그렇게 강렬한 빛을 낼 만한 공력을 가진 사람은…… 죄송스럽지만, 여기에 없는 것 같습니다."

"자네! 말이 좀 심하……."

장로 중 한 명이 조금은 건방진 듯한 남궁인의 말에 발끈하려고 했는데, 남궁벽이 손을 들어 그의 말을 막았다.

남궁인의 말은 도발적이고 직설적이었다. 하지만 그런만큼 사실적이었다.

남궁벽도 그걸 알기에 장로의 말을 끊은 것이었다.

그에 남궁인이 가볍게 남궁벽에게 포권을 취하고는 하던 말을 계속 이어 갔다.

"그자가 그 빛줄기들을 어떻게 만들어 냈는지는 알 수 없으나, 배가 무사한 걸로 봐서는 그것이 벽력탄에 의한 섬광이 아니라는 건 확실합니다. 그렇다면 태양신공이나 그 비슷한 무공에 의한 것이라고 봐야 하는데, 그 정도 심오한 공력은 이신삼괴오고십대의 한 명이 아니라면 무리라고 생각합니다. 그런 자가 만약 새벽에 제왕전을 습격했다면 어떤 일이 벌어졌을까 저는 두렵습니다. 그런데 그자는 제왕전을 습격하기보다는 그 여덟 글자를 남기는 것을 선택했습니다. 그런 사실로 미루어 봤을 때, 저는 일단 모든 가능성을 열어 놓고 대비해야 한다고 생각합니다."

"그자가 이십대 고수 중 한 명이라고?"

남궁중은 남궁인이 마저 말을 마칠 때까지 기다렸다가 다시 받아쳤다.

그가 보기에는 남궁인의 말이 얼토당토않은 건 아니었지만, 치명적인 허점이 있다고 여겼기 때문이었다.

"그럼 그렇게 대단한 자가 왜 떳떳이 나서서 말하지 못하는 것인가?"

"이십대 고수 안에는 정파만 있는 것이 아닙니다. 그래서 그런 것이겠지요."

"그게 지금 말이 된다고 생각하는가? 정파가 아닌데 왜 우리를 도운단 말인가? 아니, 애초에 은밀히 남궁세가에 잠입을 해서 세가의 무사들을 죽인 것 자체가 우리를 기망하고 공격한 것이 아닌가. 그게 어떻게 우리를 돕는 일이 될 수가 있느냐 말이야. 그자는 그냥 무고한 우리 세가의 무사들을 잔혹하게 죽인 살마(殺魔)이자, 간악한 협잡꾼일 뿐이야."

"제 말씀은⋯⋯."

"그만들 하게."

분위기가 지나치게 과열되는 듯이 보이자, 보다 못한 남궁벽이 나서서 중재했다.

"둘의 말이 모두 맞아. 창궁검단주의 말마따나 침입자가 미심쩍은 것도 사실이고, 무애검단주의 말대로 작은 가능성이라도 무시하면 안 되는 것도 맞는 말일세. 그래서 지금 천뢰대주와 천풍단주가 나가서 알아보고 있는 것 아닌가? 조금만 참고 기다려 보게들."

남궁벽의 말이 효과가 있었는지, 모두 일시에 침묵에 빠졌다.

사실 이곳에 모인 모두는 현재 천풍단주와 천뢰대주를 기다리고 있었다.

둘은 혈골문과 삼성광에 대한 소식을 가장 먼저 가지고 온 이들이었고, 그들은 이미 이것과 관련된 증거 확보를 위해 회의에도 빠진 상태였다.

지금 천풍단원들은 세가 내에 흩어져 혈골문과 삼성광을 만들어 낸 침입자를 찾고 있었다.

만약 그자가 세가 내에 숨어 있다면 아무리 고수라 할지라도 천풍단의 눈을 피하기 어려울 터였다.

비록 남궁세가가 엄청나게 넓지만 숨을 곳은 그리 많지 않았다.

아무리 은신술(隱身術)이 뛰어난 고수라 할지라도 남궁세가 안에 숨어 있다면 천풍단의 눈을 피할 수는 없으리라. 이곳에 모인 모든 이는 그렇게 믿고 있었다.

그리고 천뢰대는 만일의 사태에 대비해서 합비 방면으로 정찰을 나섰다.

혹, 달이 차는 날 어떤 세력이 남궁세가를 도모하려 한다면 지금쯤이면 최소한의 움직임이 있어야 한다. 천풍단은 그걸 확인하기 위해 새벽 일찍 세가 밖으로 출동했다.

남궁벽의 마지막 말을 끝으로 제왕전은 무겁게 가라앉았다.

남궁중과 남궁인, 둘 중 누구의 말이 맞든지 간에 남궁세가 내에 누군가 침투했다는 것만은 진실이었다.

어떻게 보든, 남궁세가의 입장에서는 찝찝할 수밖에 없었다.

그렇게 얼마나 시간이 흘렀을까.

파라라락!

옷소매가 날리는 소리가 급박하게 나며 제왕전의 오랜 침묵이 깨졌다.

누군가 제왕전 안으로 경공을 발휘해 들어오는 소리였다.

그는 남궁후였다.

"형님!"

경황이 없는지 남궁후가 공적인 자리임에도 남궁벽을 가주가 아닌 형님이라고 칭했다.

평상시라면 경망스럽다고 핀잔을 줬을 남궁벽이었지만, 그도 남궁후가 무언가 심상치 않은 소식을 가져왔다는 걸 깨달았기에 무겁게 한마디 건넬 뿐이었다.

"어떻게 되었느냐?"

남궁벽의 말에 모두의 시선이 남궁후의 입에 집중되었다.

남궁후는 천뢰대주였다. 그러므로 그가 가지고 온 소식

이라면 침입자에 대한 소식이 아닌, 남궁세가 외부, 특히 합비 방면에 대한 소식이리라.

그러나 침통한 남궁후의 표정으로 미루어 봤을 때, 가지고 온 소식이 좋지 않다는 걸 모인 모두가 알 수 있었다.

"정찰을 나갔던 천뢰대원 중 세가로 돌아온 사람이 아무도 없었습니다."

"돌아온 사람이 아무도 없다……?"

"네, 분명히 한 시진 안에 돌아오기로 되어 있었는데, 단 한 명도 돌아오지 않았습니다."

남궁후는 돌아오지 않았다고 표현했지만, 남궁벽은 그게 돌아오지 못했다는 말이라는 걸 묻지 않아도 알 수 있었다. 세가의 무사들이 이유 없이 세가로 돌아오지 않는다는 건 말이 되지 않았으니까.

정찰을 나간 무인이 돌아오지 못했다는 건, 쉽게 말해 죽었다는 말에 다름이 아니었다.

"어떻게 된 것이라고 생각하느냐?"

남궁벽의 질문은 정찰을 나간 무사들에 대한 것이 아니었다. 그들은 이미 죽은 것이었고, 왜 죽었는지에 대해 묻고 있는 것이었다.

남궁벽의 질문에 남궁후가 잠시 망설이다가 무겁게 입을 열었다.

"……남궁세가가…… 포위된 것 같습니다."

"포위?!"

남궁후의 말에 조용했던 제왕전이 금세 다시 시끄러워졌다.

"그런!"

"말도 안 되네! 포위라니? 있을 수도 없는 일일세!"

포위. 누군가에 의해 에워싸였다는 뜻이었다.

남궁세가는 세가 문을 연 이후 한 번도 어떤 세력에 의해 둘러싸인 적이 없었다. 게다가 포위를 당했다면 그 상대가 적대적이리라는 건 불문가지(不問可知).

장로들과 단주들의 이런 격한 반응은 어찌 보면 당연한 것이었다.

근본적으로 안휘성에는 남궁세가에 대항할 만한 세력이 없었고, 있다고 한다면 장강십팔수로채뿐이었는데 그들은 협정을 맺은 상태였다. 또한, 그들은 육지로 쳐들어올 수 없는 수상 세력이었다. 그런데 지금 남궁후의 말로는 육지 쪽, 즉, 합비 방면이 포위가 되었다는 뜻이었다.

도대체 누가? 아니, 애초에 그게 말이 되는가? 믿을 수가 없다.

장로들의 표정은 하나같이 이 말을 대신하고 있었다.

몇몇은 그걸 입 밖으로 격렬히 쏟아 냈다.

"이 안휘성에 남궁세가를 포위할 만한 세력이 어디 있는가? 그 정도의 세를 가진 단체가 과연 있기는 한가?"

"도허옥이 세가주 자리를 노리고 있다는 말보다 더욱 황당한 소리를 하고 있구먼."

"말이 안 되네. 말이."

어불성설(語不成說).

그 내용은 각기 달랐지만, 장로들은 모두 지금의 상황이 이치에 맞지 않다고 말하고 있었다.

포위를 당했다는 사실에 대해 인정하고 있는 사람은 아무도 없었다.

그러던 와중에, 남궁인이 갑자기 장난같이 한 단어를 툭 하고 던졌다. 그런데 그 시기가 너무도 절묘해서 모든 이의 말이 뚝 끊어졌다.

"천마성."

"……."

지극히 가벼운 남궁인의 한마디.

그것은 침묵과 더불어, 장내에 경악과 충격을 가져왔다.

남궁인은 사실 아까 도허옥의 구속을 주장하면서도 천마성에 대해 염두에 두고 있었다. 하지만 그때는 혹시나 하는 마음이었는데, 이제는 그것이 확신으로 바뀌어 있었다.

만일 도허옥이 천마성에서 심은 간자라면?

그가 아까부터 그렇게 강하게 도허옥의 신변을 구속해야 한다고 주장한 이유는 이 최악의 경우가 혹시라도 일어날까 싶어서였다.

"천마성은 신강에만 있는 것이 아닙니다. 평화 시기라 모두들 잊고 계셨겠지만, 마도를 걷는 이들은 천하 어디에나 존재합니다. 이곳 안휘성이라고 예외일 수는 없는 노릇이지요."

남궁인의 담담한 말에 장로들 또한 그동안 간과하고 있었던, 마도지존 천마성의 존재에 대해 인지하게 되었다.

"천마성이라니……."

"그럴 수도 있을까?"

"정말 그렇다면 이건 정말 큰일이 아닌가?"

장로들이 다시 저마다의 목소리를 높였다.

그런데 그때.

가만히 남궁인의 이야기를 듣고 있던 남궁중이 살짝 고개를 갸우뚱하며 말했다.

"그런데 말일세. 자네 말대로 세가를 포위하고 있는 세력이 천마성이라고 친다고 해도 이해가 안 되는 게 있네."

"그게 무엇입니까?"

"천마성이 남궁세가를 지금 이 시기에 어떻게 해 봐야 아무 소용이 없어. 이곳은 신강과 매우 멀고, 그에 비해서 무림맹의 본 단이 있는 하남성은 이곳 안휘성의 바로 옆이야. 그 말인즉슨, 남궁세가를 무너뜨린다고 하더라도, 이곳을 점령하고 있을 수가 없다는 뜻일 뿐만 아니라, 이곳을 무너뜨린 천마성의 마졸들 또한 무림맹에 의해 역으로 포위될 것이라는 뜻이지. 뒤늦게 흩어져서 빠져나가려 하겠지만, 그때면 이미 무림맹이 하남, 강소, 절강, 강서, 호북에 천라지망(天羅地網)을 펼친 이후가 될 터. 혹, 천라지망을 뚫고 살아남았다 하더라도, 여전히 신강까지는 만 리 길.

도저히 살아서 신강 천마성까지 돌아갈 길은 보이지가 않네. 오히려 이 때문에 숨어 지내던 천마성의 지부들이 모조리 무림맹에 의해 초토화될 수도 있는데…… 이렇게 따지면, 천마성이 너무 손해를 보는 것 아닌가 말일세. 도저히 이해가 안 되는군. 그렇다고 천마성이 아니라고 하기엔 그럴 만한 다른 세력이 없고……"

"저는 신강 천마성이 이번 남궁세가 공격을 시발점으로 해서 본격적으로 중원 재진입을 노리는 게 아닌가 싶습니다."

"그게 무슨 말인가?"

"풍문에 의하면, 천마성 내부에 중원침공을 원하는 강성 세력이 상당수 존재한다고 합니다. 이들은 피에 굶주린 마인들이라 천마성주들의 통제에도 잘 따르지 않는다고 하더군요. 그래서 천마성주는 이번 기회에, 통제하기 어려운 천마성 내 강성 세력을 이곳에 투입해 신강에서 가장 먼 곳에 있는 대문파인 남궁세가를 도모함과 동시에 강성파의 세력을 약화시키려 하는 것 같습니다. 더 나아가, 이곳이 공격을 받고 있으면 무림맹의 눈은 반드시 이곳으로 향하게 되어 있습니다. 그때를 틈타, 천마성의 본진이 청해를 건너 감숙으로 세력 확장을 해 오려는 것이 아닌가 합니다. 이렇게 한다면, 천마성주의 입장에서는 무려 일거삼득의 효과를 거둘 수 있습니다. 천마성 내부의 강성파들의 세력을 줄임과 동시에 오랜 평화로 말미암아 천마성 내부에 쌓인 불만

도 해소시키고, 정파의 핵심 세력 중 하나인 우리 남궁세가
도 없앨 수 있으며, 마지막으로 다시 한 번 중원 재침공의
발판을 마련할 수 있을 것으로 사료됩니다."

"……그럴지도 모르겠군."

남궁중은 여전히 완전하게 납득을 한 얼굴은 아니었지만,
지금까지 알아낸 정보로만 판단해 봤을 때는 남궁인의 말이
가장 정답에 가까웠기에 수긍할 수밖에 없었다.

"그만."

둘의 이야기가 거기까지 진행되었을 때, 남궁벽이 손을
들어 모두의 시선을 다시 자신에게 집중시켰다.

"창궁검단주와 무애검단주의 이야기를 더 듣고 싶지만,
지금은 아무리 봐도 시간이 없네. 아직 확인되지 않은 것이
너무도 많이 있지만, 한 가지 확실한 것이 있네."

남궁벽이 잠시 말을 멈추고는 착 가라앉은 눈빛으로 좌
중을 쭉 둘러봤다. 그리고 마지막에는 정면을 바라보며 무
겁게 입을 열었다.

"남궁세가는 지금 포위되었다."

포위라는 간단한 단어였지만, 지금 그 단어가 가진 무게
감은 그 어떤 긴 단어의 그것보다도 컸다.

포위라는 말을 하면서, 남궁벽은 남궁세가가 제왕지가라
는 현판을 내건 이후 가장 큰 위기에 봉착했다는 걸 직감했
다.

이곳에 모인 이들은 남궁세가를 움직이는 이들이었다.

그들 또한 남궁벽의 말에 정말 오랜만에 녹슨 철검을 들어야 할 때가 왔다는 걸 실감했다.

파라라락.

제왕전에 서 있는 모든 이들이 굳은 표정으로 포위라는 말을 곱씹을 그때.

남궁후가 들어올 때와 마찬가지로 옷자락 소리가 격렬하게 나며, 또 한 사람이 제왕전 안에 모습을 드러냈다.

이번에는 침입자를 찾으러 나섰던, 천풍단주인 남궁일이었다.

남궁벽이 그를 보자마자 짧게 물었다.

"찾았느냐?"

무엇을 찾았는지에 대한 얘기는 없었지만, 이곳의 누구도 그 대상이 누군지 모르는 사람은 없었다.

"못 찾았습니다."

대답을 한 남궁일이 황망한 표정을 지으며 고개를 숙였다.

"작은 흔적이라도 남았을 것 아닌가?"

"……죄송합니다."

남궁일은 죄송하다는 말로 부정적인 대답을 대신했다.

"세가 내의 모든 곳을 수색했느냐?"

"아직 제왕전은 수색하지 않았습니다."

남궁일이 그렇게 말한 건, 당연했다.

도대체 누가 제왕전에 잠입할 생각을 하겠는가? 남궁세

가에 숨어들었다 해도 이곳까지 오려면 넘어야 할 벽이 많이 있었다.

무엇보다도 이 제왕전 안에 상주하고 있는 남궁세가 핵심 고수들의 눈은 어떻게 속인단 말인가.

남궁일의 말을 다 들은 후, 남궁벽은 아무 말 없이 가만히 생각에 잠겼다가 천천히 입을 뗐다.

"알았다. 너는 다시 나가 한 번 더 세가 내부를 샅샅이 뒤져 반드시 그자를 찾아내도록 해라."

"넷!"

남궁후는 대답과 함께 바로 다시 제왕전을 떠났다.

"자, 이제 상황은 아까하고 똑같아졌네. 아직 침입자는 잡히지 않았다. 그리고 바깥에는 아마도 천마성의 마졸들일 것으로 추정되는 자들이 이 남궁세가를 포위하고 있는 상태다. 이제부터 우리가 어떻게 해야 할지, 기탄없이 말하기 바라네."

남궁세가의 가주, 남궁벽이 다시 한 번 남궁세가가 포위되었다고 말했다.

그것은 바로, 이제는 싸워야 할 때라는 것을 천명한 것에 다름 아니었다.

남궁벽의 말에 남궁인이 가장 먼저 앞으로 나섰다. 그는 아까부터 했던 주장을 망설이지 않고 다시 말했다.

"이로써 침입자가 남긴 말이 모두 사실이라는 것이 입증되었습니다. 만약 도허옥이 달이 차는 날! 바로 자신의 혼렛날 내응하기로 했다면, 그것만큼 위험한 일은 없습니다. 그리고 이미 조금 전 정찰로, 바깥의 존재들도 우리가 자신들의 존재를 눈치챘다는 걸 알았을 것입니다. 그렇기 때문에, 그들은 어쩌면 만월이 뜨는 날까지 기다리지 않고 더 일찍 남궁세가를 공격할 공산이 큽니다. 그래서 저는 가장 최우선으로 도허옥의 신변을 구속해야 한다고 생각합니다. 혹시라도 도허옥이 삼제구왕진(三帝九王陳)의 진핵(陳核)을 알고 있다면 돌이킬 수 없는 일이 벌어질지도 모릅니다."

삼제구왕진은 만일의 사태를 대비해 세가 외벽에 설치된 방호진(防護陳)이었다.

이 진이 발동되면 남궁세가는 외부와 고립된다.

하지만 대신에 세가는 완벽하게 보호할 수 있었다. 그런데 혹여라도 도허옥이 삼제구왕진의 핵을 파괴하는 날에는 진을 아예 발동조차 할 수 없게 될 수도 있었다.

남궁인이 걱정하는 것은 바로 그것이었다. 그가 끊임없이 도허옥의 체포가 최우선이라고 말한 이유가 바로 여기에 있었다.

남궁벽이 조용히 남궁인을 한 번 바라보고는 다른 사람들을 쭉 둘러봤다. 이제 남궁인의 말에 반발하는 이는 아무도 없었다.

결국 남궁벽이 고개를 끄덕이며 말했다.

"반대하는 사람이 없는 것 같으니 그렇게 해야겠군. 이

거 참, 혜아가 많이 실망하겠어. 하하……."

남궁벽의 허허로운 웃음에 장로들이 고개를 숙였다. 그들도 지금 남궁벽의 심정이 어떨지 짐작할 수 있었던 것이다.

남궁혜가 도허옥을 얼마나 좋아하는지는 남궁혜를 지켜본 이곳의 모든 이들이 알고 있었다. 아비 된 도리로써 딸의 가슴에 비수를 꽂는 일을 해야 하니 마음이 편할 리가 없었다.

하지만 지금은 그보다 세가에 닥친 위기를 막아 내는 일이 훨씬 중했기에 어쩔 수 없는 일이었다.

"저도 가주께 한 말씀 올리겠습니다."

남궁인의 말이 끝나자 이번에는 남궁중이 앞으로 나섰다. 남궁벽이 고개를 끄덕여 그의 발언을 허가했다.

"이왕 도허옥을 구속해야 한다면, 아직 조사하지 않은 이곳 제왕전도 조사해야 한다고 생각합니다. 그럴 가능성은 희박하겠지만, 도허옥의 일을 돕는 자가 이곳에 숨어 있을 수도 있습니다. 또, 혈골문을 남긴 자 또한 어쩌면 이곳에 숨어 있을 수도 있는 일입니다. 어떤 이유에서건 그자도 남궁세가를 향해 검을 빼 든 자입니다. 그자의 의도가 정확히 무엇인지 알 수 없는 상황에서 그를 세가에 그대로 놔두는 건 달군 검을 삼키고 있는 것과 같습니다. 그리고 제왕전을 조사하는 동시에 세가 밖으로 다시 척후를 보내 적의 규모와 정체를 확실히 파악해야 합니다."

비록 남궁중은 아직 도허옥이 그랬을 리가 없다고 믿는 쪽이었지만, 미지의 세력이 세가를 포위하고 있는 것만큼은 사실이었다.

그렇다면 일단은 남궁인의 의견대로 최악의 상황을 상정하고 움직이는 것이 맞는 것이라 여겼다.

"잘 들었네. 다른 의견 있는 사람 더 있는가?"

남궁벽의 묵직한 음성에 대답하는 이는 더 이상 없었다.

"그럼 오늘 회합은 여기서 끝내겠네. 천풍단은 지금처럼 세가 내를 계속 수색하게 하고, 무애검단은 지금 즉시 임시 접객원에 나가 있는 도허옥을 이곳으로 데리고 와. 그리고 제왕검단과 창궁검단은 이 제왕전 안을 철저하게 수색하게. 나머지는 모두 세가 밖, 합비 쪽으로 나가 적의 규모를 파악하라. 장로들은 장로원에 대기하면서 만일의 사태에 대비한다. 알겠는가?"

"넷!"

"네, 가주."

남궁벽은 빠르게 모든 인원들에게 역할을 줬다.

그에 모인 이들은 일제히 대답을 하고는 각자의 임무를 처리하기 위해 썰물처럼 제왕전을 빠져나갔다.

그렇게 시끄러웠던 제왕전에 곧 침묵이 찾아왔다.

그러나 남궁벽의 머릿속은 여전히 복잡하고 시끄러웠다.

특히, 그를 괴롭히고 있는 건⋯⋯.

월만제몰 착여위왕.

달이 차면 제왕이 몰락하고, 천천히 가는 내가 왕이 된
다.

이 글귀가 그대로 이루어질 것만 같은 불길한 예감과.

"도대체 그자는 누구이고 그 목적은 무엇인가?"

혈골문을 적은 자의 의도와 그의 정체에 대한 궁금증이
었다.

그를 붙잡으면 모두 해결될 문제였지만, 남궁벽은 천풍
단과 제왕검단, 혹은 창궁검단이 그자를 찾지 못할 것이라
고 생각했다.

쉽게 잡힐 자였다면, 애초에 그렇게 버젓이 일을 저지르
지 않았을 것이고, 아까 남궁일이 제왕전에 처음 들어왔을
때 그 손에 이미 잡혀 들어왔으리라.

"적인가? 아군인가? 그것도 아니면……."

누군지 모른다 할지라도 아군이라면 좋았다.

아니, 최소한 적이라는 걸 알았다면 이렇게 불안하지는
않았으리라.

모른다는 것.

사람은 누구나 미지의 존재에게 공포심을 느끼게 마련이
다.

그건 남궁세가라는 거대한 세가의 지배자도 어쩔 수 없
었다. 하물며 지금처럼 미증유의 위기가 닥친 상황에서 더

말해 무엇하랴.

이제 제왕전 내부에는 남궁벽의 낮은 한숨 소리만이 조용히 내리깔려 침묵을 깨고 있었다.

*   *   *

남궁벽이 삼성광과 혈골문에 연관된, 정체 모를 침입자에 대한 문제로 한숨 쉬고 있을 때.

그 일을 야기한 당사자인 동봉수는 동천객당 자신의 방에서 빈손으로 '춤'을 추고 있었다.

적? 아군?

그런 건 그에게 아무 의미 없는 문제였다.

그는 그저 그 자신의 편이었다.

영원한 적도 아군도 없다, 와 같은 일반론적인 의미의 적아론(敵我論)이 아니었다.

그저 철저하게 혼자서 가는 사람.

그것이 동봉수였고, 그의 삶의 방식이었다.

물론, 이곳 신무림 온라인에 적응해서 살아남고 사냥을 지속해 나가기 위해, 때론 적과 함께 술잔을 기울이기도 하고, 필요하다면 아군처럼 보이는 작자들의 간을 꺼내 씹을 수도 있겠지만, 근본적으로 동봉수는 홀로 앞으로 나아가는, 그런 남자였다.

굳이 적과 아군을 논하자면, 그에게는 자신을 제외한 모든 사람이 적이나 사냥감이었다. 아군이란 개념은 애초에 그의 본능 속에 존재하지 않았다.

붕붕—

동봉수가 주먹을 좌우로 여러 차례 힘차게 움직였다. 그러다가도 갑자기 앞으로 강하게 내질렀다가 뒤로 물리기도 했다. 그런 동봉수의 일련의 동작으로 말미암아 발생하는 소리가 방안에 낮고 힘차게 깔렸다.

동봉수, 그는 왜 춤을 추고 있는 것인가?

사실 그의 이 춤은 춤처럼 보일 뿐, 춤이 아니었다. 검무(劍舞)라고 했다면 어쩌면 맞는 말일 수도 있었다.

그의 이 격렬한 율동이 춤같이 보이는 이유는, 단지 그의 손에 검이 쥐어져 있지 않아서였다.

그가 지금 미친년처럼 방 구석구석을 누비며 빙글빙글 도는 행동은 실제로는 범선 위에서 있었던 고산공과의 전투를 되짚고 있는 것이었다. 마치 현대적인 의미의 가상 전투 시뮬레이션을 몸소 재현하는 것이랄까.

붕붕—

고산공과의 상상 대전이 절정을 향해 치달아 갈수록 동봉수의 주먹과 몸의 움직임이 점점 더 격해져 갔다.

늘 그렇듯이, 그는 몸을 움직이면서도 생각은 멈추지 않고 있었다.

그의 뇌는 전투의 내용을 복기하면서 자신의 동작에 대한 파훼법도 동시에 생각해 내고 있었다.

'하마터면 죽을 뻔했어.'

전투를 되짚어 보면 되짚어 볼수록, 자신이 얼마나 위험
했었는지 깨닫게 되었다.

만약 자신이 고산공이었고, 고산공이 그였다면?

'나는 지금 이 자리에 있지 못했을 것이다.'

고산공이 사용했던 천풍검법은 아주 훌륭한 검법이었다.

그걸 고산공은 제대로 활용하지를 못했다. 만약 고산공
이 천풍검법의 초식을 시기적절하게 구사만 할 수 있었다
면…… 백 중 백 자신의 패배였으리라.

'약해.'

그는 스스로가 아직 너무도 무력하다는 걸 확실히 깨달
았다.

많이 강해졌다고 여겼는데, 아직 멀었다. 게임 캐릭터라
는 특별함이 그에게 알게 모르게 방심이라는 치명적인 약점
을 심어 준 모양이었다.

무공은 어떻게 보면 게임 스킬보다 훨씬 사기적인 능력
이다.

그런 무공을, 이곳 무림의 인간들은 익히고 있었고, 그런
사람들이 득시글거리는 이런 곳에서 방심이라니.

그는 다시 한 번 방심은 금물이라고 스스로에게 주문을
걸었다.

더욱 강해져야 한다. 살기 위해서라도 더욱 강해져야
한다.

레벨업은 기본이고, 무공도 열심히 배워야겠다고 다짐했다.

동봉수가 느낀 고산공의 움직임이나 검법은 규칙 속에서도 절도가 있었다.

비록 그 움직임을 유의미하게 사용하지는 못했지만, 고산공이 펼치던 천풍검법만큼은 동봉수의 허우적거림이나 한국에서 배운 체육관 검술에 비할 바가 못 되었다.

무공.

동봉수는 왜 이곳의 사람들이 무술이라 하지 않고 무공이라고 하는지, 아까의 전투에서 여실히 느꼈다.

무공이라는 건 단순히 몸이 더 빨라지고 공격력이 더 강해지는 기술이 아니었다.

똑같은 칼질을 하더라도 무공을 익힌, 고산공의 그것은 자신의 것보다 훨씬 정교하고 더욱 자연스러웠다.

생존을 위해 무공을 반드시 익혀야 한다.

그런 생각들을 하는 사이, 동봉수는 아까의 전투를 모두 복기했다.

팡, 부우웅—

하지만 그는 잠시의 멈춤도 없이 계속해서 춤을 췄다.

무공을 익혀야겠다는 생각이 들자, 자연스럽게 몸이 그렇게 움직이고 있는 것이었다.

동봉수는 어느새 스스로 고산공이 되어 천풍검법을 펼쳐내고 있었다.

조금 전에 있었던 전투 복기를 위한 춤에서는 레벨 7의 동봉수가 되어 고산공을 상대했다면, 지금은 고산공이 되어 레벨 7의 동봉수를 공격하고 있었다.

그의 손에서 재현되는 천풍검법은 비록 심법이 없는, 형만 존재하는 검법이었지만, 그 형태만큼은 놀랍도록 고산공의 그것과 닮아 있었다.

형의 복원.

완벽한 전투의 복기가 그걸 가능케 하고 있었다.

후우웅, 붕—

천풍유운, 천풍벽력, 천풍개천.

동봉수는 이름도 모르는 천풍검법의 세 가지 초식을 몇 번이나 흉내 내며 상상 속의 자신을 베어 냈다.

그리고 그는 다시 한 번 자신이 어젯밤의 전투에서 얼마나 운이 좋았는지 알 수 있었다.

만약 자신이 천풍검법을 제대로 펼치는 쪽이었다면 '레벨 7의 동봉수'는 절대로 레벨 10이 될 수 없었으리라.

휘류류류—

그런데.

기이하게도 그의 동작이 진행되면 진행될수록 그의 흉내는 점점 더 고산공의 천풍검법과 멀어지고 있었다.

동시에 그의 손에서 나는 바람 소리가 서서히 엷어지고 있었다.

뭐가 어떻게 되어 가고 있는 것인가?

분명히 그의 움직임은 갈수록 격렬해지고 있었다.

그럼에도 그가 일으키는 '검풍'은 약해져만 갔다. 그 바람은 고산공의 날카로웠던 '하늘의 바람[天風]'과는 매우 달랐다.

내공이 실리고 실리지 않고의 차이는 분명 아니었다.

그저, 동봉수의 검풍은 이상스레 은은하고 유유자적했다.

아니, 좀 더 정확히 말하면, 그를 닮아 '무(無)'한 느낌으로 변화하고 있었다. 동봉수의 손에서 펼쳐지는 천풍검법과 그 검풍이 자연스레 동봉수화 되고 있다고 해야 할까?

아마 남궁세가 장로급 이상의 누군가가 지금 동봉수의 춤을 본다면 아무도 이것이 천풍검법이라는 걸 알아채지 못할 것이다.

아니, 실제로 동봉수의 검법은 이제 그 형에서 천풍검법이 아니었다. 굳이 이름을 붙이자면, 무풍검법(無風劍法). 그 정도가 아닐까?

휘리리리라—

휘리리…….

휘….

…….

동봉수의 춤은 아침 해가 떠서야 그 마침표를 찍었다.

그때가 막 제왕전에서의 회의가 끝이 났을 때였다. 물론, 동봉수로서는 알 길이 없었지만.

"후……."

동봉수가 깊게 숨을 내쉬며 천천히 눈을 떴다.

그의 몸은 격렬한 춤으로 인해 땀에 흠뻑 절어 있었지만, 그의 눈은 이전보다 더욱 깊고 평범해져 있었다.

그는 오늘 레벨이 10에 달한 것뿐만 아니라, 뜻하지 않게 검의 '맛'까지 알게 되었다.

이제 그의 찌르기는 그냥 찌르기가 아닐 것이고, 베기는 그냥 베기가 아닐 것이다.

그의 손에서 펼쳐지는 찌르기와 베기가 비로소 검 '질'이 아닌, 검 '술'의 경지에 접어든 것이었다.

하지만 아직 '법'이나 '도'의 경지에 이르려면…… 아득하게 멀지 않았을까?

아마 배우지 않는다면 그 경지에 도달하는 데에는 아주 긴 시간이 걸릴 테지.

"후우후우."

심호흡을 계속하는데도 쉽게 가다듬어지지 않을 정도로 동봉수의 숨은 거칠어져 있었다.

무아지경에 빠져 춤을 출 때는 몰랐지만, 거기에서 빠져나오자 한꺼번에 피로가 온몸에 몰려들었다.

하지만 그는 아직 쉴 수가 없었다.

여전히 할 일이 남아 있었기 때문이었다. 어쩌면 밤새 펼친 칼춤보다 이제부터 할 일이 더욱 중요할 수도 있었다.

레벨업에 따른 변화.

그것에 관한 확인이 필요했다.

원래대로라면 방에 돌아오자마자 이것부터 해야 했으나, 어제의 전투를 당장 복원해 보지 않으면 안 될 것 같았기에 뒤로 미룬 것이었다.

이제 그 일이 얼추 끝이 났으니, 레벨 3업으로 인해 어떤 변화가 찾아왔는지 확인해 볼 차례였다.

딸칵.

동봉수는 평소처럼 가장 먼저 스탯창을 열었다.

스탯은 여느 때처럼 일정치만큼 성장해 있었다.

이 부분은 평소와 조금의 다름도 없이, 딱 레벨 3만큼 상승해 있었다.

지금까지 경험으로 봤을 때 이 정도의 성장이라면 중학생과 고등학생 정도의 차이는 되고도 남는다.

그리고 그 차이는 결코 작지 않다는 걸 동봉수는 잘 알고 있었다.

그는 다음으로 인벤토리 창을 열었다.

"……."

변화된 것은 전무했다.

동봉수는 혹시나 하는 마음에 한 번 더 꼼꼼히 살펴봤지만, 새로 주어진 무기나 장구류, 혹은 아이템은 아무것도 없었다.

굳이 인벤토리에 추가된 것을 찾는다면 있기는 있었다.

그건 바로 고산공과 그 조원들의 시체였다.

경고문을 쓰고 남은 시체 조각들을 모조리 쓸어 담아 온 것이었다.

물론, 누가 고산공이고 누가 조원들인지는 이제 알 길이 없었다. 갈기갈기 찢긴 걸레 조각은 원래의 모습을 알아보기 어려운 법이니까.

동봉수는 마지막으로 한 번 더 인벤토리 전체를 눈으로 훑었다.

레벨 10이 되었지만, 신무림 온라인이 내려 준 특별한 선물 같은 건 없었다.

기대했다기보다는 그럴 것이라고 예상했었다.

10이라는 숫자가 다른 숫자에 비해 특별할 건 없지만, 최소한 현대 지구는 십진법의 세상이었다.

10단위로 뭔가 큰 변화가 생기지 않으면, 사람들은 이상하게 생각한다.

돈도 10단위로 끊는 것이 기본이고, 나이 같은 것도 10단위로 끊어서 구분하는 것이 일상이었다.

특히, 이런 게임에서는 유저들의 기대감을 충족시키기 위해 레벨 10마다 뭔가 의미 있는 변화를 주기 마련이었다. 하지만 언제나 예외는 있는 법.

아쉽지는 않았다. 아직 모든 변화를 확인한 것이 아니었으니까.

"후—"

동봉수는 다시 한 번 거친 숨을 가다듬고는 인벤토리 창을 달았다.

딸깍—

이번에는 장비창 차례였다.

그리고 동봉수는 비로소 이전에 없던 독특한 변화 하나를 발견할 수 있었다.

'음?'

장비창 우측 상단에 작고 둥근 버튼이 하나 생겨나 있었다. 버튼의 중심부에는 영물(靈物)이라는 활자가 선명하게 찍혀 있었다.

삑—

동봉수는 망설이지 않고 그 버튼을 눌렀다.

익숙한 기계음과 함께 스탯창과 장비창을 합쳐 놓은 것 같은 기이한 창이 열렸다.

그 창은 스탯창과 장비창을 합쳐 놓았다는 점 말고도 동봉수 자신의 것과 차이점이 있었다.

장비와 스탯의 주인이 되어야 할 캐릭터 칸이 비어 있다는 것. 바로 그 점이었다.

처음 보는 창이고, 게임에 익숙하지 않은 동봉수였지만, 캐릭터 칸이 비어 있는 이유는 쉽게 유추할 수 있었다.

그 이유는.

아직 영물을 영입하지 않아서일 터였다.

이런 건 굳이 해 보지 않아도 알 수 있었다.

영물이라는 이름에 걸맞게 이 영물창의 주인은, 볼 것도 따질 것도 없이 영물일 테니까 말이다.

문제는 영물이 정확히 무엇을 말하는 것인지 동봉수로서는 짐작할 길이 없다는 것이었다. 보통의 게임에서 흔히 말하는 용병의 개념인 것인지, 아니면 영물이라는 단어 뜻 그 자체 그대로 영성이 깃든 동물이나 사물을 의미하는 것인지는 앞으로 확인해 볼 문제였다.

삑—

그는 잠시 영물창을 살펴보다가 이내 창을 닫았다.

어차피 지금 더 살펴본다고 해서 알 수 있는 것도 아니고, 영입할 만한 영물도 이곳에는 없었다.

모르긴 몰라도, 획득이나 장착이 가능한 영물을 만나게 된다면 시스템이 어떤 방식으로든 알려 올 것이다. 굳이 지금 이걸 붙잡고 늘어질 필요는 없었다.

밖은 이미 날이 거의 다 밝았고, 그에게 주어진 시간은 그리 많지 않았다.

아마 조만간에 어제 그가 벌인 일로 남궁세가가 발칵 뒤집어질 터. 그때가 되면 이곳에서 여유 있게 영물창 같은 걸 확인하고 있지는 못할 터였다.

그는 바로 다음 순서인 스킬창으로 넘어갔다.

딸칵—

스킬창을 열자, 새로운 스킬이 하나 추가되어 있었다.

[삼재검법(三才劍法) 제3초식 태산압정(泰山壓頂) Lv.1 숙련도

: 0%]

무림에 흔하디흔한 검법. 내공이 없는 범인들도 익힐 수 있다.

태산압정은 내려치기의 강화판.

이 스킬의 모든 행동 보너스치는 관련 스킬의 숙련도 및 검기/검강의 시전유무와 관련이 있습니다.

현재 적용 레벨 : Lv.1 (플레이어는 이 스킬의 레벨 수위를 조절할 수 있습니다.)

종격(縱擊) 사정거리 보너스 : 1%

종격(縱擊) 공격력 보너스 : 1%

종격(縱擊) 시전속도 보너스 : 0%

회당 진기 소모 : 30JP

횡소천군과 직도황룡에 이은, 삼재검법의 3초식 태산압정이었다.

아마 '삼(三)' 재검법이니 이 태산압정이 마지막 초식이리라.

만약 고산공과 싸울 때 이 태산압정이 있었다면 훨씬 수월했을 텐데 하는 생각이 문득 들었다.

찌르기의 직도황룡과 횡 베기의 횡소천군 위주로 검을 썼기에 그의 검 놀림은 단조로울 수밖에 없었다.

이제는 검술의 기본적인 동작에서만큼은 모두 스킬 보너스를 받을 수 있게 되었다.

횡참, 종격, 자(刺).

그 모든 동작에서 액티브 스킬—삼재검법—과 패시브 스킬을 가지게 된 것이다.

한데 솔직히 액티브 스킬인 삼재검법은 초식이라기보다는 그냥 기본 동작의 강화판이었다.

아마 앞으로 동봉수 검술의 진짜 기본 동작은 아까 천풍검법을 흉내 내면서 탄생한 무풍검술이 될 것이다.

무풍검술에 찌르기 자르기 등의 패시브와 삼재검법이라는 액티브 스킬의 능력이 덧씌워진다면 그의 검격은 고산공이 사용하던 천풍검법보다 어쩌면 훨씬 우월할지도 몰랐다.

동봉수는 태산압정이 추가되면서, 완성체가 된 삼재검법을 이리저리 살핀 연후에도 스킬창을 닫지 않고 좀 더 꼼꼼히 훑어봤다. 레벨 10이 되면 뭔가 범상치 않은 스킬이 생기리라 생각했는데, 스킬창에서의 변화도 생각보다는 시원치 않았기 때문이었다.

'어쩔 수 없군.'

삑—

결국 그는 스킬창을 닫았다.

지금까지의 변화는 솔직히 레벨 10이 되며 얻은 것치고는 형편없었다.

그런 그의 예상에 대한 기대치를 메꿔 준 건 의외로 전혀 기대하지도 않았던 다음 창.

바로 퀘스트 창이었다.

딸칵—

원래라면 이 짧은 기계음 뒤를 이어, 시끄럽게 떠들어 대는 '치명적인 오류' 메시지 창이 떠야 했다.

그런데.

이상하게 이번에는 오류창이 뜨지 않았다. 'Critical Error' 창이 뜨는 이유는 순전히 퀘스트를 위한 NPC가 이 '신무림 온라인'에 존재하지 않기 때문이었다.

'왜 오류창이 뜨지 않나?'

동봉수는 아직 어떻게 된 일인지 정확히 알 수 없었다. 여전히 그의 눈에는 투명한 퀘스트 창에 X자 표시만 커다랗게 그어진 각종 퀘스트만이 보일 따름이었다.

존재하지 않던 퀘스트 NPC가 갑자기 하늘에서 뚝 떨어졌을 리는 없었다. 그랬다면 저 퀘스트들이 일시에 몽땅 해결 가능하게 풀려야 정상 아니겠는가. 원인은 분명히 다른 곳에 있다.

동봉수는 잠시 여러 가지 가능성을 따져 봤지만, 그럴듯한 가능성은 한 가지뿐이었다.

그는 그 가능성을 확인하기 위해 퀘스트들 옆에 길게 늘어진 스크롤바를 빠르게 아래로 내렸다.

그러나 X의 연속이 계속되었다.

하지만 동봉수는 계속해서 스크롤바를 아래로 내렸다. 그러다가 끝내 스크롤바가 바닥에 닿았고, 가장 아래쪽에 위치한 마지막 퀘스트가 동봉수의 눈에 들어왔다.

"……!"

수많은 미완(未完) 퀘스트 중에 X 표시가 되어 있지 않은 퀘스트 하나가 퀘스트 창 맨 하단에 생겨 있었던 것이다.

[1차 전직 퀘스트 : 낭인(浪人)]
테스터 전용 직업.
퀘스트 완료 조건 : Lv. 10이상의 적 100Kill 달성.
현재 퀘스트 완료도(완료수/종료수) : 0 / 100

원래 무림 온라인에는 유저가 선택할 수 있는 1차 직업의 종류가 3가지가 있다.

협객(俠客), 마인(魔人), 그리고 사류(邪類).

어느 직업을 선택하느냐에 따라, 다른 게임 공성전과 비슷한 개념의 집단 전투인 정사마대전 시, 어느 진영에 속할지 자연스럽게 결정이 된다.

한 마디로 이 1차 직업이라는 것이 타 게임의 종족과 같은 의미의 것이 된다는 뜻이었다.

그런데 사실, 무림 온라인 시스템에는 여기에다가 한 가지 직업이 더 있었다.

낭인.

본래 낭인은 무림 온라인의 개발 단계에서 만들어졌던 1차 직업군 종류 중 하나였다.

유저들의 성향에 따라, 레벨 10이 되었음에도 어느 진영에 속할지 정하지 못한 사람들을 위한 직업군. 그것이 바로 이 낭인이라는 직업이었다.

그러다가 무림 온라인 개발이 완료되고 정식 출시될 때쯤 정사마 3가지 세력의 대립 구도로 시스템이 완전히 정립되었다.

그때 이도 저도 아닌 성향의 낭인이 게임 출시와 함께 버려진 것이었다.

게임의 테마상, 어느 진영에도 속하지 않은 직업이 필요없다라는 최고 경영자의 의지가 게임에 반영이 된 것이었다.

하지만 무림 온라인의 개발진은 이미 다 만들어 놓은 낭인이라는 훌륭한 직업군을 없애기도 그렇고 해서, 테스터들의 흥미와 재미를 위해 낭인이라는 직업군을 시스템 안에 그대로 '봉인' 해 뒀다.

어차피 테스터들에게는 정사마라는 진영이 의미가 없었고, 더 효율적으로 테스트만 할 수 있으면 그걸로 충분했으니까.

거기에다가 혹시라도 나중에 게임을 확장하게 될 경우, 이미 충분히 테스트가 끝난, 낭인을 재활용하기 수월하리라는 것도 개발진의 계산하에 있었다.

그래서 게임이 대중에게 오픈된 이후에는, 그 봉인이 오직 테스터들에 한해서 해제되게 되었던 것이다.

'전직이라.'

동봉수가 낮게 중얼거렸다.

게임에 익숙지 않은 그에게 전직이라는 두 글자는 무척
낯설었다.

전직을 하면 어떤 스킬들을 얻을 수 있을지, 그리고 어떤
식으로 스탯이 적용될지 등등. 그가 미리 알 수 있는 것은
아무것도 없었다.

다만, 한 가지 확실한 것은.

전직을 하게 되면, 어떤 식으로든 지금보다 더욱 강해질
것이라는 사실.

그것 하나만큼은 확실했다.

문제는, Lv.10이상의 적을 100명이나 처리해야 한다는
점이었다.

'어제 처리했던 자들 정도…… 인가?'

동봉수는 레벨 10정도의 상대를 어제 싸웠던 천풍단의
일반 조원들 정도일 것이라고 생각했다.

조장이었던 고산공은 15나 16정도 되지 않을까, 라고
예상했다.

어림짐작이었지만 대충은 맞아떨어지리라.

배 위에서 만났던 자들을 몇 죽이지 않았을 때 이미 레벨
7에서 거의 레벨 8 근처가 되었고, 그 이후 고산공을 죽였
을 때 단숨에 레벨 10이 되었다.

이렇게 생각한 근거는 모두 어제 있었던 무자비한 경험

치 상승과 레벨업에 있었다.

그리고 그 생각은 정확했다. 신무림 온라인 시스템은 어제 마주쳤던 천풍단원들을 레벨 9~11로 인식했었고, 고산공을 레벨 16의 '몹'으로 인식했다.

'어제 마주쳤던 자들과 같은 수준의 무림인 100명이라……. 쉽지 않겠어.'

진짜 무림 온라인이라면 이 전직 퀘스트는 아주 쉬운 편이었을 것이다.

하지만 이곳은 무림 온라인이 아닌, 신무림 온라인이었다. 가상현실이 아닌, 실제 세상이다. 고작 백 '마리'의 몹, 을 잡는 것이 아닌, 백 '명'의 무림인을 죽여야 했다.

동봉수의 생각대로 결코 쉽지 않은 일일 터였다. 그러나 꼭 해내야만 하는 일이었다.

강해진다. 생존과 사냥에 좀 더 유리해진다. 더 오래 살아남고 사냥을 계속해 나가면 더욱 강해진다. 공식과 같은 무한 루프. 그것을 이어 나가려면 반드시!

해야만 하는 일이었다.

동봉수는 퀘스트 창을 닫는 것을 끝으로, 레벨 10이 되면서 변한 사항들을 확인하는 일을 모두 마쳤다.

삑—

그의 귀에 창을 닫으면서 발생하는, 익숙한 기계음이 들려 올 바로 그때였다.

펑!

저 멀리에서 굉음이 들려왔다.

제법 두꺼운 동천객당의 방문을 뚫고서도 선명하게 울리는 음량. 꽤 멀지만, 상당히 큰 소리임이 확실했다. 발생 위치는.

'어제 그곳이다!'

소리가 들려오는 방향을 고려해 봤을 때, 일이 벌어지고 있는 장소는 제왕전이었다.

'시작되었군.'

동봉수는 어제 자신이 뿌려 놓은 미끼를 남궁세가가 물었다는 걸 깨달았다.

웅성웅성하는 소리가 나며 바깥이 금세 요란스러워졌다.

동천객당에서 묵고 있던 객들이 폭음을 듣고 밖으로 뛰쳐나온 것이리라.

이제 동봉수가 할 일은 남궁세가가 얼마나 미끼를 잘 물었는지 확인을 하는 것이었다.

비록 그가 전한 경고가 남궁세가에 먹혀들기는 한 것 같았지만, 아직 도허옥이 몰고 올 위험이 완전히 끝난 것은 아니었다.

남궁세가가 의외로 약하거나 도허옥 쪽 진영이 예상 밖으로 강하다면, 그가 어렵게 준 경고에도 불구하고 남궁세가가 밀릴 가능성도 있었다. 또, 어쩌면 남궁세가의 대응이 뜻밖에 허술할 수도 있었다. 그렇다면 역시나 전자와 마찬가지의 결과가 벌어질 수도 있을 터.

만약 그러하다면 생존을 위해.

'다음 방법을 강구해야만 하겠지.'

동봉수는 간단히 차림새를 가다듬고는 문을 열고 밖으로 나섰다.

*　　*　　*

도허옥은 아침 일찍 임시 접객원에 나왔다가, 먼저 나와 있던 세가의 하급무사들에게 삼성광에 관한 이야기를 전해 들었다.

그래서 그는 즉시 임시 접객원을 나와, 범선이 있는 남쪽 수문까지 직접 찾아갔다.

제일계에는 그러한 일이 계획에 없었기 때문에 확인 차원에서 온 것이었다. 그런데 범선은 천뢰대원들과 천풍단원들이 철저히 지키고 있어 아무것도 확인할 수가 없었다.

만일, 삼성광이 정말로 하늘의 축복 같은 것이라면 굳이 배를 숨길 아무런 이유가 없었다.

아니, 처음부터 저렇게 꽁꽁 지키고 있을 필요가 없지 않았을까? 그것도 당사자인 자신에게?

뭔가 일이 꼬였다.

도허옥은 그렇게 느끼고 빠른 걸음으로 제왕전으로 돌아가고 있었다. 어서 제왕전으로 가서 네 명의 그림자에게 피하라는 언질을 주려는 것이었다.

도허옥은 삼성광을 그들의 실수라고 여겼다.

어제 그 네 명의 그림자가 저 배에서 빠져나오며 분명히 어떤 실수를 한 것이고, 그 결과가 삼성광이 아닐까하고 생각한 것이다.

파바박.

그가 신법을 발휘해 막 동천객당 앞을 지나칠 때였다.

"이것 보게. 어딜 그렇게 바삐 가는 건가?"

청수한 외모의 삼십대 장한이 도허옥의 앞을 급하게 막아섰다. 장한의 뒤쪽으로는 가슴에 '무애(无涯)'라는 글자가 커다랗게 수놓인 푸른색 옷을 입은 삼십여 명의 건장한 무사들이 따르고 있었다. 그들은 바로 남궁인과 무애검단원들이었다.

'무애검단이 이 시간에 왜?'

도허옥은 당연히 그들이 무애검단의 단주인 남궁인과 무애검단원들임을 잘 알고 있었다.

지금 중요한 사실은 이 이른 아침에 왜 무애검단이 떼를 지어 그의 앞을 가로막느냐는 것이었다.

'설마 나를?!'

도허옥은 순간 그들이 자기를 잡으러 왔다고 생각했다.

본능이라거나 예상이라거나, 그런 것은 아니었다.

그저 삼성광과 연계해 봤을 때 계획에 차질이 빚어졌고, 어쩌면 이미 사영(四影)이 자신의 방에 숨어 있다는 사실까지도 들켰을 수도 있다는 걸 깨달았을 뿐이었다.

"저와 혜 매의 혼례를 축복하는 불빛이 이쪽에서 있었다기에 확인을 하고 접객원으로 돌아가는 길이었습니다."

그렇다 하더라도 도허옥은 남궁인에게 태연히 대처했다.

아직 확실한 건 아무것도 없었기 때문이었다. 굳이 본인이 나서서 '나 세작(細作)이요' 할 필요는 없었으니까.

그런 그를 바라보며 남궁인이 냉랭한 표정으로 말했다.

"그렇군. 그래 확인을 해 보니 어떻던가? 정말 축복의 징표이던가?"

남궁인의 말을 들은 뒤, 도허옥의 얼굴에서 여유가 넘치던 미소가 사라졌다.

남궁인의 차가운 표정과 냉정한 말투, 이 모든 걸 고려해 봤을 때 더 이상은 의심을 할 여지가 없었던 것이다.

도허옥이 마침내 일이 완전히 틀어졌다는 걸 감지한 것이었다.

공명정대함을 표방하던 도허옥의 표정이 일순간에 완전히 바뀌었다.

서글서글하게 곡선을 그리던 그의 눈과 눈썹, 항상 웃음을 머금어 올라가 있던 입꼬리가, 이제는 모두 일자로 통일되었다.

그 모습이 남궁인 등의 눈에는 더없이 냉혹하게 보였다.

하지만 남궁인은 대답이 없는 도허옥에게 잠시 변명을 할 말미를 줬다.

그로서도 아직 도허옥이 완벽히 남궁세가를 속였다는 증

거는 없었기 때문이었다.

그러나 그 뒤에도 도허옥에게서는 아무런 대답이 없었다.
결국, 남궁인이 도허옥에게 결정타를 날렸다.

"확인한 것이 아무것도 없으니 할 말이 없는 것이겠지.
미안하네만, 자네는 잠깐 우리를 따라 제왕전으로 가 줘야
겠네."

"……그 말씀은 혹 제가 무슨 잘못이라도 저질렀다는 말
씀이십니까?"

"그거야 나도 모르는 것 아니겠는가. 모든 의혹은 자네
가 우리를 따라 제왕전으로 가면 자연히 해결될 일일세."

도허옥의 표정이 더욱 굳어졌다. 더불어 도허옥의 마음
도 점점 굳어져 가고 있었다.

이들 모두를 없애기로 말이다. 그가 마음먹으면 고작 무
애검단 서른 명 정도는 손쉽게 해치울 수가 있었다. 그중에
단주인 남궁인이 끼어 있다 하더라도 그의 상대가 될 수는
없었다.

뽀그작, 뽀그작.

도허옥이 두어 번 주먹을 쥐었다 폈다를 반복했다. 남궁
인과 무애검단을 공격할 시기를 재고 있는 것이었다.

그 모습에서 기묘한 위화감을 느낀 남궁인이 천천히 손
을 옆구리 쪽에 걸린 검 쪽으로 가져갈 그때였다.

펑!

저 멀리 제왕전 쪽에서 폭발음이 나며 불줄기가 치솟았다.

갑작스러운 폭음에 남궁인과 무애단원들의 시선이 아주 잠깐이지만 그쪽으로 쏠렸다.

바로 그 순간.

도허옥의 손이 움직였다.

그의 등에 비스듬히 걸려 있던 뇌정도가 뽑히고, 벼락 하나가 드넓은 동천객당 앞마당, 좀 더 정확히는 남궁인과 무애단원들이 서 있는 곳에 떨어졌다.

바로 뇌정도법의 후사식(後四式) 중 제일식인 뇌정진격(雷霆進擊)이었다.

파자작! 지직!

도허옥의 도에서 나온 뇌정지기가 땅을 가르며 남궁인과 무애단원들을 덮쳤다.

순간적으로 정신이 다른 데 쏠려 있던 그들은 제대로 대처하지 못한 상태에서 도허옥의 벼락같은 공격을 고스란히 맞게 되었다.

쾅!

조금 전 제왕전에서 난 소리에 못지않은 큰 소리가 나며 남궁인과 무애단원들이 사방으로 튕겨져 나갔다.

"으악!"

"크아악!"

"……!"

단 일도. 도허옥의 칼질 한 번에 그를 붙잡으러 왔던 무애단원의 반수가 명을 달리했다.

그 반 중 비명을 지르며 죽은 자들은 시체라도 온전히 남겼으니 그나마 나은 편이었다. 뇌정지기에 직격 당한 자들 중 다른 절반은 비명조차 지르지 못한 채 잿더미로 화해, 공기 중에 흩어지고 있었으니까.

그러나 죽지 않은 자들도 안심하고 있을 때는 아니었다.

위기의 순간 본능적으로 검을 뽑아 어느 정도 뇌정지기를 막아 낸 무애단원들도 대부분 그 여파를 견디지 못하고 전투 불능 상태에 빠진 상황이었고, 남궁인도 예외는 아니었다.

주르륵.

그도 부지불식(不知不識)간에 당한 공격에 내상을 입었다.

입가에 검은 피가 흐르고 얼굴이 백지장처럼 하얀 것으로 봤을 때, 그 내상의 깊이가 적지 않음은 불문가지였다. 아마 그 짧은 순간, 검으로 손을 뻗고 있지 않았다면 이미 숨을 쉬지 못하고 있었으리라.

"저, 저런?!"

"저게 무슨?"

"저 사람 도 공자 아니야? 그런데 왜?"

이때 조금 전의 폭발음 때문에 이미 동천객당에서 묵고 있던 많은 사람들이 밖으로 나와 이 장면을 목격하고 있었다. 그들로서는 사태가 어떻게 돌아가는지 알 길이 없었다.

하나 그들 모두의 얼굴에 공통된 표정 한 가지가 떠올라 있었다.

당황. 바로 그것이었다.

새신랑이 갑자기 사돈댁 무사들을 도륙하고 손윗사람들을 죽이는 게 이해가 된다면 그게 더 이상한 일 아니겠는가?

손님들 중에는 물론, 동봉수와 당오도 있었고, 어제 남궁세가의 외성제자가 된 단리강해도 있었다.

"우욱!"

결국, 남궁인이 입에 머금고 있던 피를 바닥에 한 움큼 게워 냈다.

뭔가 하고 싶은 말이 많은 얼굴이었지만, 이미 남궁인은 어떠한 말도 뱉어 내기 쉽지가 않은 상태였다. 그가 할 수 있는 일이라고는 핏발 선 눈으로 도허옥을 올려다보는 것, 그것이 전부였다.

반면, 도허옥은 평소의 그 광명 정심한 얼굴로 다시 한 번 뇌정도를 머리 위로 들어 올렸다. 그런 그의 얼굴로 조금 전 뇌정진격에 잿더미로 변한 무애검단원들의 약간의 재가 스쳐 지나갔다. 재는 도허옥이 내뿜는 숨을 맞고는 이내 허공에서 허무하게 흩어졌고, 일부는 아침 바람에 쓸려 소호의 수면 위로 허탈하게 떨어져 내렸다.

후두둑.

그것이 신호가 된 것일까.

도허옥이 다시금 뇌정도를 내려쳤다. 시퍼런 섬광과 함께 뇌정지기가 재차 남궁인과 무애검단원들을 향해 노도처럼 밀려들었다.

이미 그것을 막아 낼 힘이 없는 그들은 그저 멀뚱히 자신들을 덮쳐 오는 뇌기를 바라볼 뿐이었다.

지지직, 콰작!

이제 잠시 뒤면 도허옥을 잡으러 온 무애검단이 역으로 소멸당할 위기일발의 순간!

장내에 바람 같이 뛰어드는 갈색인영이 하나 있었다.

'당오.'

동봉수는 그것이 당오라는 걸 알았다.

방문을 열고 나와 도허옥과 남궁인의 대치를 봤을 때부터, 그가 저 싸움에 끼어들리라는 건 어느 정도 이미 예상하고 있던 바였다.

쐐애액!

남궁인을 향해 날아가는 당오의 신형은 바람처럼 빨랐지만, 남궁인을 덮쳐 가는 도허옥의 도기는 벼락같이 신속했다.

지금 이대로라면 결코 당오가 도허옥의 뇌정도기를 막을 수는 없어 보였다.

그때, 당오의 손이 앞으로 뻗어지며 수십 개의 가느다란 비침이 쏜살같이 발출되었다.

날아가는 탄력에다가 손에서 뿜어지는 장력까지 더해진

비침은 그야말로 전광석화와 같이 쏘아져 나갔다.

'용봉금침!'

한 번 본 것이었지만, 동봉수는 그것을 정확히 기억하고 있었다.

그의 기억대로 당오가 던진 암기는 바로 용봉금침이었고, 본디 그 용도는 개정대법을 펼치기 위한 도구가 아니었다. 바로 지금과 같이 비술을 펼치기 위한 암기의 일종이었다.

콰자자작!

파라라락!

벽록빛을 띤 도허옥의 뇌정지기와 용봉금침의 갈색 암운이 공간을 찢으며 남궁인의 전방 일 장 거리에서 맞부딪쳤다.

콰과광!

두 기운이 충돌하며 어마어마한 폭발이 일어났다.

하나 그 폭발의 여파는 모두 도허옥 쪽을 향해 뻗어 나갔다.

당오가 충돌 직전에 자신의 기운을 추가적으로 쏟아 내 남궁인 쪽으로 튀는 기운들을 모두 차단한 때문이었다.

탁.

도허옥의 강력한 뇌정도기를 모조리 소멸시킨 당오가 남궁인의 앞에 가볍게 착지했다.

"고, 고맙…… 당…… 숙…….."

남궁인은 당오에게 간신히 고마움을 표하고는 그대로 혼

절하고 말았다.

당오는 쓰러지는 남궁인의 몸을 가볍게 받쳐 땅에 안전하게 눕혔다.

"이거 참, 요즘 강호 정말 야박하게 변했구나. 사위가 처가댁 어른의 뒤통수를 죽도록 후려치고 말이야."

둘의 충돌로 인한 여운으로 모래가 크게 일어 시야를 가리고 있었지만, 당오의 목소리는 그 자욱한 모래먼지를 뚫고 장내에 퍼져 나갔다.

모래는 이내 가라앉았고 동천 객당 앞마당에는 긴장감만이 맴돌고 있었다.

당오와 도허옥이 서로 쏘아보고 있었고, 그들과 한참 떨어진 곳을 사람들이 둥글게 둘러싼 채 둘의 대치를 지켜보고 있었다.

구경꾼들의 구성원은 주로 남궁세가의 식솔이나 무사들이었지만, 폭음을 듣고 튀어나온 천객당의 손님들도 상당수 있었다.

모두들 이게 어떻게 된 일인가 하며 궁금한 표정을 짓고는 있었지만, 당오와 도허옥이 뿜어내는 숨 막힐 듯한 기운에 쉽게 입을 열기는 어려웠다.

하지만 그렇다고 여기가 마냥 조용하지만은 않았다. 구경꾼들이 속속 이곳으로 모여들면서 부산한 소리가 계속해서 났고, 무엇보다도 제왕전 쪽에서 울리던 폭음이 아직 멈추지 않고 있었다.

아니, 오히려 갈수록 더욱 심해지고 있었다.

그 폭음 속에 은은하게 비명이 섞여 있는 것을 봤을 때는 보통 사단이 난 것이 아님이 분명했다.

당오는 제왕전이 있는 북쪽 방향으로 흘깃 눈길을 한 번 줬다가 다시 도허옥을 바라보며 차갑게 입을 열었다.

"지금 제왕전에서 무슨 일이 벌어지고 있는 것이냐?"

"글쎄요. 그걸 제가 어떻게 알겠습니까? 당 대협."

도허옥은 당오와 달리 시선을 어느 한 쪽에 고정하지 않고, 사방을 둘러보고 있었다.

동봉수는 비록 그에게서 상당히 멀리 떨어져 있었지만, 도허옥이 지금 무슨 생각을 하고 있는지 쉽게 짐작할 수 있었다.

'도망칠 생각이군.'

확실히 그의 생각대로 도허옥은 지금 도주를 생각하고 있었다. 도허옥이 봤을 때, 이미 계획은 많이 어그러져 있었지만, 아직 포기할 단계는 아니었다. 어차피 자신의 정확한 정체에 대해서 남궁세가에서 알 수는 없는 노릇이고, 아까 남궁인과의 짧은 대화를 통해서도 그들이 자신에 대해 그다지 정확히 알고 있지 않다는 것 정도는 쉽게 유추해 낼 수 있었다.

그렇다면, 지금 계획에 차질이 생긴 요소는 고작 해 봐야 어제 숨어든 네 명의 그림자가 남궁세가에게 걸렸다는 것, 그 사실 하나뿐이었다.

이 사실이 제일계에 큰 영향을 미치는 것은 분명한 사실이었다.

하나 어차피 제일계는 도허욱, 그 자신만 살아남을 수 있고 남궁세가 내에 있는 사람들을 모조리 없앨 수만 있다면 성공하는 계획이었다.

본래의 제일계에서는 남궁혜까지 살리는 것이었지만, 이렇게 된 이상 그녀를 살려 둘 수 없었다.

계획은 지금 이 순간부터 수정되었다.

이곳에 있는 모두를 죽인다. 누구도 살아나가서는 안 된다.

그러기 위해서는, 우선 자신이 어떻게든 살아서 남궁세가를 빠져나가야 했다.

그리고 나서 회영이나 '수영(水影)'을 만날 수만 있다면 전세는 언제든지 역전시킬 수 있었다. 어차피 회영과 수영이 이곳까지 끌고 온 세력을 합치면, 남궁세가를 멸망시키기에 충분했다.

어제 들어온 네 명의 그림자는 보다 안전하게 계획을 성공시키기 위한, 부가적인 전력일 뿐이었다.

지금 제왕전에서의 폭음으로 미루어 봤을 때, 침입한 사영의 본 목적인, 삼제구왕진 진핵의 파괴는 이미 이루어졌을 것이다. 그렇다면 사영에게는 미안한 말이지만, 그들은 이제 더는 필요없는 존재였다. 살아 있다면 '좀 더' 좋겠지만, 없어도 그만이었다.

나만 살면 된다. 이것이 도허옥의 지금 생각이었다.

문제는…….

저기서 그를 노려보고 있는 당오였다. 이번 활극의 주연
이 될 것은 자신인데, 여기서 잘못하다가는 그 주연이 당오
가 될 수도 있었다.

"노부는 원래부터 그리 말이 앞서는 성격이 아니다. 좋
게 말로 할 때 네 정체와 지금 벌어지고 있는 일에 대해 실
토하는 것이 좋을 게야."

당오는 차갑게 눈을 빛내며 양손을 옆으로 넓게 펼쳐 수
평으로 들어 올렸다.

그 동작 때문일까?

아까 도허옥의 뇌정도기를 막고서는 바닥에 떨어졌던 용
봉금침 수십 개가 허공으로 떠오르기 시작했다.

당오 특유의 허공섭물 신공인 비접기공(飛蝶氣功)이 용
봉금침에 발휘되고 있는 것이었다.

웅웅웅—

용봉금침이 하나하나 기이하게 떨리고 있는 것이, 상당
히 살벌했다.

"하, 하. 이것 참 아쉽지만……."

도허옥은 사실 이 자리에서 바로 당오와 일대일로 싸워
보고 싶었지만, 지금은 싸울 때가 아니라는 걸 누구보다 잘
알고 있었다.

괜히 여기서 싸웠다가 더 많은 남궁세가의 무사가 달려

온다면 오늘 이곳에다가 뼈를 묻어야 했다. 그건 그 자체로써 이미 제일계의 실패를 뜻하는 것이었다.

어떻게든 당오를 이곳에 묶어 두고 도주해야 했다. 그는 당오의 시선을 붙잡아 둔 채 꾸준히 곁눈질로 주변 상황을 살폈다.

그의 눈에 저쪽 동천객당 한쪽 귀퉁이에 서 있는 소삼이 보였지만, 그 정도로는 확신이 서지 않았다. 아무리 제자 비슷한 관계를 맺었다고는 하나, 고작 얼마 전까지 마고공이었던 작자를 구하기 위해 당오가 나설 것 같지는 않았다.

그런데 그때.

도허옥의 눈에 당오의 발을 제대로 묶어 줄 만한 존재 하나가 소삼의 뒤로 다가오는 것이 보였다.

'됐군.'

그걸로 이제는 확실히 당오와 싸워야 되는 모험을 택할 필요가 없게 되었다.

그의 얼굴에 전에 없던 사악한 미소가 맺혔다. 이제는 눈치를 볼 것도 없었기에 본성이 드러나는 것이었다.

"저도 원래부터 그리 말이 많은 성격은 아닙니다, 대협."

동봉수는 아까부터 꾸준히 도허옥의 눈을 주시하고 있었다.

자연히 도허옥이 이쪽을 곁눈질로 보고 있다는 것도 잘 알고 있었다. 그런데 처음 도허옥이 이쪽을 봤을 때는 표정에 별 변화가 없었는데, 어느 순간 갑자기 바뀌는 것을 봤다.

그리고 뒤이어 얼굴 전체에 퍼지는 그의 엷디엷은 미소까지 목격했다.

'뭐지?'

바로 앞에서 당오가 엄청난 기운을 뿜어내고 있으니, 이쪽을 공격할 여유는 없을 텐데? 동봉수가 그리 생각한 바로 그때였다.

"어? 할아버지가 왜 저기 있죠?"

뒤쪽에서 어떤 여자의 의아함이 섞인 목소리가 들렸다.

"……!"

그 여자는 당화였는데, 폭음을 듣고 이제야 서천객당에서 이리로 온 것이었다.

동봉수는 그녀의 등장에 그제야 도허옥이 이쪽을 보며 왜 사악한 미소를 지었는지 알 수 있었다.

도허옥이 흘깃 본 건 자신이 아니라, 자신의 뒤로 다가오던 당화였던 것이다.

그렇다면, 그의 옅은 미소는 볼 것도 없이.

살기였다!

핵, 와락!

동봉수는 도허옥이 당오의 공격을 어떻게 피하고 이쪽으로 공격할지에 대한 고민은 하지도 않고 바로 뒤로 돌아 당화를 끌어안고는 그대로 옆으로 몸을 날렸다.

"어?!"

당화는 예상치 못한 동봉수의 포옹에 짧은 경호성만 뱉을 뿐 반항할 생각은 전혀 하지 못했다. 왜냐하면!

파아아앙!

무시무시한 기운을 머금은 도허옥의 뇌정도가 동천객당 쪽, 특히 그녀가 서 있는 이곳을 향해 날아들고 있는 것을 정면으로 목도하고 있었으니까!

당오와 대치하고 있던 도허옥이 갑작스레 뇌정도를 그녀를 향해 던져 버린 것이다. 마치 당오와의 싸움은 포기한 것처럼.

"이런 미친놈을 봤나!"

당오는 도허옥의 행동을 미처 예상치 못했다.

대체 누가 있어 자신과 일대일로 대치하는 상황에서 성명 무기를 다른 곳에 던져 버릴 생각을 할 수 있겠는가?

하지만.

그런 일이 지금 벌어졌다. 그리고 그쪽에는 당삼이 있었다.

그에 당오는 다급히 비접기공으로 띄워 놓았던 용봉금침을 모조리 도허옥을 향해 뿌렸다. 당오의 성명절기인 추혼비접이 펼쳐진 것이다.

파라라락!

나비의 날개가 서로 부딪히는 소리를 수만 배 부풀린 것 같은 소리가 나며 용봉금침이 도허옥을 향해 일시에 날아들었다.

그런 후, 당오는 할 수 있는 한 최대한의 속도로 동봉수와 당화가 서 있던 곳으로 몸을 날렸지만, 이미 늦은 상황이었다.

도허옥의 손을 떠난 뇌정도가 벌써 동천객당과 뭍을 연결하는 운교 위를 지나치고 있었던 것이다.

그나마 그에게 다행인 것은 어찌 눈치챈 것인지, 당삼이 당화를 끌어안고 소호 쪽으로 몸을 날리고 있다는 사실이었다.

하지만 뇌기를 잔뜩 머금은 뇌정도는 벼락의 정화 그 자체였다.

비록 뇌정도를 피한다 하더라도 그 폭발이 엄청나리라는 것은 자명한 사실.

찌지지직, 티디디틱!

얼마나 빠르고 파괴적인지, 뇌정도가 날아가며 공기를 짓찧으며 나는 소리가 마치 콩 수백 개를 동시에 튀기는 소리와 엇비슷했다.

동봉수는 몸을 날린 후 허공에서 교묘하게 몸을 옆으로 틀었다.

그 모습이 지극히 자연스러워서 누구도 그것이 동봉수가 의도한 것이라고 느끼지는 못했다. 하긴 이미 그걸 신경 쓸 수 있는 사람은 이곳에 아무도 없었지만.

허공에서 뒤엉킨 둘이 막 소호에 잠겨 드는 그 순간, 뇌정도가 마침내 그들이 서 있던 곳에 와서 꽂혔다.

풍덩.

퍼어어엉! 와르르르!

"*끄아악!*"

"*끄, 끄으윽!*"

"악!"

뇌기가 터지며, 뇌정도가 꽂힌 곳의 반경 오 장 이내가 완전히 초토화되었고, 그 여파에 휩쓸린 동천객당이 완전히 무너져 내렸다.

그리고 그 결과로, 이제는 세상에 하나밖에 남지 않은 단리세가의 핏줄, 단리강해가 비명횡사했다.

그의 죽음도 아버지인 단리천우나 동생인 단리희에 못지않게 허망했다.

그렇지만, 그는 최소한 자신이 죽는다는 걸 알고 죽었으니, 어쩌면 셋 중 조금은 덜 허무한 죽음이었을지도 모르겠다.

"으, 으아악!"

"도망쳐!"

"끼아아!"

하나 장내의 누구도 그 죽음을 애도하는 사람은 없었다. 다들 자기들 살기 위해 도망치기 바빴으니까.

예상치 못한 도허옥의 공격에 동천객당 쪽에서 구경을 하던 하례객들 중 상당수가 죽거나 부상을 당했다.

개중에는 동봉수와 함께 소호로 몸을 날린 당화도 있었다.

둘이 물에 들어가는 순간, 그녀의 등에 뇌기의 파편이 튀어 커다란 상처를 입은 것이었다. 거멓게 살이 탄 걸로 봤을 때는 꽤 큰 타격을 입은 것 같았다.

"아하악……."

그녀는 고통에 얼굴을 찌푸리며 동봉수의 가슴에 뜨거운 신음을 토해 내고 있었다.

만약 동봉수가 그녀를 끌어안고 물속으로 뛰어들지 않았다면 단리강해 등 다른 객들과 함께 이미 이 세상 사람이 아니었으리라. 하지만 동봉수가 그녀를 끌어안고 소호로 뛰어든 이유는 당화를 구하기 위한다는 얼토당토않은 이유 때문이 아니었다.

인간 방패.

게임으로 치면 몸빵.

동봉수는 당화를 그저 뇌기의 파편을 대신 막아 줄 도구로 이용한 것뿐이었다.

당화가 뇌기의 파편에 맞아 죽으나 죽지 않으나 그로서는 손해 볼 것이 없었다.

어차피 그녀를 끌어안고 물속으로 뛰어든 순간, 그에게는 그녀를 구한다는 명분이 생기는 것이었으니까.

누구도 그의 행동을 탓할 수는 없었다. 당오도 마찬가지일 것이다.

어차피 그가 아니었으면 당화는 이미 죽은 목숨이었다. 물론, 누구도 그가 일부러 몸을 비틀어 당화를 뇌기의 파편 쪽으로 향하게 했다는 걸 몰랐을 때에 성립되는 얘기였다.

하지만 그의 본래 목적과는 별개로 그는 이번 일로 여러 가지 이익을 얻었다. 그것도 무려 세 가지나.

자신의 목숨과 당화의 목숨빚, 그리고 당오의 신뢰까지.

동봉수는 그 절체절명의 순간에도 일거삼득을 해낸 것이다.

"화아야!"

동봉수의 귀에 당오의 외침이 가까이 들려왔다.

당오가 동천객당에 도착한 것이다. 그는 급히 동천객당이 있는 섬으로 헤엄쳤다.

그는 뭍에 도착하자마자 상처를 입은 당화를 당오에게 건네주고는 고개를 들어 도허옥 쪽을 바라봤다. 당오가 용봉금침을 날리고 이쪽으로 날아오는 것까지는 봤으나, 그 뒤는 몸을 날리느라 미처 볼 수가 없었다.

'역시.'

도허옥은 이미 당오가 발사한 용봉금침을 모두 막아 내고는 유유히 장내를 빠져나가고 있었다. 방향은 북쪽이었다.

뒤늦게 나타난 무애검단원과 천풍단원 등 남궁세가의 무사들이 도허옥을 막아섰지만, 아무도 그를 막을 수 없었다.

지금 이곳에 나타난 무사들은 모두 하급무사들뿐이었다. 아마도 고수들은 모두 제왕전에 투입된 상태인 듯했다. 그렇다 하더라도 도허옥은 엄청나게 강했다.

'전부 계산된 것이었어.'

동봉수는 뇌정도가 동천객당으로 날아올 바로 그때 이미, 도허옥이 뇌정도 없이 충분히 당오의 공격을 막아 낼 수 있을 것이라고 예상했었다.

아니, 어쩌면 뇌정도와 뇌정도법을 쓰지 않는 본래의 그가 훨씬 강할지도 모른다고 생각했다.

아직 도허옥은 껍데기를 벗지도 않은 채였다. 여전히 그는 '도허옥'이었다.

"하하하!"

도허옥은 예의 그 호탕한 웃음을 여과 없이 토해 내며 자신의 앞을 막아서는 남궁세가 무사들을 도륙했다.

퍼버벅, 파박!

그의 손에서 펼쳐지는 기괴한 장법에 남궁세가의 무사들은 속수무책으로 나가떨어졌다.

얼마 지나지 않아, 그는 장내에서 완전히 사라졌다.

"하하하, 그럼 조만간에 정식으로 다시 찾아뵙겠습니다. 당 대협."

도허옥은 이제 이곳에 없었지만, 그의 웃음소리는 여전히 아련하게나마 이쪽으로 흘러들고 있었다.

그의 웃음소리가 완전히 잦아들 때쯤, 제왕전 쪽에서 들려오던 비명과 격투 소리 또한 거의 멈춰 들었다. 아마 그쪽의 소요 사태도 거의 진압된 것이리라.

동봉수가 보니, 당화의 상처도 생각했던 것보다는 심각하지 않아서 이미 당오에 의해 거의 안정된 듯 보였다.

하지만.

동봉수의 귀에는 계속해서 조금 전 도허옥이 남기고 간 목소리가 맴돌았다.

"조만간에 정식으로 찾아뵙겠습니다."

조만간.

'앞으로 곧'이라는 뜻이다.

동봉수는 그 앞으로 곧이 바로 지금 당장이 될 수도 있다는 걸 잘 알고 있었다.

파계를 위한 그의 경고는 비록 먹혀들었지만, 완전한 성공을 거두지는 못했다.

이제는.

어떻게 해야 하는 것인가?

동봉수는 그런 질문을 자신에게 던져 보았지만, 이번만큼은 그의 냉철한 두뇌도 그에게 아무런 해답을 내어 주지 않았다.

왜냐하면, 도허옥이 자신에 대해 아는 것이 없는 만큼 그 또한 도허옥과 그의 뒤에 있는 세력에 대해 아는 것이 아무것이 없었으니까.

그리고 이제는 도허옥이 이곳에 남아 있지도 않았다. 이 것은 동봉수가 쓸 수 있는 카드가 바닥이 났다는 뜻이었다.

임기응변.

이제 한동안은 비록 동봉수라 할지라도 순간순간 상황에 맞춰서 대처해 나갈 수밖에 없었다.

최대한 조심스럽게, 하나하나 되짚어 가면서, 조금 전 도 허옥의 뇌정도를 피할 때처럼, 그렇게 말이다.

*　　*　　*

몇 시진 뒤의 제왕전.

휘이잉.

남궁벽은 그저 앉아 있었다.

귓전을 스치는 바람이 익숙지가 않다.

하긴 그럴 수밖에. 언제 제왕전의 의상(椅床)에 앉아서 바깥의 찬바람을 쐴 수 있었겠는가.

지붕이 없어졌다.

뻥 뚫린 제왕전의 위 공간을 통해 바람이 제약 없이 들어 와 전각 안을 마구 휘젓고 다녔다.

"가주……."

단상 옆에 가만히 시립해 있던 제왕검단주 남궁방(南宮 邦)이 나직이 남궁벽을 불렀다.

그에 남궁벽이 조용히 천장이 있었던 자리를 올려다보며

말했다.

"검들은 모두 회수했는가?"

남궁벽이 말하는 검들이란 원래 저곳에 꽂혀 있었어야
할 역대 가주들의 검을 말함이었다.

"네, 가주. 다행히 검은 하나도 빠짐없이 찾았고, 파손
된 것도 전혀 없었습니다."

남궁방의 말에 남궁벽은 실소를 금할 수가 없었다.

본래라면 천장에 그것들이 고스란히 꽂혀 있었어야 정상
이 아닌가? 그런데 남궁방은 고작 검들을 온전히 회수했다
고 다행이라고 말하고 있었다. 그게 아니라면 검들이 파손
되지 않았다고 즐거워하고 있는 것이겠지.

남궁벽은 남궁방의 '다행'이라는 말이 참으로 껄끄럽게
들렸다.

그는 과연 지금 제왕전이 어떤 꼴을 하고 있는지 둘러보
고 나서 저런 말을 하고 있는 것인지 궁금할 지경이었다.

제왕전의 천장이 없어졌다는 것은 단순히 제왕전이라는
건물이 타격을 입었다는 의미가 아니었다.

이곳의 천장이 없다는 말은 제왕전의 지붕이 사라졌다는
뜻이고, 이제는 가주들의 검들을 원래 자리에 다시 꽂아 넣
을 수가 없게 되었다는 말과 같았다.

그 말인즉슨, 삼제구왕진의 진핵이 사라졌고, 이제 세가
내부 곳곳에 설치된 삼제구왕진의 부핵들이 유명무실해졌
다는 말이었다.

삼제구왕진의 진핵이 바로 제왕전 지붕에 진식(陳式)에 맞춰서 박혀 있던 전대가주들의 검들이었던 것이다.

　남궁벽은 휑하니 구멍이 난 위쪽을 올려다보던 자세를 유지한 채 남궁방에게 말했다.

　"삼제구왕진을 복구하려면 얼마나 걸리겠는가?"

　남궁벽의 생각에는 지금 상황에서 가장 선행되어야 할 것이 바로 방진을 원상태로 돌리는 일이었다. 하지만 그게 현 상황에서 지극히 어렵다는 것은 묻고 있는 남궁벽도 알고 있었고, 질문을 받은 남궁방도 잘 인지하고 있는 사실이었다.

　"……최소한 한 달은 소요됩니다. 가주……."

　"허허……."

　허탈한 웃음만이 나올 뿐이다.

　강력한 적에게 포위된 형국인데, 한 달이라는 긴 시간 동안 방진이 없이 버텨야 한다니.

　남궁벽은 오전에 제왕전의 지붕이 무너진 직후, 무림맹 본단과 정기적으로 왕래하는 전서구(傳書鳩)를 띄웠다.

　하지만 소용이 없었다. 이곳을 포위한 적들은 전서구가 풀릴 것에 대비해서 벌써부터 세가 주변에 해동청골(海東青鶻)을 수십 마리나 풀어놨었던 것이다.

　전서구는 하늘에 떠오르자마자, 해동청골의 날카로운 발톱과 부리에 갈가리 찢겨 그 형체도 알아보기 어려울 정도가 되어 버렸다.

모든 전서구가 죽는 데에 걸린 시간은 채 일다경도 되지 않았다.

이제 누군가 정주에 직접 가서, 무림맹주에게 이 소식을 전하지 않는 다음에야 남궁세가 본연의 힘만으로 이 위기를 극복해야만 했다.

하지만 그게 쉬웠다면 남궁벽의 얼굴이 이렇게 근심스럽지는 않았으리라.

보고를 받은 바로는 도허옥이 비록 도망치기는 했지만, 그 실력이 당오에 못지않았다고 했다. 그렇다는 것은 일대일로는 남궁세가의 누구도 도허옥에게 맞설 수 없다는 말과 다름 아니다.

게다가.

"단, 네 명이었어……."

제왕전을 이렇게 만든 이들, 즉, 도허옥의 방에 숨어 있던 자들은 남궁벽의 자조 섞인 읊조림처럼 기껏 넷에 불과했다.

그들은 제왕검단의 무사들이 도허옥의 방을 수색하러 들어오자마자, 숨어 있던 곳에서 튀어나와 남궁세가의 무사들을 공격했다.

혹시나 하던 일이 현실화된 것이었지만, 그 정도로 강할 것이라는 건 완전히 예상 밖이었다. 그러나 남궁벽과 남궁세가의 고수들을 놀라게 한 건 단지 그것뿐만이 아니었다.

그들을 제압한 후 알아낸 그 네 명의 정체는 더욱 놀라웠다.

주철마편(朱鐵魔鞭) 옥나팽(玉羅澎), 일도칠살(一刀七 殺) 파천수(巴闡岫), 그리고 음양쌍마.

도허옥의 방에 숨어 있던 자들은 이렇게 네 명이었다.

이들 넷은 천하에 이름이 자자한 전대의 마도고수들이었 다. 하지만 무엇보다도 남궁벽을 놀라게 한 사실은 그들 모 두가 이름 높은 마도고수들이라는 점이 아니라, 그 넷 중 두 명이 음양쌍마라는 것이었다.

도허옥의 명성 대부분이 음양쌍마를 꺾으면서 얻은 것이 었는데, 그런 음양쌍마가 도허옥의 방에 숨어 있었다니. 남 궁벽과 남궁세가의 고수들로서는 기도 안 찰 노릇이었다.

"처음부터 전부 계획된 것이었어……."

도허옥의 행보는, 그 등장에서부터 남궁세가에 들어와 남궁혜와 혼례를 하게 되기까지의 그 모든 과정이 빈틈 하 나 없이 잘 짜인 한 편의 연희였던 것이다.

아침에 있었던 일련의 일들은 남궁벽과 남궁세가, 아니 무림 전체가 도허옥에게 철저히 농락당했다는 것을 방증하 는 단적인 사건이었다.

만약 어젯밤 정체불명의 침입자가 남긴 '흉조(兇助)'가 없었다면 혼례를 그대로 강행했을 테고, 남궁세가는 꼼짝없 이 도허옥에게 당했을지도 모를 일이었다.

하지만 상황은 여전히 좋지 않았다.

원흉인 도허옥을 남궁세가 밖으로 쫓아냈고, 그가 데리

고 들어온 네 명의 흉객(兇客)들을 모두 죽였다는 사실도 남궁벽을 안심시키지는 못했다.

여전히 도허옥은 살아 있고, 남궁세가가 포위된 상황이 해소된 것이 아니었기 때문이었다.

거기에다가 '객이 아닌 객'은 전과 같이 세가 어딘가에 숨어 있었다.

그가 남궁세가에 이로운 정보를 줬다 하더라도, 그 진의 는 여전히 의문투성이였다.

내우외환(內憂外患).

지금 남궁세가의 상황을 달리 어떻게 표현할 수 있겠는 가?

남궁벽은 자신의 대, 아니, 남궁세가가 소호변에 제왕지 가라는 현판을 내건 이후 가장 큰 위기에 봉착했다고 생각 했다.

그는 슬슬 저물어 가는 해를 보며 아침에 있었던 일과 도 허옥에 대해 생각하다가 고개를 내리고는, 남궁방을 쳐다보 며 말했다.

"파악된 적의 세는 어느 정도라고 했는가?"

남궁벽은 이미 보고를 받았었지만, 다시 한 번 확인하는 것이었다.

혹시나 잘못 들은 것일 수도 있지 않을까 하는 마음에서 였다. 하지만 남궁방에게서 돌아온 대답은 역시나 절망적이 었다.

"천뢰대와 천궁검단에 의해 확인된 수만 일천은 족히 된 다 했습니다."

최소한 일천. 절대 적은 수가 아니었다.

저 수만 하더라도 하례객을 제외한, 남궁세가 무사들의 총인원과 비슷한 숫자였다. 지금까지 보고된 바로는 적의 일반무사들의 무공 수준은 절대 남궁세가에 못지않았다.

질적으로 큰 차이가 없고, 수도 비슷하다.

아니, 족히 일천이라는 말은 최소한으로 잡은 수였으니, 더 많을 수도 있었다. 게다가 적들에게 추가로 합류할 병력 이 더 있다면?

상상하기 싫은 일이었지만, 그럴 가능성은 충분히 있었 다.

"적어도 일천이라……."

남궁벽은 자신이 읊조리는 적어도란 단어. 그것에 어깨 를 무겁게 짓누르는 걸 느꼈다.

그는 눈을 조용히 감으며 다시 한 번 남궁방에게 물었다.

"저쪽 절정고수의 수는 얼마나 되는지 아직 파악되지 않 았는가?"

사실 무림문파끼리의 대전에서는 머릿수보다 고수의 수 가 그 승패를 가르는 데에 훨씬 중요했다.

만약 절정고수가 남궁세가 쪽에 더 많다면 이 싸움은 얼 마든지 유리하게 끌고 갈 수도 있었다. 남궁벽이 묻는 것은 바로 그런 측면을 확인하는 것이었다.

하지만 이번에도 남궁방의 대답은 비관적이었다.

"……죄송합니다, 가주. 세가의 일반무사들로는 도저히 거기까지 알아낼 수가 없었습니다. 무리해서 대주들을 투입했다가는 또 안 될 것 같아 일단은 일반적인 정찰만 수행하고 있습니다."

상대에 대해 다 알고 싸워도 이길까 말까인데, 아는 것보다 모르는 것이 더욱 많았다.

그에 반해, 상대는 남궁세가에 대해 너무도 잘 알고 온 것이 눈에 보였다. 당연히 그 준비마저 철저한 것은 불문가지였고 말이다.

이래서야 남궁세가는 상대가 이끄는 대로 끌려다닐 수밖에 없었다.

나가서 맞서 싸울 수도, 가만히 앉아서 당할 수도 없는, 진퇴무로(進退無路)의 상황에 빠졌다고 봐야 했다.

"후…… 괜찮네. 자네가 죄송할 게 무에 있겠는가. 어차피 조사하나 마나일 걸세. 절정고수의 수도 절대로 남궁세가에 못지않겠지. 상대가 그들이라면 굳이 눈으로 확인해 보지 않아도 알 수 있는 일일세. 자네는 너무 괘념치 말게나."

상대는 천마성이다. 공격하지 않았다면 모를까, 공격을 시작한 시점에서 분명히 이쪽에 못지않은 전력을 데리고 왔음은 자명한 일이었다.

도대체 천마성이 왜 뜬금없이 안휘성에 나타나 남궁세가

를 공격하는가?

남궁벽은 그것이 너무도 궁금했지만, 그가 알아낼 방도
는 없었다.

지금 남궁세가와 남궁벽이 처한 상황은 마치.

손발이 묶이고 눈에 가리개가 씌워진 상태에서 두들겨
맞고 있는 것 같달까?

적에 대해 아는 것도 없는데, 피해는 빠르게 누적되고 있
었다.

아침에 있었던 첫 충돌에서 벌써 남궁세가는 큰 타격을
입었다.

도허옥과, 그의 방에 숨어 있던 적에 의해 이미 단주 한
명과 십여 명에 가까운 장로들이 전투 불능에 빠졌다. 거기
에다가 남궁세가의 최정예 무사 집단인 제왕검단의 단원들
이 이 할 이상 죽거나 중상을 입었다. 또, 정찰에서는 별
큰 소득도 없으면서 세가무사들이 부지기수로 죽었고, 지금
도 죽어 나가고 있다.

아직까지는 치명적인 피해를 입었다고 말할 수는 없었지
만, 지금과 같은 양상이 계속된다면 결국은 버티지 못하고
무너지게 되리라.

거기에다가, 세가의 피해도 피해였지만, 더욱 큰 문제는
도허옥과 남궁혜의 혼례를 축하하러 온 하례객들도 다수가
죽어 버려, 그들 모두 불안에 떨고 있다는 점이었다.

"하례객들은…… 후…… 지금 어쩌고 있는가?"

"지금 객당을 벗어나게 해 달라고 아우성치고 있습니다."

아침에 있었던 일을 수습하던 과정에서, 남궁세가는 일단 모든 객들을 객당 안에 머물게 했다. 누가 간자이고 객인지 분간할 수 없었기 때문이었다.

하지만 하례객들 처지에서는 마른하늘에 날벼락이었다. 혼례를 구경하거나 축하하러 왔다가 목숨이 위태로운 상황에 처한 데다, 그들을 지켜 줘야 할 남궁세가에서는 뾰족한 대책도 없이 그들을 객당 안에 구금까지 시켰으니…….

남궁세가에서는 천풍단과 무애검단을 총동원해서 오후 내내 어제 혈골문을 남긴 자를 색출하려 했지만, 찾을 수 없었다.

당연한 일이었다. 아무런 물증도, 심지어 심증이 가는 사람도 없었으니까.

삼성광을 뿜어낼 때의 공력으로 미루어 보면 침입자가 될 만한 사람은 당오밖에 없었다.

하지만 당오가 범인일 리는 없었다. 그는 남궁벽의 의숙(義叔)이며, 그럼으로써 남궁세가의 일원과 마찬가지였다. 또한, 큰 부상은 아니지만, 그의 손녀 당화도 아침에 부상을 입었다.

"당숙은 어쩌고 계시는가?"

남궁벽은 당오에 대해 생각이 미치자, 그가 지금 어떻게 하고 있는지 궁금해졌다.

"약당(藥堂)에 계십니다."

남궁방의 말에 남궁벽이 고개를 끄덕였다.

당화가 상처를 입었으니, 자연히 당오는 그녀의 치료를 위해 같이 약당에 머무르고 있으리라.

남궁벽은 허허로운 표정으로 다시 고개를 들어 하늘을 올려다봤다.

바쁜 하루가 지나가고 서서히 해가 지고 있었다. 그럼에도 하늘은 구름 한 점 없이 맑았다.

남궁세가에는 이렇게나 짙은 암운이 드리워져 있는데, 하늘 저만 저렇게 맑게, 그렇게 말이다.

남궁벽은 당장 어떻게 해야 할지 알 수 없어 눈을 감고 생각에 잠겼다. 그때 가만히 그가 명령을 내려 주기만을 기다리고 있던 남궁방이 조용히 입을 열었다.

"가주. 외람되지 않다면 제가 한 말씀 올려도 되겠습니까?"

남궁벽이 눈을 뜨며 남궁방을 향해 고개를 끄덕였다.

제왕천검단주는 전통적으로 남궁세가주의 오른팔이었고, 현 제왕천검단주인 남궁방도 마찬가지였다.

남궁벽은 평소에도 그가 조언하는 것은 웬만하면 들어주는 편이었다. 하물며 이런 상황에서는 더 말해 무엇하겠는가.

"제가 볼 때, 현 상황에 대처하는 길은 크게 세 가지가 있습니다. 항전, 도주, 전령. 이렇게 세 가지입니다."

남궁벽이 가만히 남궁방을 쳐다봤고, 남궁방이 이야기를 계속해 나갔다.

"항전은 그 뜻 그대로 이곳에서 죽을 각오로 적과 총력 전을 벌이는 것입니다. 도주는, 일시에 전 인원이 세가를 빠져나가 한 방향을 뚫고 그쪽으로 정면 돌파를 하는 것입 니다."

남궁방의 말에 남궁벽이 생각할 것도 없다는 듯이 고개 를 좌우로 저으며 말했다.

"세 번째로 넘어가게. 앞선 두 개가 안 된다는 건 자네 도 잘 알잖는가?"

결사항전을 해서 반반의 확률만 있었다면 이런 고민을 하지도 않았을 것이다.

도망가는 건 있을 수도 없는 일이었다.

남궁세가가 세가를 버리고 도주하는 순간, 남궁세가는 더 이상 제왕세가일 수가 없다. 남궁벽은 남궁세가의 가주 로서 이곳에서 장렬히 전사할지언정 그런 선택을 할 수는 없었다.

남궁방의 본론도 사실은 세 번째 것이었다.

바로 뒤이어 그의 이야기가 이어졌다.

"전령은, 누군가 지금 상황을 무림맹에 전하고 지원을 기다리는 방법입니다. 여기서 정주까지의 거리를 따져 봤을 때 신법을 써서 간다면 일주일이 채 걸리지 않습니다. 정말 무리한다면 왕복으로 십 주야면 지원 병력을 데리고 이곳까지 올 수 있을 것입니다."

남궁방의 이야기를 들은 남궁벽은 이번에도 고개를 내저었다. 사실 남궁방이 하는 이야기는 그가 모두 고려해 본 방법이었다. 남궁벽이 남궁방에게 낮게 가라앉은 목소리로 말했다.

"자네 방법은 잘 알겠네만, 남궁세가의 누가 있어 저들의 포위망을 뚫고 정주까지 갈 수 있겠는가?"

그러자 남궁방은 마치 그 말을 기다렸다는 듯 바로 대답했다.

"전령이 꼭 남궁세가의 사람일 필요는 없지 않겠습니까?"

남궁벽은 남궁방의 이야기를 듣자마자 그가 누구를 생각하고 이런 말을 하고 있는지 알 수 있었다.

남궁세가의 사람은 아닌데도, 믿을 수 있고, 신법과 무공 또한 무척이나 고절한 사람.

그에 부합되는 사람이 지금 세가 내에 딱 한 명 있었다.

"자네 말은 당숙을 정주로 보내자는 말인가?"

"네, 가주. 저희에게는 선택의 여지가 없습니다. 그분이 아니시라면 지금의 상황을 타개할 방법이 도저히 보이지 않습니다."

"하나, 그분이라 한들 혼자서 저 많은 적들의 포위망을 뚫을 수 있을까는 의문이네만?"

도허옥 혼자서 당오와 자웅을 결할 정도였는데, 몇 겹인지 알 수 없을 정도로 중첩된 적을 뚫고 당오가 홀로 정주까지 갈 수 있겠는가. 남궁벽의 말은 그런 뜻이었다.

하지만 남궁방은 이미 그 점에 대해서도 생각해 놓은 것이 있었다.

"혼자서라면 이신이나 삼괴가 아닌 다음에야 도저히 저 포위망을 뚫을 수는 없을 것입니다. 하지만 혼자서 가지 않으면 되지 않겠습니까?"

"그게 무슨 말인가? 그 말은 곧, 세가원들을 총동원해서 일시적으로 적진에 구멍이라도 뚫자는 뜻인 건가? 하지만 그렇게 하다가 잘못되면, 우리가 도리어 역습을 당해 세가의 입구가 뚫릴 수도 있음이야."

남궁벽의 말에 남궁방이 살짝 고개를 저었다.

그가 생각한 건 그런 수가 아니었기 때문이었다.

"아닙니다. 제가 생각한 방법은 적진에 빈틈을 만들자는 것이 아닙니다."

"음?! 그게 무슨 말인가?"

"지금 세가에는 도망가고 싶어서 안달이 난 수백 명의 인원이 있습니다. 그리고 그 안에는 혈골문을 남긴 침입자도 있지요. 그자를 굳이 걸러 낼 수 없다면, 통째로 밖으로 내보내는 것도 한 방법이라고 생각합니다."

"흠, 어차피 통제되지 않는 전력을 밖으로 보내면서, 보이지 않는 적도 제거하고 지원 병력까지 요청한다 그 말인가?"

"네. 그자의 속셈이 뭔지는 모르겠지만, 우리의 아군도 아니고 적의 편도 아니면서, 고수라는 것만은 분명한 사실입니다. 자연스레 스스로 위험에 빠지면 그 본색을 드러내 적들을 척살하게 될 것입니다."

"하지만 말일세. 하례객들이 과연 이대로 쉽게 세가를 벗어나려 하겠는가? 세가 주변에 천라지망이 펼쳐진 걸 알게 되면 누구도 빠져나가려 하지 않을 걸세."

"가주, 남궁세가가 있는 이곳은 육로만으로 연결된 곳이 아니지 않습니까? 배를 내어 준다면 그들은 앞 다투어 세가를 떠나려 할 것입니다."

"그렇기는 하겠네만, 적들은 소호 쪽에도 포위망을 펼쳐 놓았을 수도 있네."

"당연히 그럴 것입니다. 하지만 생각보다 그리 두텁지는 않을 것입니다. 왜냐하면, 소호는 그 자체로 바다처럼 넓기도 하고, 그 너머에는 장강까지 있습니다. 그들의 천라지망이 저 드넓은 소호 전체를 넘어 장강까지 뻗치리라는 건 있을 수도, 상상할 수도 없는 일입니다. 또한, 장강의 수로는 장강십팔수로채의 절대적인 영향력하에 있고, 소호의 통제권은 대부분 저희 남궁세가가 가지고 있었습니다. 그 말은 소호에서 배를 아무리 동원한다 하더라도 우리보다 많을 수는 없으며, 전선(戰船)도 아니라는 뜻입니다. 그렇다면 적들은 소호변의 육로만 봉쇄하고 있을 가능성이 높다는 의미입니다. 만약 남수문으로 남궁세가의 배들이 한꺼번에 빠져

나간다면 적들은 소천(巢川)의 초입에 무사들을 집중적으로 배치할 수밖에 없을 것입니다."

소천. 소호에서 장강으로 넘어가려면 반드시 거쳐야 하는 장강의 지류 중 하나.

만약 남궁세가에서 장강으로 배를 타고 가려면 반드시 지나쳐야 하는 하천이 바로 이 소천이다.

지금 남궁방이 하는 이야기는 적들이 넓디넓은 소호를 모두 감당할 수 없으니 반드시 그쪽으로 병력과 배를 집중시킬 것이라는 말이었다.

남궁벽은 남궁방의 이야기를 들어 보니 확실히 괜찮은 생각인 것도 같았다.

저렇게 하면 손발이 묶이고 눈이 가려진 상황에서, 최소한 발이라도 자유롭게 풀려날 수 있지 않을까. 한순간 그런 생각이 들었다.

하지만.

"자네 말을 들으니 그럴 것도 같구먼. 하지만 그렇게 하면 하례객 대다수가 죽을 걸세. 밖에서 기다리고 있는 적은 천마성이야. 지방의 소문파가 아닐세."

효율적인 방법이었지만, 저렇게 하면 필연적으로 막대한 희생이 있을 수밖에 없었다.

그것도 남궁세가 무사들의 것이 아닌, 다른 이들의 피가 무수히 장강에 흐르게 될 터.

남궁방은 굳은 표정으로 남궁벽에게 다시 한 번 강하게

주장했다.

"그건 어쩔 수가 없습니다. 어차피 그들이 이곳에 객으로 온 것은 뭐라도 얻어먹으려고 찾아온 자들이거나 이미 얻어먹은 자들이 대부분입니다. 이곳에 남아서 계속해서 방해가 되느니, 이런 식으로라도 남궁세가에 도움이 되는 쪽이 더 옳다고 생각합니다."

"……."

남궁방의 말은 지독히도 냉정했다.

그렇지만 그런 만큼 지극히 현실적이기도 했다. 어차피 지금 객들을 이곳에 남겨 둬 봤자 전력에 전혀 도움이 되지 않았다. 오히려 그들을 감시해야 했기에 전력에 손실만 될 뿐이었다.

그리고 무엇보다도 당장 남궁세가가 살아날 방도가 보이지 않았다. 그나마 지금 남궁방이 제시하고 있는 방법이 가장 나아 보였다.

일이 잘되어, 하례객들이 소천의 입구만 뚫는다면 장강으로 건너가 남궁세가와 협정을 맺은 장강십팔수로채의 도움을 받을 수 있을 것이다.

게다가 이 방법을 사용하면, 남궁벽의 신경을 계속 거슬리게 하는 '객이 아닌 객'을 비로소 세가 밖으로 내보낼 수가 있었다.

월만제몰.

이 글귀를 머릿속에서 지우기 위해서라도 남궁벽은 남궁방의 의견을 받아들일 수밖에 없었다.

남궁벽은 잠시 더 생각을 했지만 역시나 다른 방법은 없었다. 결심을 굳힌 그는 남궁방을 보며 마침내 실행 명령을 내렸다.

"자네는 지금 즉시 나가서 가용할 수 있는 배를 모조리 띄우고, 하례객들과 세가 내 고공들과 하인들을 모두 남수문 쪽으로 집결시키게."

"네, 가주!"

남궁방은 힘차게 대답하고는 잠시의 망설임도 없이 제왕전을 빠져나갔다.

남궁벽은 남궁방이 완전히 빠져나갈 때까지 기다렸다가 천천히 자리에서 일어섰다.

그는 다시 한 번 고개를 들어 하늘을 바라봤다.

뻥 뚫린 천장을 통해 붉은 노을이 진 하늘이 보였다.

그 모습이 마치 물 위에 피가 흘러 사방으로 번진 것처럼 보였다면 착각인 것일까?

남궁벽은 오래지 않아 다시 고개를 원래대로 내리고는 제왕전을 벗어났다.

그의 발길이 향하는 곳은 바로.

약당이었다.

　　　　　*　　　*　　　*

　후르륵.

　약당에 흐르는 약 내음만큼이나 은은한 다향이 약당의
내실에 그득히 퍼지고 있었다.

　그리고 그 차를 들이켜는 목 넘김 소리가 조용히 내실 안
의 고요를 깨고 있었다.

　내실 한편에 위치한 원탁에는 네 개의 찻잔이 놓여 있었
지만, 그 차를 마시는 사람은 주로 한 사람이었고, 나머지
세 사람은 그의 이야기를 가만히 경청할 뿐이었다.

　그, 남궁벽은 이야기를 하는 중간중간 차를 한 모금씩 마
시며 계속해서 이야기를 이어 갔다. 그렇게 찻잔의 바닥이
거의 다 드러날 때쯤, 자신이 하려고 했던 모든 말을 끝냈
다.

　그의 이야기를 모두 들은 당오는 이미 완전히 식어 버린
차를 한입에 다 털어 넣고는 냉랭하게 말했다.

　"언제 떠나면 되지?"

　쪼르륵.

　남궁벽이 당오의 빈 잔에 다시 차를 채우며 말했다.

　"오늘 바로 떠나시면 됩니다."

　남궁벽의 오늘 바로란 말에 내실의 또 다른 구성원인 당
화가 놀란 눈을 들어 그를 바라봤다.

　그녀는 하고 싶은 말이 있는 눈치였지만, 아무 말도 하지

않고 다시 고개를 숙였다.

어차피 자신의 의사가 중요하지 않다는 걸 잘 알고 있었기 때문이었다.

반면 동봉수는 남궁벽의 입에서 놀라운 말이 연신 쏟아져 나와도 놀라지 않고 침착한 자세를 유지했다.

이미 남궁벽이 하는 이야기 중 대부분은 그럴 것이라고 짐작을 하고 있었던 것이었으니까. 동봉수가 몰랐던 것이라고 해 봐야, 남궁세가를 둘러싼 세력이 천마성이라는 것과 남궁방이 제안한 이번 계획뿐이었다.

그리고 무엇보다도 이러한 침착한 모습을 당오가 원하고 있었기에 그런 모습을 취하는 것이었다.

당오가 생각하는 '무혈지체를 가진 천고의 기재 당삼'이라면 어떠한 위기 상황이 닥쳐도 쉽게 동요하지 않을 것 아니겠는가. 그래서 동봉수는 그런 '척' 연기를 하고 있었다.

마침 그 모습이 자신의 진짜 모습과 비슷했기에 위화감이라고는 찾아볼 수 없었다.

끼이익.

당오가 자리에서 일어섰다.

동봉수는 그가 지금 바로 떠나려고 한다는 것을 알았다. 끼이익 하는 듣기 싫은 소리가 다시 났다. 동봉수도 당오를 따라 일어선 것이다.

그런 그들을 올려다보며 남궁벽이 차를 한 모금 입에 대더니 입을 열었다.

"가실 때 혜아도 같이 데려가 주십시오."

그의 말에 당오가 몸을 문 쪽으로 돌리다 말고 다시 남궁 벽 쪽으로 돌리며 말했다.

"왜?"

"그 녀석과 싸우는 모습을 보여 주고 싶지 않습니다."

그 녀석이 누구를 말하는지는 당오와 동봉수도 잘 알고 있었다.

"이유는 그게 다냐?"

"혹시나 제가…… 남궁세가가 십 일도 버티지 못할까 봐 겁이 나서 그렇습니다."

이 일이 성공한다면 당오가 구원군을 데려오는 데에 걸리는 시간. 남궁벽이 말하는 십 일은 그 십 주야를 말함이리라.

"미친놈. 내가 네놈 그러도록 놔둘 성 싶으냐? 죽은 다음에 형님한테 얼마나 갈굼을 당하라고? 조카라는 놈이 숙부가 추혼독수인데, 오히려 죽은 다음에는 그 꼴을 당하라고 악담을 퍼붓고 있으니. 에잉, 쯧쯧쯧."

당오는 무림 명숙답지 않은 거친 말을 내뱉고는 그대로 약당의 내실을 빠져나갔다.

그런 그의 뒤를 따라 당화도 약당을 나섰다.

남궁벽은 둘의 등을 한 번 흘깃 보고는 씁쓸하게 웃으며 차를 들이켰다.

동봉수는 남궁벽의 자신 없는 모습에서 생각보다 사태가

훨씬 심각하고 급박하게 흘러가고 있다는 걸 느낄 수 있었다.

타박타박.

그는 문 쪽으로 걸어가며 생각했다.

조금 전 남궁벽이 한 이야기를 머릿속으로 정리한 후 분석을 하는 것이었다.

길지 않은 시간이었지만, 동봉수는 남궁벽의 계획에서 커다란 허점 몇 가지를 발견했다.

우선, 남궁벽은 삼성광과 혈골문을 남긴 '침입자'에 대해 큰 착각을 하고 있었다. 그는 침입자를 이용할 생각이라고 말했다.

침입자, 침입자, 침입자…….

남궁벽이 여러 번 침입자를 언급한 만큼 그에 대해 얼마나 신경을 쓰고 있는지 알 수 있었다.

하지만 정작 중요한 건 그 침입자가 이런 계획에 이용될 만큼 고수가 아니라는 사실이었다.

침입자는.

동봉수, 바로 자신이었으니까.

삼성광은 그의 공력과 아무런 상관이 없었고, 그저 레벨업으로 말미암은 조건반사일 뿐인데, 남궁벽은 그것만 가지고 '침입자'의 무공 수위를 계산하고 있었다.

'남궁벽의 첫 번째 패착은 나에 대한 과대평가, 그리고.'

또 한 가지 걸리는 점은.

과연 도허옥과 그의 뒤에 서 있는 세력—그것이 남궁벽이 말한 것처럼 천마성이든 아니든—이 지금 남궁벽이 들고 온 것과 같은 간단한 방법을 예측하지 못했을까 하는 점이었다.

동봉수가 극단적으로 가정해 봤을 때, 남궁세가는 세가 내의 모든 배를 동원해서 아예 세가를 버리고 소호 쪽으로 나설 수도 있었다. 그 경우 배를 동원하기 쉽지 않은 천마성으로서는 비록 남궁세가를 차지하더라도, 도망치는 세가의 일원들을 뒤쫓는 것은 쉽지 않은 일이다.

아마도 도허옥은 이런 경우도 실현 가능 범위 안에 넣었을 것이다.

그렇다면, 지금 펼치고 있는 포위의 범위도 자연스레 훨씬 넓어지고 강화될 건 당연한 일.

결코, 남궁방과 남궁벽이 예상한 것처럼 포위망이 소천의 입구에만 구애되지는 않을 터였다.

물론, 남궁방의 예측도 상식선에서는 일리가 있었다.

하지만 이미 뜬금없이 천마성이 남궁세가를 공격한 순간부터 상식은 파괴되었다.

상식 파괴, 상식 파괴, 상식 파괴…….

동봉수는 그 말을 여러 번 되뇌었다.

적들은 분명 수로를 봉쇄하는 쪽에서도 상식을 파괴하는 방법을 썼을 것이라고 생각했다.

여기서 상식이 파괴된 방법은 여러 가지가 있었지만, 가장 효과적인 방법은 하나가 아닐까?

동봉수는 상대가 소천과 소호 전체를 커버할 수 있는 아주 효율적인 방법 한 가지를 생각해 내고는 가정해 봤다. 만약 그 가정이 맞는다면, 남궁벽의 이번 계획은 절대로 성공할 수 없었다.

확률이 0인 것과 0.000……0001이나마 존재하는 것.

있는 것과 없는 것.

둘은 절대적으로 달랐다.

지금 남궁벽이 제안한 계획은 설사 도허옥의 계획이 정상적으로 흘러갔다 하더라도 나올 수 있는 계획이었으니, 적들이 세웠던 애초의 계획이 실패한 데에 대한 어긋남과는 전혀 상관이 없었다.

'두 번째 실수는, 도허옥과 적 세력에 대한 과소평가.'

한마디로, 남궁벽의 계획은 그 전제부터 완전히 잘못되었다.

두 가지 잘못된 전제하에서 이루어지는 계획, 그것이 제대로 굴러가기는 어렵다. 동봉수는 그렇게 여겼다.

드르륵.

거기까지 생각한 동봉수는 마침내 약당 입구에 도착했고, 문을 열고 그곳을 나섰다.

어차피 남궁벽의 계획을 그가 틀 방법은 없었다.

그걸 바꾸기 위해서는 자신이 그 '침입자'라는 것을 남궁벽에게 밝혀야 하는 미친 짓을 해야만 하니까.

그렇다면 그는 아까 결심한 대로 '임기응변'을 발휘해서 이 난국을 헤쳐 나갈 수밖에 없었다.

탁.

동봉수는 밖으로 나서 문을 닫으며,

'그래도 살아 나갈 확률은 존재한다.'

그렇게 다시 생각했다.

자신의 존재가 벌써, 적들이 만든 0이란 확률에 파문을 일으켰다.

벌써 한 번, 아주 작지만 적들의 계획에 균열을 일으켰다. 그걸로 이미 0이라는 확률은 사라졌다.

이제는 사느냐? 죽느냐? 5할의 승부.

그는 그렇게 확신했다.

후르륵.

남궁벽은 동봉수가 사라진 이후에도 꽤 오랫동안 홀로 차를 마셨다.

그가 약당 내실을 나섰을 때는 이미 만월에 가까운 달이 하늘 위에 높게 떠올라 있었을 때였다.

*   *   *

죽음과 달빛의 공통점이 무얼까?

바로 때가 되면 세상 누구에게나 공평하게 찾아온다는

점이다.

애써 피하려 해도 천하 모든 이의 뒤를 따라다니는 죽음의 그림자처럼, 남궁세가를 밝혀 주는 달빛 또한 당연하게도 그곳이 아닌 다른 장소까지 밝게 비추고 있었다.

승룡산의 꼭대기.

물론 달은 이곳에도 그 빛을 완연히 내려 보냈다.

그 빛살을 온전히 받아서는, 뒤로 길게 그림자를 늘어뜨리고 있는 두 사람이 있었다.

그중 검은 옷을 입은, 권태로운 표정의 남자 파가혈이 먼저 입을 열었다.

그는 팔짱을 낀 채 멀리 남궁세가를 주시하고 있었고, 말을 하면서도 시선을 다른 곳으로 돌리지는 않았다.

"변영, 아니 지금은 도허옥이라고 불러야 하나? 뭐, 아무튼지 상관없겠지. 이제부터 네놈의 변명을 한번 들어나 볼까?"

그의 옆에는 훤칠한 외모를 가진 남자 도허옥이 서 있었다.

도허옥이 입고 있던 청의는 얼마나 많은 피가 묻었는지 이미 본래의 그 색을 잃은 지 오래였다.

이제는 파가혈이 입고 있는 흑의와 거의 구별이 되지 않을 정도로 검은색으로 변해 있었다.

오늘 하루 그가 얼마나 악전고투(惡戰苦鬪)를 벌였는지는 그의 행색만 봐도 충분히 짐작이 가능했다. 그렇다 해도 그 피는 거의 대부분 다른 사람의 피였지만 말이다.

도허옥 또한 파가혈처럼 남궁세가 쪽을 바라보며 말했다.

"회영, 너는 내가 꼭 실패한 것처럼 말하는군."

"그럼 아니란 말이냐? 비록 본영(本影)이 아닌 외영(外影)이라고는 하나, 그림자 넷이 별 소득도 없이 죽었다. 그리고 변영 네놈이 지금 내 옆에 서서 주둥이를 나불거린다는 사실 그 자체만으로도 제일계는 진즉 실패한 것이야. 제일계는 네놈이 정파의 구심점이 될 수 있는 영웅이었을 때에나 성공 가능성이 있었던 거지, 지금과 같이 마을 꼬마들한테 짓밟힌 동네 개 꼴을 하고서 입만 놀리고 있으면, 그걸로 이미 일계는 끝이 난 거야."

도허옥이 파가혈의 어딘가 풀린 듯한 말투에 피식 웃으며 말했다.

"네 말은 반만 맞았어. 제일계의 핵심은 내가 정파의 영웅이 되는 것은 맞다. 하지만 내가 이 모습으로 여기 서 있다고 해서 정파의 영웅이 못 되는 것은 아니지."

도허옥의 말에, 나른한 시선으로 남궁세가만을 바라보던 파가혈이 고개를 돌려 도허옥을 바라봤다.

"그게 무슨 말이냐? 설마 남궁세가에 있는 놈들을 하나도 남김없이 때려잡은 다음, 내가 남궁세가의 후계자요, 할셈인 거냐? 그런 생각이라면 애초에 집어치워라. 정파의 떨거지들은 가문이나 문파라는 명패를 더 중요시해서 네놈을 좀 잘난 고수로는 인정할지언정 남궁세가를 다시 일으킬 남궁세가의 후계자로 생각하지는 않을 테니까 말이다. 혹 네놈이 남궁세가의 무공이라도 배웠다면 또 모를까, 지금으로서는 무리라고 봐야지. 에이, 됐고. 이러쿵저러쿵 치졸하게 변명하지 마라. 변영 너답지 않아. 광운, 그 녀석은 십여 년만에 만났어도 변한 게 하나도 없더니만, 변영 네놈은 완전히 궁상맞게 변했어. 그냥 여기서 남궁세가와 그 떨거지들을 완전히 청소한 후 본으로 돌아가서 그분께 사실대로 고하고 처분을 기다려라. 그게 더 너다운 게 아닐까 싶은……? 응?! 너……?"

파가혈이 도허옥에게 잘못을 인정하라는 식의 말을 하던 중 갑자기 놀란 표정을 지으며 입을 닫았다.

빠그작, 아그작.

왜냐하면, 도허옥의 얼굴과 몸이 갑자기 기괴하게 뒤틀리며 변하고 있었기 때문이었다.

빠박, 퍽, 빠그락…….

잠시 뒤, 도허옥이 서 있던 자리에 도허옥이란 이름을 가진 미남자는 사라지고, 웬 절세 미녀 한 명이 대신 서 있었다.

도허옥, 아니, 이름 모를 아리따운 여자가 부끄럽게 미소지으며 파가혈에게 말했다.

"이러면 어떤가요? 이 모습이라면 굳이 남궁혜라는 증인도 필요 없고, 남궁세가의 무공을 익히지 않고도 남궁세가의 후계자가 될 수 있을 것 같지 않사옵니까?"

절세 미인으로 변신한 도허옥의 음성 또한 여인의 그것과 꼭 같아 파가혈을 얼떨떨하게 만들었다.

"……설마 지금 네 모습이?!"

"그렇사옵니다. 소녀 남궁혜라 하옵니다."

그랬다.

수줍게 고개를 숙이는 도허옥의 지금 모습은 바로, 아까까지 그와 백년가약을 맺기로 했던 남궁혜였던 것이다.

그 모습에 파가혈이 파안대소(破顔大笑)하며 말했다.

"크크크크, 크하하하하!. 미안하다. 방금 한 말 취소다. 네놈은 예나 지금이나 똑같이……."

"똑같이?"

"미친놈이다, 흐흐."

통상 미친놈이라는 말은 욕이기 마련이다.

하지만 파가혈, 아니, 회영의 입에서 나온 미친놈이라는 말은 최고의 칭찬이었다.

본영과 본운(本雲)들은 모두 무본에게 직접 무공을 사사한 자들이다.

그들 모두는 어디 하나 특출난 점을 가졌고, 그 때문에 무본에게 선택되었다.

무본은 그런 점들을 극대화할 수 있는 무공을 각 영과 운에게 전수했다. 몇몇은 그 특화된 무공의 끝을 본 자들도 더러 있었다.

회영의 미친놈이란 말은 바로 그런 이들을 지칭하는 특

별한 단어였다.

도허옥, 아니, 변영 또한 그 사실을 잘 알고 있었다. 자신이 이 모습으로 변한 의미를 회영이 잘 알아들었다는 것 또한 그의 미친놈이란 말에서 짐작할 수 있었다.

"멸문당한 가문. 그리고 죽기 전 자신에게 뇌정도의 모든 진전과 내공까지 물려 주고 간 남자에 대한 복수. 게다가 이 여자는 원래 무공이라고는 하나도 몰랐다. 누구도 남궁혜가 남궁세가의 무공을 할 줄 모른다고 의심하지는 않겠지, 아니, 못 하겠지. 이 정도면 제일계를 계속해 나갈 만한 요소는 충분히 갖췄지 아니한가, 회영?"

공손했던 '그녀'의 말투는 어느새 원래 변영의 어투로 돌아가 있었다. 그에 회영이 다시 박장대소를 하며 말했다.

"크크크크, 하하하하. 좋아좋아. 아주 좋아!"

회영의 웃음에 변영도 맞장구치듯 마주 웃었다.

"하하하하. 아, 이게 아니군. 이제부터는 이렇게 웃어야 되겠지? 호호호호호!"

둘은 그렇게 한참을 웃었다.

그러던 어느 순간, 회영이 웃음을 멈추고는 변영의 아래위를 은근히 훑어보며 야릇하게 말했다.

"근데 남궁혜가 예쁘긴 예쁘구만. 네놈이 남자인 걸 아는데도 내 하물이 껄떡거리는 걸 보니."

그의 말에 변영이 여자 웃음소리를 뚝 그치고는 살벌한 표정을 지었다.

본래의 남궁혜라면 절대로 낼 수 없는 음침하고도 기괴한 음성이 그녀의 입에서 나왔다.

"당장 그 추잡스러운 물건을 원상 복귀시키지 않으면 앞으로 영원히 껄떡거리지 못하게 될 것이다. 내가, 지금 이 자리에서, 그걸 아주 예쁘게 도려낼 거니까."

회영은 변영의 말이 농이라는 걸 잘 알고 있었다.

하지만 그렇다고 껍데기만 여자인 남자한테 계속해서 군침을 흘릴 수는 없는 노릇. 그는 마른침을 한 번 꼴깍 삼키고는 하체에 달린 세 번째 다리를 진정시킬 수밖에 없었다.

그때였다.

끼아악.

저 하늘 멀리에서 비응 한 마리가 나타나더니 빠르게 이쪽으로 날아왔다.

순식간에 승룡산 꼭대기 위쪽에 도착한 매는 잠시 둘의 머리 위에서 선회하더니 급격히 그들 쪽으로 하강하기 시작했다.

점점 확대되는 매의 모습을 봤을 때, 그것은 전서구를 잡기 위해 회영이 풀어 놓았던 해동청골과 같은 종이 아니었다.

"환응(環鷹)?"

그 매는 바로 환응이라는 매로, 무림에서 꽤 유명한 한 단체가 전서구 대신 정기적으로 정보 교환을 하기 위해 키운 매였다.

그 단체의 주인은 회영과 변영도 잘 알고 있는 사람이었다.

그는 바로.

이번 제일계에 동원된 일곱 명의 그림자 중 이곳에 없는 마지막 그림자, 수영이었다.

환응이 이곳에 왔다는 건 일을 시작할 시간이 다가왔다는 뜻이리라. 회영은 원래의 권태롭기 그지없는 표정을 회복하고서는, 한쪽 팔을 수평으로 들어 올렸다.

그러자 비응이 천천히 활강하며 그의 팔에 내려앉는다. 그 매의 발에는 작고 길쭉한 목곽 하나가 매여 있었다.

뽁.

회영은 매의 발에서 목곽을 풀어내고는 곧장 뚜껑을 열었다.

곽 안을 가득 메우던 공기가 빠지며 경쾌한 소리가 났다. 곽 안에는 종이 한 장이 들어 있었는데, 거기에는 짧게 이렇게 쓰여 있었다.

부(浮).

회영은 내용을 확인하자마자 삼매진화(三昧眞火)를 일으켜 종이를 태워 버렸다. 그러고는 나른한 목소리로 툭 하니 한마디 던졌다.

"떴다는군."

밑도 끝도 없는 말이었지만, 변영은 그의 말을 알아들었다.

"벌써? 하기야 벌써라고 말하기는 힘들겠군. 이미 만월에 개시된다는 계획 자체가 어그러졌는데, 배가 지금 뜬다고 해서 이상할 건 하나도 없지."

찌익.

회영이 갑자기 바지 옷단을 뜯더니 거기에 손가락으로 이리저리 구멍을 뚫었다.

변영은 그가 무엇을 하고 있는지 잘 알고 있었기에 아무 말 없이 지켜보기만 했다.

잠시 뒤, 옷단에는 '시(始)'라는 한 글자가 새겨졌다.

회영은 그 옷단을 둘둘 말아서는 곽에 넣고 환응의 발에 다시 매달았다. 그러고는 곧장 환응을 하늘로 다시 날려 보냈다.

휠휠 날아가는 환응을 바라보며 회영이 씩 웃었다.

앞으로 벌어질 피의 향연. 그것에 대한 기대감, 그것이 그의 가슴을 들뜨게 했다.

"그럼 이 몸도 예정보다 빠르게 움직여야겠구만. 근데 넌 어쩔 거지, 변영? 여기 남아서 나하고 같이 할 거냐?"

회영의 말에 변영이 바로 고개를 흔들었다.

"아니, 나는 저 매를 따라간다."

"수영한테 간다고? 왜? 이쪽이 훨씬 더 재밌을 것 같은데?"

"모르는 소리. 저쪽이 훨씬 재밌을 거다. 내가 장담하지."

"어떻게? 아? 당오 때문에? 에이, 그 한 명으로는 남궁세가의 무게감에 안 되지."

"글쎄. 한 명이라면 모르지만, 두 명이라면 얘기가 다르지."

"두 명? 아! 어젯밤에 있었던 그 불빛?"

회영은 도허옥이 말하는 그자가 누구인지 금방 알 수 있었다.

"그래, 그 불빛. 그자는 남궁세가의 인물이 아니니, 무조건 저쪽으로 오겠지. 나는 어제 그 빛을 못 봤지만, 들은 바로는 이신삼괴 수준의 공력은 될 것 같더군. 어쩌면······ 진짜 이신삼괴 중 한 명일지도 모르지. 혹은 그들의 전인일 수도 있고. 아니라면 은거기인 정도는 되지 않겠나?"

"아, 젠장. 네 말을 들으니까 저쪽이 훨씬 구미가 땡기는걸?"

"넌 여기서 마무리나 잘 지어라. 저쪽 일은 나하고 수영한테 전부 맡기고."

"근데 말이야. 어제의 그 대단한 섬광이 정말 온전히 공력만으로 이루어진 것이라면······ 너와 수영 둘이 협공해도 그자를 이기지 못할 거야."

"그렇겠지. 하지만······ 그건 그것대로 재미있지 않겠나? 하하······ 호호."

남자인지 여자인지 분간하기 어려운 웃음을 끝으로 도허옥이 무릎을 굽혔다.

 떠나기 위해 도약을 준비하는 것이었다. 그가 방향을 잡은 쪽은 남쪽, 방금 환응이 사라진 소호 방면이었다.

 그가 막 무릎을 펴며 뛰어오르려던 바로 그 찰나였다.

 "아, 근데 변영. 가는 길 조심해라. 내가 우리 애들을 이 근방에 쫙 깔아 놨거든. 너도 알다시피 우리 천마성 애들이 무진장 거칠어."

 회영의 말에 변영이 피식 웃었다.

 그와 동시에 변영의 아름다운 얼굴과 가냘픈 몸매가 일그러지기 시작했다.

 빠그작, 빠작, 아그작, 아작……

 얼마 지나지 않아 남궁혜는 사라지고, 대신 그 자리에 지독히도 권태로운 표정을 짓고 있는 사내 한 명이 무릎을 한껏 굽히고 있었다.

 "이러면 됐나? 흐흐흐."

 얼굴, 말투, 웃음. 그 모든 것이 자신과 너무 똑 닮았다. 회영은 변영의 새로운 모습에 헛웃음을 흘릴 수밖에 없었다.

 팟!

 변영이 마침내 승룡산 정상을 떠났다.

 그 모습을 바라보는 회영은 고개를 절레절레 저으면서 혼잣말을 흘렸다.

"광운 녀석이 재수 없는 것만큼, 저놈도 재수 없군. 의미는 많이 다르지만. 근데, 내 모습으로 변했으면, 옷도 내 옷으로 갈아입어야 하는 거 아닌가? 변신하기 전에 여기서 갈아입고 변신하든가 하지. 크크크."

그 음탕한 말을 끝으로 회영도 장내에서 사라졌다.

배가 뜨고, 잠시 삐걱거렸던 무본의 대계가 다시 흘러가기 시작했다.

第十章

초가(楚歌)

絶
世
狂
人

　"한나라 군대는 이미 이 땅을 전부 차지했는지 사방에서
초의 노랫소리뿐. 대왕의 운이 다 되었거늘 천한 첩이 어찌
살기를 구구히 바라리오."

　— 우희(虞姬), 초패왕(楚覇王) 항우(項羽)의 총희(寵姬)

　악한들은 성공을 확신하고 그에 걸맞은 노력을 한다. 그
래서 그들은 성공한다.

　— 샤를 보들레르(Charles Pierre Baudelaire),
프랑스 시인

*　　*　　*

한밤. 하늘에는 거의 만월에 가까운—어쩌면 이미 만월일 수도 있다— 둥근 달이 떠 있다.

그 아래 소호에는 수십 척의 크고 작은 배들이 빠르게 앞으로 나아가고 있었다.

남으로, 남으로.

쏴아아, 쏴아아.

시원하게 물살을 가르는 배들.

비록 타고 있는 사람 대부분은 남궁세가의 인원이 아니었지만, 배들은 남궁세가의 것들이었다.

대체로 구성원은 이번 혼례를 축하하러 온 하례객들이었는데, 그들 중 몇몇은 남궁세가에 남았으나 절대 다수는 배에 올랐다.

세가에 남은 자들 중 몇몇은 아직 이번 사태가 얼마나 위중한지 파악을 못 했거나, 남궁세가에 남는 것이 더욱 안전할 것이라고 판단한 자들이었다.

하나, 그런 자들은 극소수에 불과해서, 감시를 해야 하는 남궁세가는 한시름 덜게 되었다.

그리고 그들을 뺀 나머지는 남궁세가의 하인들과 고공, 그리고 그 식솔들이었다. 남궁벽이 반 강제로 배에 태운 것이었다.

어차피 소천 근처에 도착하면 싸움이 벌어질 터. 그전에 노를 젓는 데에 '희생양'들의 힘을 뺄 수는 없는 노릇이 아닌가.

그런 남궁벽의 속셈을 모르는 하례객들은 자신들만 도망가는 것에 대해 미안함과 고마움을 느끼고 있었다.

당연하게도 그들은 본인들이 무사히 장강에 도착할 것이라는 사실에 대해 추호도 의심하지 않았다.

단, 선단의 맨 후위에 있는 배에 타고 있는 네 명, 동봉수, 당오, 당화, 그리고 남궁혜.

그들만큼은 소천에 위험이 도사리고 있다는 걸 잘 알고 있었다.

개중에서도 동봉수는 남궁벽이 예측한 것보다, 소천에서 기다릴 실제 적들이 예상보다 훨씬 위험할 것이라고 확신하고 있었다. 남궁벽이 겨우 진퇴양난 정도라고 생각하고 있다면, 동봉수는 지금 상황을 사면초가(四面楚歌)에 처한 것과 같다고 느끼고 있었다.

그가 고개를 돌려 뒤를 바라봤다.

탈출하는 배들 중 가장 후위에 처져 있는 관계로, 그의 시야를 가리는 것은 간간이 잠에서 깨 수면 위로 튀어 오르는 물고기 몇 마리뿐이었다.

야밤의 쌀쌀한 물안개 저 너머로 웅장한 규모의 장원이 보였다. 그것은 바로 안휘제일의 장원, 남궁세가였다. 하나, 동봉수의 시선은 거기에 오래 머무르지 않았다.

현재로서는 저곳이 가장 위험한 곳이었다. 남궁세가로 되돌아가는 것은 일고의 가치도 없었다.

앞.

그의 시선이 다시 전방으로 향했다.

그렇다면 지금 향해 가고 있는 저 앞은 어떠한가? 이대로 몇 시진 아무런 방해 없이 나아간다면 남궁벽이나 당오가 생각한 대로 소천이 나타날 터였다.

하지만.

동봉수의 생각에는 저곳도 후방 못지않게 위험했다. 남궁벽과 당오는 소천을 뚫는 일이 그나마 가장 안전하고 수월하리라 판단했겠지만…….

'내 생각이 맞는다면 소천에 도착한다 해도, 아니, 소천에 도착해서 그곳을 돌파하는 데에 성공한다 하더라도 결코 장강으로 진입할 수는 없을 것이다.'

동봉수는 남궁벽의 순진함을 비웃었다.

아직도 적이 얼마나 철저히 준비하고 이곳에 들이쳤는지 사태 파악을 못 하고 있다고 느꼈다.

포위라는 단어는 주위를 '꼼꼼히'에워싼다는 뜻이다.

남궁벽은 그 꼼꼼히라는 말의 의미를 다시 되새겨 볼 필요가 있으리라.

물론, 살아남는다면…… 그리고 그런 연후 그럴 수 있는 여유가 남아 있다면 말이다.

전방과 후방이 모두 고려 대상에서 사라졌다.

동봉수의 시선이 이번에는 오른쪽으로 갔다가 왼쪽으로 향했다. 양쪽 어느 쪽이든 저 멀리 호변(湖邊)을 따라 수십 개의 불빛이 어른거리고 있었다. 아마도 남궁세가를 포위하고 있는 세력의 후위 부대일 것이다. 아주 멀어서 그 수를 명확히 알 수는 없었지만, 횃불 분포 정도를 고려해 봤을 때 결코 적지 않은 숫자였다.

그것들은 선단이 가는 속도에 맞춰 점점 남쪽으로 이동했다.

그렇다 하더라도 모든 불빛이 배들을 따라온 건 아니었다. 만약의 사태를 대비해 일정 간격마다 불빛 하나씩이 남아 있었다.

아마 배들이 흩어져서 일시에 양방향으로 상륙할 것에 대비하는 것이리라.

그 모습에서 동봉수는, 단 한 명도 살려 보내지 않겠다는 상대의 강한 의지를 읽을 수 있었다.

그때 동봉수는 처음으로 느꼈다.

상대가 어쩌면 남궁세가를 멸망시키는 게 목적이 아니라, 남궁세가에 있던 사람들과 하례객으로 참여한 사람들을 모두 죽일 목적으로 이번 일을 꾸민 것은 아닌가, 하고 말이다.

"……."

그 불빛들 때문에 이미 선단 전체에는 불안감이 감돌고 있었다.

하례객 대다수는 사실 이야기로만 전해 들었지, 아직 남궁세가를 포위하고 있는 적의 실체를 직접 눈으로 확인하지는 못했다. 그러다가 지금 자신들이 추격당하고 있다는 걸 확실히 목도했으니, 불안할 수밖에.

그래도 동봉수의 눈에는 전후방보다는 양안(兩岸)이 상대적으로 덜 위험하게 보였다.

하나, 그렇다 하더라도 기슭에 배를 대어 상륙을 시도하는 것은 여전히 위태롭기 그지없는 일이었다. 설사 무사히 배를 대고 육지에 오르는 데에 성공한다 하더라도 이내 적들의 거센 추격이 시작될 테니까 말이다.

그러므로 앞서와 마찬가지로 상륙 또한 선택하기 힘든 옵션이었다.

전후좌우 모두 생각할 수 없는, 아니, 생각하기 싫은 선택지라는 것이 쉽게 판명됐다.

그렇다면 이제 어디가 남았는가? 어느 쪽으로 빠져나가야 생존 가능성이 높은가?

논리적으로 따진다면 아직 더 남아 있었다.

동봉수가 이번에는 고개를 들어 위를 바라봤다.

삐아아아아아아악—

병아리의 울음소리를 수백 배 늘린 듯한 매의 괴명(怪鳴)이 소호의 야음을 점령하고 있었다.

하늘을 날 방법도 없지만, 설사 날 수 있다 하더라도 저 해동청골들이 상공을 누비고 있는 이상 날아서는 이곳을 빠져나갈 수 없으리라.

이제 끝인가?

아니다. 아직 한 군데 더 있기는 했다.

바로 그의 발아래, 즉, 배의 아래 소호. 하지만 이건 고려할 가치가 아예 없다. 물에 빠지는 순간 바로 죽음과 직결된다.

한밤의 물속에서 과연 얼마나 버틸 수 있을까? 아마 오래지 않아 저체온증으로 사망하게 될 것이다.

혹시라도 버틸 수 있다면? 그렇다 하더라도 길게 살아남지는 못할 테지.

체온 저하에 대한 문제는 차치하고서라도, 날이 밝으면 어쩔 것인가? 이곳에 남아 있다면 여전히 사면초가일 수밖에 없었다. 결국에 생존하려면 전후좌우 어느 쪽으로든 헤엄쳐 가야 했다.

이제 탈출이 가능한 모든 방향을 따져 봤다.

전후좌우상하. 갈 수 있는 곳과 갈 수 없는 곳을 모두, 하나도 빠짐없이 훑어봤지만, 어느 한쪽으로라도 뚫을 가능성은 희박해 보였다.

'그렇다면 어떻게 해야 하는가?'

동봉수는 계속 생각했다.

살 길은 막막했다. 이제는 조금이라도 생존 가능성이 높은 쪽을 선택해야 한다.

지금으로서는, 이제까지처럼 그의 옆에 뒷짐을 진 채 저 멀리 앞만 주시하고 있는 당오를 믿는 것이 가장 나은 길이었다.

하지만 아무리 따져 봐도 이 방법은 지금과 같이 안 좋은 상황에서나 최선일 뿐이지, 차악(次惡)에 다름 아니었다.

이대로 물에 뛰어들어 자살하는 최악의 수를 택할 수가 없으니 취할 수밖에 없는 마지막 선택.

아니, 어쩌면 이나마도…….

'최악일 수도 있지.'

동봉수의 눈이 배 한쪽 구석으로 향했다.

그곳에는 두 여인이 쪼그리고 앉아 있었다.

천하에 다시없을 만큼 아름다운 미인들. 바로 남궁혜와 당화였다.

하지만 남궁혜는 도허옥의 배신으로 인해 지금 완전히 얼이 빠져 있었고, 당화는 아까 다친 상처가 쑤시는지 살짝 얼굴을 찌푸리고 있었다.

둘이 정상적인 상태였어도 당오에게는 짐 덩어리였다.

당오가 비록 절세의 고수이긴 하지만, 몸은 하나고 손은 두 개인 사람일 따름이었다.

만약 절체절명의 위기가 닥친다면 그는 당연히 저 둘을 구할 것이다. 어쩌면 자신을 포함한 모두를 구할지도 모르겠다.

하지만.

당화, 남궁혜, 그리고 '당삼', 이 셋 중 하나를 반드시

버리고 가야 한다면,

'그것은 분명히 내가 될 것이다.'

손녀와 의형의 손녀. 그녀들보다 자신의 가치가 당오에게 높기는 어려우니까 말이다.

지금까지 생각한 모든 것들은 가정에 불과했지만, 실제로 그에게 닥친 현실이고, 실현 가능성이 높은 일들이었다. 그것도 아주 많이.

보통 이쯤 되면 누구나 생존을 포기할 법도 하지만, 동봉수는 절대로 포기하지 않았다. 그는 끝도 없이 생각을 거듭했다.

왜 살아야 되는지 그 이유에 대해 잘 알지 못했지만, 그는 살아남기 위해 노력했다. 그리고 지금까지처럼 그냥 살아남을 것이다.

물론.

그 이후에도 계속 그럴 것이라고 확신했다.

쏴아아아, 쏴아아.

동봉수의 뇌 회전이 빨라질수록 배들의 속력도 더욱 빨라져만 갔다. 그렇게 두어 시진이 더 흘렀을까?

여전히 탈출하는 하례객들의 귀에는 배가 물살을 가르는 시끄러운 소리와 매들의 울음소리만이 간헐적으로 들려올 따름이었다.

넓디넓은 소호는 그들에게 그 끝을 쉽게 보여 주지도, 알려 주지도 않았다.

성읍 몇 개를 지나칠 정도의 거리를 미끄러져 왔건만, 아직까지 소천은 그 코빼기도 비치지 않고, 여전히 소호의 양 기슭을 따라 횃불들이 따라붙고 있었다.

다만 그 밝기가 밝아지고 있는 걸로 봤을 때 조금씩이나마 호수의 폭이 줄어들고 있다는 것을 알 수 있었다.

쏴아아, 쏴아아.

다시 몇 시진이 더 흘렀다.

드디어 양옆의 육지가 육안으로 확인이 될 정도로 가까워졌으며, 물살 또한 상당히 빨라지고 있었다.

하천이 가까워진다는 징조이니, 이제는 진짜로 소천이 멀지 않았으리라.

그 사실에 정적이 감돌던 선단에 안도의 기운이 서서히 퍼져 나가고 있었다. 사람들이 어느 정도는 위기 상황을 모면할 수 있을 것 같다고 느끼는 것이었다.

반면, 당오와 당화의 표정은 점점 굳어져 갔다.

아마 치열한 전투 직전의 긴장, 그런 것이겠지.

그런 그들의 얼굴을 한 번씩 훑어본 동봉수의 표정은 여전히 무표정했다. 하지만 그의 두뇌는 여전히 빠르게 돌아가고 있었다.

생각할 시간이 이제 얼마 남지 않았음을 잘 알고 있었기 때문이었다.

그러던 어느 순간.

"소천이다! 소천이 보인다!"

전위의 배에 타고 있던 누군가가 크게 외쳤다.

아직 동봉수의 눈에는 보이지 않았지만, 호수의 폭이 급격히 줄어들어 1㎞가 채 되지 않는 걸로 봤을 때에는 정말로 소천의 초입부에 접어든 것이 분명했다.

사람들은 너나 할 것 없이 환호성을 질렀다. 그즈음, 호변을 따라 배들을 쫓던 불빛들이 그 속도를 완만하게 줄여나가고 있었다.

동봉수는 그 이유를 명확히 알고 있었지만, 당화에게는 그것이 이상하게 보였는지 당오를 보며 의문을 표했다.

"어? 할아버지, 따라오던 불빛들이 더 이상 쫓아오지 않아요."

"그렇구나……."

당오 또한 적들의 이상 행태에 양미간을 좁히며 얼굴을 찌푸렸다. 그는 불빛들이 더 따라오지 않는 데에서 불안감을 느꼈다.

설혹 저 소천의 초입을 적들이 봉쇄했다손 치더라도, 이곳에 있는 배들은 무려 수십 척이었다.

게다가 이 배에 나눠 탄 인원이 수백 명에, 고수도 적지 않았다.

또한, 비록 머릿수만 채우고 있다고는 하지만, 남궁세가의 하인과 고공, 그리고 그들의 식솔들도 적지 않게 있었다. 이 모두를 상대하려면 호변에서의 지원이 필수였다. 그런데 적들은 오히려 소천에 도달하기 직전 추격을 멈추었다.

'이건 무슨 뜻인가?'

저 앞의 전력만으로 충분히 이곳의 배들을 모두 막을 수 있다는 뜻인가? 그게 말이 되는가? 그 정도의 대병력을 남궁세가를 포위하는 데에 사용하고도 소천 입구를 완벽하게 봉쇄할 정도로 많은 마졸들을 데려왔단 말인가?

당오가 그 문제에 대해 의문을 품을 그때, 최전방에 있던 소수의 배들이 속도에 박차를 가해 앞으로 쭉쭉 나아가기 시작했다. 그들에게는 호변의 불빛이 따라오지 않는 것이, 적들이 추격을 포기한 것이라고 여긴 것이다.

'아니다, 이건 아니야. 뭔가 잘못됐다.'

아무리 생각해 봐도 당오로서는 적들의 움직임이 이해되지 않았다.

그는 결국 내공을 실어 최대한 큰 소리로 선단 전체에 그의 목소리를 전달해 배들의 속력을 할 수 있는 한 최대 한도로 낮췄다. 하지만 이미 앞으로 나아간 배들은 멈출 생각이 없는지 더욱 빠르게 전진해 나갔다.

그에 탈출 선단은 금세 두 부류로 분리되었다. 먼저 앞서 가는 배들과 당오를 따라 뒤로 처진 배들.

그 둘 사이의 거리가 백여 장쯤 벌어졌을 때였다.

"우아아아!"

"원군이다!"

"지원군이 나타났어!"

앞선 배들에서 환호성이 들려왔다.

그 소리에 동봉수는 올 것이 왔다는 걸 깨닫고, 당오와 당화는 당혹감을 금할 수가 없었다. 도대체 저들이 왜 적들을 보고 반가운 듯 소리치는 것인지 알지 못했기 때문이었다.

하나 둘이 그 이유를 알아차리는 데에는 그리 긴 시간이 필요치 않았다.

"장강십팔수로채다!"

"남궁세가주의 연락을 받았나 봐!"

"장강수로채가 남궁세가를 구원하러 왔다!"

전위의 배들에서 쏟아져 나오는 외침은, 나타난 '원군' 이 장강십팔수로채의 수적들이라고 말하고 있었다.

그걸 증명이라도 하듯, 이내 소천의 초입부로부터 배들이 쏟아져 나오기 시작했다.

그 배들은 하나같이 날렵하게 생긴 쾌선이었는데, 배 앞부분에 상아로 만든 커다란 충각(衝角)이 하나씩 달려 있었다. 저렇게 생긴 쾌선은 장강유선(長江流船)이라 하여 장강십팔수로채의 주력 선박이었다.

그리고 배마다 선수에 기가 하나씩 꽂혀 있었고, 거기에는 열여덟 마리의 큰 물고기가 뒤엉킨 그림이 수놓아져 있었다.

곤(鯤).

그 물고기는 그런 이름을 가진 신화 속 동물.

그 몸길이가 몇 천 리에 이를 정도로 크고, 한 번 지느러미를 퍼덕이면 구만 리를 헤엄쳐 가며, 한 번 꼬리를 치면 해일이 일어 삼천 리 바다를 뒤집어엎는다고 알려져 있는 곤은, 바로 장강십팔수로채를 상징하는 동물이다.

장강십팔수로채의 수적들은 곤을 신어라고 부르고, 그 깃발을 신어기(神魚旗)라고 부른다.

"신어기…… 정말로 장강십팔수로채인가?"

나타난 배들은 진짜로 장강수로채의 선박들이었다. 자연히 거기에 탄 이들은 장강십팔수로채의 수적(水賊)들이리라.

"장강십팔수로채? 할아버지, 저들이 왜 이곳에 나타난 거죠? 남궁 숙부께서는 그런 말씀 없으셨잖아요? 혹시 저희가 남궁세가를 빠져나온 다음 장강수로채에 전령이라도 보낸 것일까요?"

당화가 당오에게 말했다. 그녀의 목소리가 들뜬 걸로 봤을 때 그녀는 장강십팔수로채를 정말 원군으로 생각하고 있는 모양이었다.

하지만 당오는 그게 아니라는 걸 잘 알고 있었다.

남궁벽이 장강십팔수로채의 구원을 얻을 수 있었다면, 애초에 이렇게 무리하게 하례객들을 탈출시켰을 리가 없지 않은가.

거기에다가 이곳까지 오면서 충분히 보지 않았는가? 장강으로 가는 모든 경로는 봉쇄되어 있었다. 하늘길이 막힌 상태에서, 도대체 어느 전령이 배보다 빨리 장강수로채에 도달할 수 있었겠는가.

설사 장강수로채에 남궁세가가 포위되었다는 소식을 전할 수 있었다 하더라도, 저들이 출진 준비를 하고 이곳까지 오는 데에는 못해도 사나흘은 걸릴 터. 무엇보다도 저들의 배가 너무 많았다. 이미 남궁세가를 빠져나온 배의 숫자보다 더 많은 수의 배들이 소천의 입구를 모두 봉쇄하고 있는데도, 계속해서 더 나타나고 있었다. 그 끝을 알 수 없을 정도로.

"……원군이 아니다. 저들은 원군이 아니야! 배를 돌려야 한다!"

"네? 그게 무슨 말씀이세요?"

"모르겠느냐? 천마성과 장강십팔수로채가 손을 잡았다! 어서 빨리 이곳을 빠져나가야 한다!"

"……!"

당오가 드디어 장강십팔수로채가 원군이 아니라 적이라는 것을 완전히 확신했다.

하지만 동봉수가 볼 때는 이미 많이 늦은 상황이었다. 적들은 쾌선이라 이쪽보다 월등히 빠른 속도로 움직일 수 있고, 이곳의 배들은 이미 속도를 늦추면서 그 가속도까지 잃은 상황이었다. 그나마 다행이라면 대다수의 배들이 당오를 따라 후위에 남았다는 점, 그 하나뿐이었다.

그런데 예상했던 위기가 닥쳤는데도, 동봉수의 눈은 한

점 흔들림도 없었다.

무엇인가? 그는, 동봉수는 무엇을 보고 있는 것인가?

그의 어둡게 침잠한 눈빛이 암울하게 반짝이고 있었다. 그의 잠잠한 눈은 곤이 정성스레 수놓인 장강십팔수로채의 신어기에 고정되어 있었다.

'찾았다. 드디어!'

동봉수가 마음속으로 그렇게 외칠 그때는 이미 전위의 배들이 장강수로채의 쾌선들과 상당히 근접한 상태였다.

그 배들에 타고 있던 하례객들은 여전히 소호가 떠나갈 듯 환호성을 지르고 있었다.

자기들이 범의 아가리에 머리를 들이밀고 있다는 것도 모른 채 말이다.

잠시 뒤.

그들 중 가장 앞장 선 배가, 죽 늘어선 장강수로채의 배들과 얼마 떨어지지 않은 거리까지 다가갔을 때였다.

갑자기 쾌선의 선실에서 수적들이 우르르 밖으로 쏟아져 나왔다. 그들의 손에는 하나같이 활이 들려 있었다. 화살촉들이 달빛을 받아 예리하게 반짝이는 걸 보니 얼마나 날카롭게 벼려진 것인지 알 수 있었다.

"쏴라!"

쾌선 위의 누군가가 외치자,

쐐쐐쐐쐐쐐색!

이내 장강수로채라는 비구름에서 화살비가 쏟아져 나왔

다. 그리고 그 비는 집중호우가 되어 무모하게 앞서 가던 배들의 갑판 위를 삽시간에 고슴도치로 만들어 버렸다.

"으아아악!"

"끼아아!"

환호성이 비명으로 바뀌는 것은 정말 한순간이었다.

쿵쿵!

뒤이어, 장강수로채의 배들이 진격을 시작했다. 그들은 전속력으로 미끄러져 와서는 남궁세가의 배들을 향해 부딪쳤다.

퍽, 쿠르르르.

강력한 충각에 부닥친 배들은 이내 포말을 일으키며 물속으로 가라앉았다.

앞서 갔던 배 상당수가 작고 빠른 배들이었기에 더욱 쉽게 충각에 손상을 입었다.

그 소리가 메아리쳐 이내 뒤에 처져 있던 배들에까지 전달되었다.

만월의 달빛이 이리도 사람들을 야속하게 만들 때가 있었던가?

월광은 사람들의 눈을 대낮처럼 밝게 했고, 그로 말미암아 잔혹하게 짓이겨지는 하례객들과 배들이 너무도 생생하게 보였다. 그것은 살아남은 이들을 공포에 질리게 하기에 조금의 부족함도 없었다.

"으, 으아아아!"

"도망쳐! 도망쳐라!"

통제 불능에 빠진 배들이 일시에 뭍 쪽으로 노를 젓기 시작했다. 당오가 타고 있는 배도 그의 통제를 벗어나 가장 가까운 뭍 쪽으로 움직이기 시작했다.

후위에 처져 있던 배들 대부분은 그나마 가까운 우측 호변으로 방향을 틀었다. 당오도 특별히 다른 수가 보이지 않았기에 배가 그쪽으로 향하는 걸 말리지 않았다.

하지만 그것 또한 그리 희망적이지는 않았다.

추격을 멈췄던 천마성도들의 횃불들이 다시 움직임을 개시한 것이었다.

그것들은 얼마 지나지 않아, 배들이 정박할 곳을 머리 선점해 버렸다.

육지는 금세 횃불의 물결에 뒤덮였고, 뒤쪽에는 쾌선들이 일으키는 파문이 거세가 몰아닥치고 있었다.

뒤는 장강수로채, 앞은 천마성. 최악의 형국을 맞게 되었다.

"할아버지! 어떻게 해요?! 장강 쪽으로 갈 수도, 뭍으로 갈 수도 없겠어요!"

당황한 당화가 안절부절못하며 당오에게 말했다. 그러자 당오는 얼굴을 굳히며 대답했다.

"일단…… 뭍으로 간다."

"하지만 저기……!"

당화가 눈으로 뭍 쪽을 가리키며 말을 얼버무렸다.

이제 꽤 많이 가까워져서 횃불뿐 아니라, 추격해 온 검은 옷을 입은 자들이 어렴풋이 보이고 있었다.

그들이 뿜어내는 살기에 살갗이 따끔거릴 지경이었다.

그녀는 태어나서 이런 일을 겪어 본 적이 없어 벌써부터 공황상태에 빠져들었다.

그런 그녀를 보며 당오가 이를 꽉 깨물며 다시 말했다.

"그래도 저쪽으로 가는 수밖에 없다, 화아야."

당오는 뭍을 택했다.

그럴 수밖에 없다.

그가 생각할 때 물 쪽은 도저히 가망성이 보이지 않았기 때문이었다.

아무리 당오라 해도 수공에 능한 장강십팔수로채를 당할 재간은 없었다.

게다가 당오가 타고 있던 배가 탈출 선단의 가장 후위에 처져 있었던 만큼 뭍으로 퇴각할 시에는 가장 앞서 도착할 수 있었다.

당화도 가만히 생각해 보니 당오의 말이 맞는지라 말없이 얼굴만 찌푸릴 뿐, 다른 말은 하지 않았다.

하지만 사방을 울리는 비명은 정말 참기 어려웠다. 곧 자신도 그렇게 되리라는 생각이 들게 할만치 참혹했다.

그런데 그때 그녀의 뇌리를 스치는 생각이 하나 있었다.

"할아버지, 그런데 지금쯤이면 그자가 자신을 드러내야 하지 않나요? 왜 그는 여전히 모습을 감추고 있을까요? 아무리 강하더라도 사태가 이것보다 더 심각해지면 도저히 돌이킬 수가 없을 텐데⋯⋯."

당오는 당화가 말하는 '그자'가 누구를 말하는지 금세 알아챘다.

삼성광의 주인공, 측정하기 어려운 내공을 가졌을 것이라 추정되는 바로⋯⋯ '그자'.

당오도 그자가 이 배들 어딘가에 타고 있다면 이제는 모습을 나타낼 것이라고 생각했다.

그러나 '그자'는 여전히 그들의 앞에 모습을 드러내지 않고 있었다.

아니, 그렇게 믿고 있었다.

정작, 진짜 '그자'는 그들의 옆에 서서 조용히 '때'를 기다리고 있었다.

사면초가에 처한 이 위기를 모면할 그 정확한 시기를⋯⋯ 그저 말없이 기다리고 있었다.

동봉수는 가만히 고개를 돌려 다시 한 번 돌아가는 상황을 살폈다.

무모하게 소천으로 달려들던 배들은 이미 모조리 침몰했다.

그리고 그것들을 그렇게 만든 쾌선들은 어느새 이 근방까지 육박해 들고 있었다. 이곳의 배들은 급작스럽게 방향을 튼다고 아직까지 육지 쪽으로 그다지 이동하지도 못했다.

쿵쿵!

그들의 충각 공격이 다시 시작되었다.

그에 선단의 전열이 전체적으로 휘청였다. 하지만 이곳
에 남은 배들은 앞서 박살 났던 배들보다 비교적 크고 튼튼
해 충각 공격에 쉽사리 침몰하지는 않았다.

으아아아!

"한 놈도 남기지 말고 모조리 주살하라!"

누군가의 외침과 비명이 백병전의 신호가 되었다.

어차피 이렇게 된 것 이판사판이라는 생각으로 후위의
배에 탑승하고 있던 하례객들이 그들에게 부딪친 쾌선에 올
라탄 것이었다. 그리고 수적들 측에서도 마찬가지로 남궁세
가의 범선 위로 올라와 난전을 벌였다.

그래도 하례객들 중에는 제법 고수들이 있어서 육박전이
시작되자 장강수로채의 수적들을 쉽게 밀어붙일 수 있었다.

하지만 문제는 숫자였다. 적의 쾌선들은 끝도 없이 밀려
들고 있었고, 이쪽의 수는 지속적으로 줄어들고 있었다. 이
상태로 간다면 뭍에 당도하기도 전에 전멸할 판이었다.

"제기랄…… 놈들한테 철저하게 당했어……."

당오는 치열한 교전을 바라보며 낮게 침음성을 흘렸다.

그는 애초부터 적들의 손아귀 안에서 놀아났다는 걸 여
실히 깨달았다.

남궁벽이나 남궁세가뿐 아니라, 자신까지 그들의 철두철
미한 계획 안에서 좌충우돌하고 있었다.

그나마 그가 믿을 것은 이제 '그자'의 등장밖에는 없었다.

적인지 아군인지 모르겠지만, 그자가 천마성이나 장강수로채의 편이 아닌 것은 확실했다.

적의 적은 일단은 아군이라 할 수 있었다.

'그자만 나타난다면, 둘이서 어떻게 해 볼 수 있으련만……'

상황이 급박하게 돌아가고 있었지만, 그는 조금만 더 기다려 보기로 했다.

쐐새새새새색!

화살비가 밤하늘을 가르며 다시 한 번 선단 전체를 뒤덮었다. 하지만 당오 등 고수들이 밀집해 있어 수적들의 활 공격은 큰 실효를 거두지 못했다.

그러나 그렇다고 해도 이쪽의 상황은 조금도 나아지지 못했다.

배들은 간신히 방향을 틀어 육지로 향해 가고 있었지만, 그 속도가 터무니없이 느렸다.

이곳에서 육지까지의 거리는 대략 오십 장. 적들과의 거리는 지척. 후위는 이미 육박전을 벌이고 있고, 측면마저 서서히 적들의 쾌선에게 빼앗기고 있는 상황이었다.

적들은 이쪽에 고수들이 꽤 많다는 걸 알고 일부러 완전히 포위하지 않고 아군의 배들을 기슭으로 몰고 있었다.

백병전을 벌이는 곳은 후위뿐이었다.

후위에서 싸움을 벌임으로써 다른 배들을 크게 동요하게 만들고 있었다.

채 일각도 지나지 않아 수적들에게 드디어 삼면을 완전히 빼앗기고 말았다.

이제 이 상황에서 기슭에 도달해 마졸들에게 남은 일면마저 빼앗긴다면 완벽하게 포위가 되는 형국이었다. 이미 노를 젓는 이는 아무도 없었지만, 배들은 움직이던 관성에 의해 여전히 기슭으로 움직이고 있었다.

으아악! 창! 까강! 풍덩!

검과 도, 창이 부딪치는 소리, 사람이 죽어 가면서 내뱉는 단말마의 비명, 그리고 남궁세가의 하인들이 물에 뛰어들면서 나는 소리가 뒤섞여 혼란 상황을 더욱 어지럽게 하고 있었다.

아직은 하례객들보다 수적들이 죽는 숫자가 훨씬 많았지만, 점점 하례객들의 수도 줄어들고 있었다.

이 상태가 얼마간 지속된다면 어느 한순간 확 밀리리라는 건 보지 않아도 알 수 있는 일이었다.

당오는 여태까지 '그자'의 등장을 기다리고 있었지만, 이제 더는 손 놓고만 있을 수는 없는 상황이었다.

그렇다고 당화와 남궁혜를 이 배에 남겨 놓고 후위로 가서 수적들과 전투를 벌일 수도 없는 노릇이었다.

이제는 결단을 내려야 했다.

이대로 이곳에 머물러 있는다면 결국 수적들에게 붙잡혀

죽든지, 배와 함께 수장당하든지 둘 중 하나였다.

그 혼자라면 상관이 없겠지만, 옆에는 그의 손녀 당화와 죽은 의형의 손녀 남궁혜가 있었다.

그는 피가 나게 주먹을 불끈 쥐고는 남궁혜에게 불시에 달려들어 그녀의 혼혈을 짚어 기절시켰다. 그리고는 그녀를 왼쪽 옆구리에 꼈다.

"할아버지, 왜……?!"

그 모습을 본 당화가 놀라서 입을 벌렸다. 그가 무슨 생각으로 그러는지 알지 못했기 때문이었다.

반면 동봉수는 당오가 무엇을 하려는지 알았다. 그리고 드디어 '때'가 왔다는 걸 깨달았다.

당오의 무심한 눈빛과 동봉수의 차가운 눈빛이 허공에서 뒤엉켰다.

"미안하다, 지금은 어쩔 수가 없단다."

당오가 동봉수에게 말했다.

동봉수는 아무렇지 않은 듯 고개를 끄덕였다. 마치 자신과는 아무 상관이 없다는 듯.

"괜찮습니다. 그편이 저도 마음이 편할 것 같습니다. 어서 가시지요."

"……."

당오는 이 상황에서도 아깝다는 생각이 들었다.

아무 말도 없이 눈빛만으로 자신의 마음을 읽은 인재.

아니, 어쩌면 상황이 돌아가는 걸 보고 이미 예측하고 있었을지도…….

하지만.

자신이 방금 말한 것처럼…… 지금은 어쩔 수 없었다.

당화나 남궁혜를 죽게 놔둘 수는 없었다. 아깝다는 감정과 가슴이 찢어진다는 감정 둘 중 어느 쪽이 무거운지는 저울에 달아 보지 않아도 쉽게 알 수 있었으니까.

"……!"

당화는 동봉수가 하는 말을 듣고는 그제야 당오가 무얼 하려는지 깨달았다.

그는 사면 포위가 완벽하게 이루어지기 전에 자신과 남궁혜만을 데리고 이 배를 떠나려는 것이었다.

그녀와 동봉수의 눈이 문득 마주쳤다.

동봉수는 웃고 있었다. 잘 가라는 듯, 어서 가라는 듯 그렇게 여유로운 웃음이었다.

당화의 눈에 아주 잠깐이지만 미안한 기색이 스쳤다.

아무래도 아까 자신의 목숨을 구해 준 것이 동봉수였기에 그런 것이었다. 하지만 그건 극히 짧은 순간에 불과했다.

지금 이 거리에서 뭍까지는 무려 오십여 장의 거리가 있었다. 아무리 당오라 할지라도 세 명을 데리고 한 번에 날아가기에는 무리였다.

아니, 혼자서도 한 번에는 절대로 건널 수 없는 거리였다.

그런 거리를 셋이나 데리고 건넌다? 어려운 일이었다.

설사 가능하다 하더라도 뭍에 오른 다음에는 또 어쩔 것인가. 남궁혜와 소삼의 탈을 쓴 동봉수는 무공을 몰랐다. 그런 둘을 데리고 천마성의 포위망을 뿌리쳐야 한다는 게 어불성설이라고 생각했다.

당화의 눈은 금세 본래의 색을 회복했다. 언제 그녀의 눈에 미안한 기색이 어렸는지 모를 정도로 차가운 한기가 어려 있었다.

"할아버지, 얼른 가요. 저기 헤엄치는 사람들이 있군요."

그녀의 말대로 헤엄을 쳐 뭍으로 가고 있는 사람들도 꽤 있었다. 그들은 거의 무공을 전혀 모르는 남궁세가의 하인들과 그들의 식솔들이었다.

그들은 싸움이 시작되자마자 물에 뛰어들었다. 육지 쪽에 횃불이 그득하기는 했지만, 그들이 보기에도 배에 남는 것보다는 육지가 안전하다고 느낀 것이었다.

그들 중 영법(泳法)에 아주 능숙한 자는 이미 삼십 여 장을 나아간 자도 있었다. 반면, 수영도 할 줄 모르면서 물에 뛰어든 자 중에는 이미 시체가 되어 둥둥 떠다니는 경우도 있었다.

당화는 그런 자들을 손으로 가리키고는 그대로 몸을 날렸다.

팟, 탁!

"화아야!"

당오는 원래 당화까지 다른 한쪽 팔에 끼고 건너려고 했는데, 갑자기 소호로 뛰어들자 놀라 즉시 따라 뛰었다. 하지만 당화는 아무렇지도 않게 뭍 쪽으로 날아가고 있었다.

대신 다른 이들이 그녀 때문에 목숨을 잃었을 뿐.

그녀는 열심히 헤엄치고 있는 사람들의 등이나 머리를 밟고 계속해서 육지를 향해 도약해 나갔다.

그녀가 한 번씩 도약할 때마다 살아 보겠다고 열심히 헤엄치는 사람이 하나씩 불구가 되거나 머리가 터져 죽었다.

그나마 바로 머리가 터져 죽은 자들은 본인이 죽는다는 사실을 인지하지도 못한 채 죽어서 오히려 다행이었다.

어깨나 등이 으스러진 자들은 물속에서 아등바등하다가 천천히 죽음을 맞이했다. 자신이 왜 죽어 가는지도 알지 못한 채 말이다.

당화는 가장 앞서 헤엄치던 자의 머리를 마지막으로 으스러뜨리고는 그대로 물에 뛰어들었다.

그곳은 뭍과 대략 오륙 장 떨어진 지점이었다. 더 밟을 '인간 징검다리'가 없기도 했거니와 혼자서 뭍에 올라 봐야 천마성도들의 집중 공격을 받고 죽을 것이 빤했기 때문이었다.

그녀가 물에 잠겨 있자, 당오가 등평도수(登萍渡水)의 신법을 발휘해 어느새 그녀의 머리 위를 날아 뭍에 착륙했다.

그러고는 천마성도들에게 한 손으로 공격을 가했다. 비록 양손을 모두 사용하지는 못했지만, 그는 여전히 절세의 고수였다.

퍼버버벅!

기다리고 있던 자들 중에는 제법 고수들도 있었으나, 당오의 상대는 되지 못했다.

그의 몇 수에 고수들이 죽고, 그들이 사라지자 나머지는 짚단 쓰러지듯 우수수 죽어 나갔다.

당오가 그렇게 길을 여는 사이, 당화가 헤엄을 쳐 뭍에 올랐다. 고개를 돌려 이제는 잘 보이지 않는 동봉수 쪽을 한 번 쳐다보고는 그대로 당오를 따라 호변의 수풀 안쪽으로 사라졌다.

당오와 당화가 그런 식으로 배를 떠난 직후 고수들이 우후죽순처럼 배를 떠나기 시작했다.

모두들 당오가 지나간 기슭을 향해 날아갔다.

그곳은 당오가 이미 한차례 휩쓸었기에 천마성 쪽에 꽤 큰 전력 공백이 생겨 있었기 때문이었다.

팟, 팟, 팟⋯⋯.

고수들이 한 명씩 배를 떠날 때마다 물 위에 떠 있던 사람들이 시체로 변하고 있었다.

대부분은 등평도수를 펼치는 것이 불가했기에 있는 힘껏 '인간 발판'을 밟고 사오 장씩 앞으로 나아갔다.

정파고 자시고 하는 건 잊은 건지 남궁세가의 하인들을

무차별적으로 밟고 기슭으로 날아가는 하례객들. 그리고 얼마 후 무사히 지상에 안착한 그들과 천마성도들의 드잡이질이 시작되었다.

"죽어라!"

챙! 채챙!

싸움은 치열했고, 당연히 피와 살점이 난무했다.

물론, 물 위에도 시체들이 즐비했다. 그저 살기 위해 노력한 이들의 마지막은, 남궁세가에서 언제나 그랬던 것처럼.

그저 그랬다.

동봉수는 그 모습을 담담히 바라보고 있었다. 그러다가 가볍게 입을 열어 한 마디 툭 뱉었다.

"참으로 인간답군."

냉정한 말이었지만, 그에게는 그런 것들이 인간적이었다.

인간들이 막바지에 몰리면 드러내는 진짜 모습. 그런 게 정말 인간적인 것이 아닌가.

고수들의 이탈은 점점 가속화되었다.

그에 멀리서 측면을 점하고만 있던 장강유선들에서 작은 도선(導船)들이 수십 척이 쏟아져 나왔다.

도선들은 사람들이 흔히 말하는 쪽배로, 작은 만큼 그 속도가 타의 추종을 불허했다. 또한, 수적들의 노공(櫓功)은 상당한 수준이었기에 그 속도는 훨씬 배가되었다.

그들은 빠르게 이동해 물 위에 둥둥 떠 있는 시체들을 건져 내기 시작했다. 그리고 날아서 넘어오는 고수들과 전투를 벌였다.

처음에 별 방해를 받지 않고 무난히 상륙에 성공했던 고수들과는 달리 도선들의 방해를 받은 고수들은 훨씬 육지로 다가가기 어려워졌다. 그렇다 하더라도 수적들은 고수들을 아주 완강하게 막지는 않았다.

자신들이 상대하기 어렵다 싶으면 과감하게 배를 버리고 물에 뛰어들었다. 무리하게 그들을 상대하지 않고 뭍에 있는 천마성도들에게 그들의 처리를 넘기고 있는 것이었다.

이제 전투는 동봉수가 바라보는 그 어느 쪽에서나 벌어지고 있었고, 그 치열함은 공성전 때 성문을 사수하는 것을 방불케 할 정도였다.

사방은 그야말로 죽음의 향연 그 자체였다.

"으아아악!"

"끄악!"

"살려 줘!"

"다 죽여! 전부 죽여 버려라!"

"뒈져! 이 씨바! 뒈지라고 이 개자식들아!"

삐아아아아아아악!

비명, 욕설, 격투음들, 그리고 해동청골의 귀청을 찢는 울음소리.

사방팔방에 지옥도의 한 단면이 펼쳐지고 있었다.

"……"

동봉수의 귀에는 그 모든 소리들이 마치 예전 초나라의
노래처럼 들렸다.
　　사면초가.
　　초패왕 항우는 이곳 안휘의 해하(垓下)에서 한고조(漢高
祖) 유방(劉邦)의 군대에 둘러싸이면서 최후의 패배를 당
했다.

　　역발산혜기개세(力拔山兮氣蓋世)
　　시불리혜추불서(時不利兮騅不逝)
　　추불서혜가내하(騅不逝兮可奈何)
　　우혜우혜내약하(虞兮虞兮奈若何)

　　힘은 산을 뽑아낼 만하고 기운은 세상을 덮을만한데
　　형편이 불리하니 오추마(烏騅馬)도 나아가질 않는구나
　　오추마가 나아가질 않으니 내 어찌할쏜가
　　우미인아 우미인아 내 너를 어찌할거나

　　그 상황에서 자포자기한 항우가 이런 시를 읊었다.
　　그에 그의 총희였던 우희가 답가로 다음과 같은 노래를
불렀다.

　　한병기략지(漢兵已略地)
　　사방초가성(四方楚歌聲)

대왕의기진(大王意氣盡)
천첩하료생(賤妾何聊生)

한나라 병사들이 이미 모든 땅을 차지하였고
사방에서 들리느니 초나라 노래뿐인데
대왕의 뜻과 기운이 다하였으니
천한 제가 어찌 살기를 바라겠나이까

이 노래를 끝으로 우희는 자결하고, 항우는 적진을 뚫고
나가 오강(烏江)에서 끝내 우희의 뒤를 따랐다.

동봉수는 지금 상황이 꼭 그때와 같다고 생각했다.

당오는 항우, 자신은 우미인.

그리고 사방에는 적들이 득시글거리고 있고, 끔찍한 비
명이 초가(楚歌)처럼 사면을 감싸고 있다는 점이었다.

차이가 있다면 항우가 우미인 격인 자신을 버리고 떠났
다는 점, 그리고 무엇보다도 다른 점은.

우희와 항우는 자결했지만, 동봉수는 절대 그럴 생각이
없다는 것이었다.

아니, 그는 오히려 이 상황에서도 낮게 웃고 있었다.

챙챙! 푹! 서컹!

"으아아악!"

언제 올라왔는지 그가 타고 있는 배 위에도 장강수로채
라는 글자가 쓰인 옷을 입은 무사들이 올라와서는 남아 있

는 몇 되지 않는 하례객들과 전투를 벌이고 있었다.

이미 고수들은 전부 배를 떠난 상황.

이곳에 남아 있는 하례객들은 그 질적으로도, 양적으로도 이 위기를 벗어나기에는 턱없이 모자랐다.

모두들 그대로 목을 내놓고 죽는 것이 아쉬워 맞서 싸우고는 있지만, 이미 그들의 검과 도에는 혼이 실려 있지 않았다.

포기, 그리고 죽음. 그 두 단어가 그들의 머릿속을 점령하고 있었다.

단 한 사람을 제외하고는.

'이제 때가 되었다.'

동봉수가 조용히 초보자의 검을 꺼내 들었다. 그는 배가 움직이는 반대쪽, 즉, 선미 쪽으로 천천히 걸어갔다.

"죽엇!"

그를 향해 두 명의 수적이 달려들었다.

서걱.

그는 어제의 깨달음과 레벨업으로 진일보한 상태.

말단 수적들이 그의 상대가 될 리 만무했다. 소리 없는 동봉수의 검이 단 한 번에 그 둘의 황천길 티켓을 끊어 버렸다.

그 모습을 본 다른 수적들이 일제히 그에게 달려들었다.

우우웅—

동봉수의 몸에서 강렬한 기운이 뿜어져 나왔다.

스킬 운기행공이 펼쳐진 것이다.

사라라락.

서컹, 푹!

운기행공으로 상승된 전투력에 무풍검술의 묘미가 가미된 삼재검법은 실로 무서웠다. 동봉수가 몇 번 움직이기도 전에 수적 십여 명의 목이 달아났다.

푸악.

풀썩.

데구르르르르.

목에서 피가 뿜어지고, 몸이 쓰러지고, 머리가 바닥을 구르는 소리가 순차적으로 갑판 위에 퍼져 나갔다.

그와 동시에 띠링 하는 소리가 동봉수의 뇌리에 울려 퍼졌다.

[1차 전직 퀘스트 : 낭인(浪人)]

테스터 전용 직업.

퀘스트 완료 조건 : Lv. 10이상의 적 100Kill 달성.

현재 퀘스트 완료도(완료수/종료수) : 1 / 100

방금 죽인 수적들 중 레벨 10이상인 자가 한 명 있었나 보다.

백분의 일.

그 소리는 바로 전직 퀘스트의 시작을 알리는 종소리였다.

그리고 또한.

사냥의 시작을 알리는 소리이기도 했다.

시킹. 촤악.

동봉수가 초보자의 검을 크게 아래로 내려쳐 피를 떨어냈다.

그의 눈은 이미 완벽히 무심하게 가라앉아 있었다. 그는 가만히 다시 한 번 주변을 둘러봤다.

"……."

배 위에 오른 수적들과 남아 있던 하례객들의 시선이 모두 자신을 바라보고 있었다.

하지만 동봉수는 그들을 보고 있지 않았다. 이번에 오른 수적들 말고 다음에 오를 수적들이 어디쯤 오고 있는지 살피고 있었다.

저 멀리 보니, 그동안 고수들 때문에 가까이 오기 꺼려하던 쾌선들이 서서히 다가오고 있었다. 이제 도선을 띄워 조금씩 하례객들을 공략할 필요가 없어졌다고 판단한 때문이리라.

'저들이 오기 전에 끝내야 한다.'

동봉수의 시선이 다시 배 위의 수적들에게로 돌아갔다.

이미 소수만이 남은 하례객들과 싸우고 있었고, 대부분이 동봉수를 중심으로 그 주변을 에워싸고 있었다.

지금 이 배에 남은 이들 중에서 그가 가장 고수라는 것을 알아차린 것이다.

동봉수는 그걸 보며 무심한 웃음을 한 번 흘리고는 춤을 추기 시작했다.

퍽.

"끄아악!"

서걱.

"컥!"

당오나 다른 사람의 눈치를 볼 것 없는 상황.

그의 검은 실로 매서웠다. 단 하나의 헛손질도 없는 그의 검은 움직일 때마다 수적들의 급소나 목을 가차 없이 베거나 찌르고 있었다.

거기에 인벤토리술로 인한 그의 변칙술 또한 크게 효용이 있었다.

수적들은 원래 동봉수보다 약했는데, 검이 왼손, 오른손, 심지어 입에서 갑자기 나타나니 버텨 낼 재간이 없었다.

얼마 지나지 않아 1차로 배에 올랐던 수적들의 목은 모조리 동봉수의 검에 잘려 바닥 위를 굴러다니고 있었다.

"고, 고맙습니다."

그의 활약 덕분에 일단 목숨을 건지게 된 다른 하례객들의 눈에는 그가 구세주처럼 보였다.

한다하는 고수들은 이미 자신들만의 안위를 위해 배를 떠났는데, 홀로 남아 싸우는 고수였으니 얼마나 고맙겠는가. 하례객들 중 몇몇이 그에게 다가와 감사 인사를 전했다.

"당 어르신께서 완전히……."

그들은 동봉수를 당가의 무사로 생각했다.

당오가 떠나기 전까지 줄곧 그의 옆에 서 있던 사람이 바로 동봉수였으니까.

당오가 배를 떠날 때 절망했었는데, 이렇게 고수를 남기고 떠나서 다행이라고 여기고 있었다.

하지만.

동봉수는 이미 당가와 아무 상관이 없었다. 당삼이라는 이름은 당오가 이곳을 떠나는 순간 그의 뇌리에서 지워졌다.

그의 손에 들린 초보자의 검이 다시금 천천히, 그리고 소리 없이 움직였다.

스르륵.

퍽.

데구르르.

"……."

다시 또 하나의 목 없는 시체가 만들어졌다.

동봉수에게 감사 인사를 전하던 하례객은 말을 하던 그자세 그대로 죽음의 강을 건넜다.

바닥에 떨어진 그의 머리, 그리고 그 머리에 달린 입은 여전히 혀를 움직이고 있었다. 하던 말을 마저 다 하려던 것처럼.

"왜……?"

동봉수의 돌발 행동에 잠시간의 정적이 흐른 후, 죽은 자의 바로 뒤에 서 있던 하례객이 동봉수에게 본능적으로 이유를 물어 왔다.

스윽.

그리고 그의 목도 앞서와 똑같이 달아났다.

"으, 으아아아!"

그제야 사람들은 동봉수가 자신들을 위해 수적들을 벤 것이 아니라는 것을 깨달았다.

공포에 질린 사람들이 이리저리 도망쳤다.

동봉수는 굳이 당장 그들을 쫓지 않았다. 배의 공간은 어차피 한정돼 있었고, 그들이 도망칠 곳은 소호밖에 없었으니까.

그는 꽤나 여유롭게 이쪽으로 다가오는 장강 유선을 바라봤다.

'백 미터 쯤 되겠군.'

충분했다.

서행하고 있는 적들의 배를 고려했을 때 그들이 이곳까지 도착하는 데에는 이삼십 초 정도 걸릴 것이다.

거기에다가 이 정도 거리라면 적들이 자신의 얼굴을 완벽하게 식별할 수는 없다 하더라도, 최소한 자신과 하례객들이 싸우는 장면 정도는 충분히 인지할 수 있었다.

그걸 확인한 동봉수는 도망치는 하례객 중 몸이 날랜 자들을 위주로 따라가 검을 휘둘렀다.

안타깝게도 거의 레벨 10이하였던지 전직 퀘스트에는 별 도움이 되지 않았다.

그럼에도 동봉수는 쉬지 않고 움직였다.

그의 공격을 받은 자들은 수적들과 마찬가지로 그의 무풍검술과 인벤토리 신공이 섞인 공격에 얼마 버티지 못하고 모두 목숨을 잃었다.

공격을 받지 않은 자들은 공포에 질려 배 구석으로 몰려갔다가 이내 물에 뛰어들었다. 하나 그들도 그다지 오래 버티지는 못할 것이다. 한밤의 호숫물은 바닷물 못지않게 차가울 테니까 말이다.

팟!

혼자 남은 동봉수는 아까와 동일한 동작으로 피를 떨쳐냈다. 그러고는 조용히 선실 안으로 들어섰다.

선실은 이미 텅 비어 있었고 적막만이 그득했다.

선실 창을 통해 비쳐들어 오는 은은한 달빛만이 그를 반길 따름이었다.

그런데!

그가 입고 있는 옷이 어느 샌가 바뀌어 있었다. 달빛에 선명히 비치는 그의 가슴에 수놓인 다섯 글자.

그것은 바로 '장강수로채'였다.

사면초가에 처한 상황을 타개하기 위해 그가 선택한 방법은 바로 한(漢)나라의 옷을 입고 초나라의 노래를 따라 부르는 것이었다.

그리고 동봉수는 그 일을 보다 확실히 하기 위해, 자신의 얼굴을 검으로 난자했다.

곧 그의 얼굴에 수십 줄의 칼자국이 생겼고, 동봉수는 본래의 얼굴을 잃었다.

지독히 쓰리고 따끔거렸지만, 이것만큼 확실한 방법은 없었다.

지금 이 배로 다가오고 있는 수적들 중 혹시라도 이 배에 먼저 왔던 수적들의 얼굴을 아는 자가 있을 수도 있었다.

이 방법은 그걸 방지하기 위한 것이었다.

어차피 밤이라 완벽하게 그를 알아보는 사람은 없을 것이고, 그들은 이미 자신과 하례객들이 싸우는 모습을 목격했다.

누군지 모르지만, 이 배의 마지막 생존자가 수적이라는 것만큼은 확신하고 있을 것이다.

그는 마지막으로, 아까 죽인 수적들 가운데 자신과 가장 비슷한 체형을 가진 자의 호패(號牌)를 꺼내 이름을 살폈다.

거기에는 강달희(姜達熙)라는 이름이 선명히 적혀 있었다.

동봉수가 그 석 자를 머리에 아로새기는 순간.

그는 강달희가 되었다.

똑똑, 똑.

피를 떨어 낸 지 얼마 지나지 않았지만, 이내 검에 다시 피가 맺혔다.

그의 얼굴을 타고 흘러내린 피가 팔을 타고 내려가 검끝에 맺혔다가 바닥으로 하강하고 있었다.

동봉수는 바닥에 맺힌 핏물에 반사된 자신의 얼굴을 살짝 엿볼 수 있었다. 검상으로 인해 도저히 본래의 얼굴을 알아볼 수 없었다.

"괜찮군."

그는 낮게 그렇게 말하고는 선실을 빠져나갔다.

타닥, 탁.

그때를 맞춘 건지, 아니면 동봉수가 장강 유선이 다가오는 걸 보고 정확히 그들이 올라올 시간에 맞춘 것인지는 알 수 없었지만, 마침내 수적들의 쾌선이 동봉수가 타고 있는 배에 당도했다.

"이봐, 너. 괜찮아?"

그들 중 한 명이 동봉수에게 처음으로 전한 말이었다.

그만큼 동봉수의 온몸은 피투성이였고, 얼굴은 완전히 망가져 있었다.

동봉수는 손을 들어 다시 얼굴에 흐르는 피를 닦았다.

피가 더욱 번지면서 그의 얼굴이 더 엉망진창이 되었다.

그는 눈을 가리는 핏물을 다시 한 번 슥 닦고는 갑판 위를 빠르게 훑었다.

유난히 옷을 입고 있지 않은 시체들이 많이 보였지만, 시체에 신경을 쓰는 이는 아무도 없었다.

저들 중 진짜 강달희가 있겠지만, 그 누구도 그가 죽었다는 사실을 알 수는 없으리라.

"으아아아!"

쿵, 쿠쿵!

챙, 채챙!

여전히 주변에는 '초'의 마지막 비명이 끊임없이 울려 퍼지고 있었다.

강달희, 아니, 동봉수는 천천히 피묻은 검을 옷에 닦으며, 아직까지 자신을 쳐다보고 있는 수적을 마주 보며 이렇게 말했다.

"괜찮소."

그렇게 동봉수는 다시 한 번 생존에 성공했다.

외전 2

어느 정의로운 영웅의 최후

명언도 너 같은 놈이 말하면 망언이고 중2병이야.

— 누군가

* * *

퍽.

녀석의 머리는 나의 울트라 캡숑 정의봉에 완전히 으스
러졌다.

"이제 다시는 나쁜 짓 못하겠지?"

나는 오늘도 내 손을 더럽힘으로써 세상을 정화했다. 내
두 손이 붉어질수록 세상이 더욱 깨끗해지리라!!

'아! 아직 그걸 안 했군. 그걸 안 하면 히어로가 아니지? 안 그래?'

나는 녀석의 빳빳하게 세워진 교복 카라를 잡았다. 그러고는 마지막 의식을 시행했다.

"정의의 이름으로 네놈을 단죄했다. 그러니 지옥에 가서도 날 원망하지 마라. 음…… 지옥의 염라대왕한테는 더 미안해졌군. 너 같은 쓰레기를 한 마리 더 보내 더러운 지옥을 더욱 더럽혔으니 말이야. 크크큭."

아, 멋지다. 씨앙.

비록 만화 저스티스 맨의 대사를 패러디한 것이지만, 뒤의 말은 내가 추가했어. 그래서 반은 나한테 저작권이 있다고. 그리고 말이야. 저스티스 맨 같이 음침한 놈보다는 나 같은 현실 히어로한테 훨씬 어울리는 말이지. 안 그래?

나는 낮고 정의롭게 한 번 웃고는 저 미래 악당의 양쪽 볼에 칼로 'ㅈ' 자와 'J'를 각각 새기고는 그대로 현장을 떠났다.

즐겁다. 상쾌하다. 기분 째진다.

모든 걸 이룬 기분이다. 정말 이 맛에 히어로 짓을 하는 거지. 안 그래?

숨 쉴 자격도 없는 세상의 트래쉬 한 놈을 처리했다는 만족감이 나의 발길을 더욱 가볍게 한다.

룰루랄라~~

그날 저녁.

나는 엄마가 차려 준 맛대가리 없는 저녁을 먹으며 뉴스를 시청 중이셨다. 역시나 뉴스에는 나의 휘황찬란한 업적이 멋들어지게 소개되고 있었다.

"육 개월째 소비자 물가가……."

매일 반복되는 아나운서의 병신 같은 멘트는 패스.

내가 보는 것은 TV하단의 흰색 활자체였다.

[오늘 오전 9시 중랑구…… 중2 이모군 변사체로 발견.]

나는 그 기사를 보고는 기뻐 어깨를 으쓱했다.

"정의는 반드시 승리한다. 흐흐흐."

퍽.

"지랄 옘병을 해라. 정의는 니미럴. 아이고 귀신 아저씨, 아줌마들. 제발 이놈 좀 데리고 가서 정신 좀 차리게 해 주소."

"아! 왜 때려? 엄마가 뭔데 내 머리를 때려? 엉?"

퍽.

엄마의 주먹이 다시금 내 머리를 향해 미사일처럼 내려 꽂혔다.

하지만 아무리 번개 같은 동작이라도 내 눈에는 아주 잘 보였다. 그러나 나는 굳이 피하지 않았다.

이렇게 엄마와 일상생활 속에서 투닥이는 것, 그리고 능히 피할 수 있는 주먹을 피하지 않는 것. 이 모든 것들이 캐모플러쥐의 일종이지. 외국 히어로들이 그러잖아? 아, 갑옷 입고 날아다니는 놈은 좀 아니군.. 그럼 그건 빼고. 어쨌건 그 새끼들 모두 변장과 위장의 명수지. 물론 그중 갑은 헨타이 가면이지만 말이야. 안 그래?

젠장, 부럽다.

나는 갑자기 여자 팬티를 뒤집어쓰고 세상을 정화하는 헨타이 가면이 생각나자 아랫도리가 뻐근해져 왔다.

'아, 영웅물을 보면 히어로들 옆에 전부 초절정미녀 히로인들이 하나씩 있는데! 나는 이게 뭐야? 제길. 내 옆에는 고작 악마 같은 엄마뿐이라니.'

순간 억울하다는 생각이 들었다. 그때 내 얼굴을 쳐다보던 엄마가 다시 한 번 내 머리에 주먹을 날렸다.

퍽.

"야! 이 자슥아. 내일은 노가다라도 뛰어서 쌀이라도 한 톨 좀 사 들고 와! 서른 살 넘게 처먹은 놈이 매일 집에서 빈둥거리면서 쌀이나 축내지 말고. 만약 내일도 빈손으로 들어왔다가는 그냥 아주 너 죽고 나 죽고 할 테니까 그리 알어? 알았어?"

나는 이번에도 엄마의 주먹을 피하지 않고 그대로 허용했다.

크윽! 역시 엄마의 주먹은 세상 그 어느 악당의 것보다 강했다.

아무리 가족을 속이기 위한 행동이라 하더라도 더 이상 허용했다가는 생명이 위태로울 듯했다.

나는 그 길로 바로 밥 먹는 하찮은 행동을 멈추고, 내 정의의 아지트로 돌아가기 위해 자리에서 일어섰다.

'세상의 정의는 내가 살아 있는 한 살아 있어. 피스.'

퍽.

"밥이나 다 처먹고 딸 잡으러 가, 이 자식아."

"……"

히어로의 다음 행동을 저렇게 쉽게 알아채다니.

역시 우리 엄마는 히어로의 엄마다웠다……

＊　　＊　　＊

엄마의 잔소리를 견뎌 내며 식사를 마친 나는 의기양양하게 아지트에 돌아와 악을 응징하고 획득한 배춧잎 2장과 사임당 누나 1명을 컴퓨터 옆에 내려놓았다.

이 정도면 삼사 일 정도는 활동 자금 걱정하지 않아도 되지 싶다. 이로써 엄마도 한동안 내 영웅 행보를 막을 수 없겠지.

"하여간 요즘 악당 새끼들은 돈도 졸라 많이 들고 다녀. 다 다른 애들 삥 뜯은 돈이겠지? 개 같은 자식들. 전부 죽여 버려야 돼."

나는 분노했다. 도저히 정상적인 중학생이 가지고 있을 수 없는 거액은, 피할 수 없는 악행의 증거였다.

'머, 멋져! 시바!'

컴퓨터 화면에 얼핏 비치는 그런 내 모습이 끝내 줬다. 나는 핸섬한 회심의 미소를 컴퓨터에 날리고는 파워 버튼을 눌렀다.

삑—

이 팬티엄4 슈퍼 컴퓨터는 내게 악당이 있는 곳을 알려 주는, 내 조수와 같은 존재다.

언제나 나를 악당들의 전당으로 안내해 주는 고마운 기계라고나 할까나~

"자, 오늘은 어디에서 서식하는 쓰레기를 골라잡을까?"

평소 쓰레기들은 가면을 쓰고 살아간다.

하지만 인터넷에서는 그 본색을 여 없이 드러낸다. 나의 주 업무는 그런 쓰레기들을 색출해 내 없애 버리는 일이다.

그 일은 아주 귀찮고 어렵지만, 그만큼 내게 만족감을 준다. 그리고 나 같은 영웅이 아니라면 누가 있어 그런 일을 하랴?

국개의원? 견찰? 견사?

택도 없는 소리.

그런 놈들은 모두 숨겨진 악의 배후다.

영화와 드라마, 만화, 소설을 봐. 그런 놈들의 본 모습이 고스란히 드러나 있다.

지금은 아직 여유가 없어 응징하지 못하고 있지만, 언젠가는 내가 반드시 그놈들에게 정의의 철퇴를 내려칠 날이 있을 것이다!

나는 잠시 멋들어진 자세로 주먹을 쥐고 포즈를 취한 후 본격적으로 악당 검색에 나섰다.

주간 베스트, 이달의 유머, 웃긴 중학……

나는 쓰레기들이 주로 활개 치는 사이트의 게시물들을 훑었다.

아, 물론 이 사이트에 있다고 모든 인간들이 쓰레기인 건 아니다. 쓰레기들은 아주 소수인데, 나는 그런 놈들을 걸러 내는 능력이 있다.

가끔 내 눈에 시뻘건 글씨가 보이는데, 그게 바로 악당의 표식이다.

나도 처음에는 몰랐는데, 빨간 글씨로 보이는 글들이 하나같이 욕설과 초성체가 난무한다는 공통점이 있기에 그 글의 작성자들을 추적한 결과, 모두 악당들이라는 결론을 도출해 낼 수 있었다.

내가 이 능력을 각성한 것은 석 달 전이다. 어느 날 밤, 술을 먹고 집에 와서 여느 때처럼 컴퓨터를 켜 댓글들을 확인하던 중 각성했다.

그리고.

그날부터 나는 영웅이 되었다.

석 달 동안 십여 명의 악당을 처리했는데, 이상하게도 모두 중학생이었다.

아마도 내 능력은 미래에 크게 될 악당을 미리 솎아 내는 능력인 것 같았다.

그래서 더 좋았다. 그만큼 더 중요하고, 어려운 일이 아니겠는가.

요즘은 학생들이 더욱 무섭다.

그들의 다구리에 당할 사람이 누가 있어? 녀석들은 천하무적이다. 나를 제외하고 어느 누가 그놈들을 당할 수 있겠어? 안 그래?

나는 그렇게 오늘도 또 하나의 악당을 찾아냈다.

그놈이 남긴 댓글은 언제나 그렇듯 내 눈에 빨간색으로 보였다.

[아이 X밥 쉥키야. 오늘도 밥 먹고 할 일 없어서 X 잡고 반성 중이냐? ㅋㅋㅋㅋㅋㅋ]

그걸로 녀석의 운명은 결정되었다.

저스티스 맨 출동! 피스!

*   *   *

나는 놈의 IP를 따고, 녀석의 아이디를 추적했다.

이 작업은 보통 어려운 일이 아니다. 나 같은 슈퍼 울트라 초특급 매그너스 천재가 아닌 다음에야 누구도 해낼 수 없는 일.

나는 몇 날 며칠을 공을 들인 결과, 결국 녀석의 학교와 집을 알아낼 수 있었다.

그리고 다시 며칠 관찰했다. 아무리 신호를 감지했다 하더라도 녀석이 정말 죽일 만한 악당의 재목인지 아닌지 철저히 검증하는 과정이다.

마침내 나는 녀석을 죽이기로 했다.

녀석은 정말 죽을 만한 놈이었다. 며칠 동안 관찰했는데, 반 친구 누구도 녀석과 말을 섞지 않는다. 얼마나 녀석이 무서우면 그러겠어? 안 그래?

심지어 녀석은 집에 갈 때 올 때도 혼자 다녔다. 녀석은 정말 치밀한 놈이었다.

본색을 드러내는 것은 집에 들어갔을 때와 휴대폰을 만지작거릴 때뿐이었다. 그럴 때마다 어김없이 빨간 줄 글이 주간 베스트 사이트에 올라왔다.

'더는 녀석의 악행을 두고 볼 수 없다.'

나는 당장 그날 저스티스 맨으로 변신하기로 결심했다.

결행 시간은 녀석이 학원에서 집으로 돌아올 때다.

밤 10시.

녀석이 학원을 끝마치고 집으로 가기 위해 골목길을 지나치고 있었다. 주변에 아무도 없다는 걸 확인한 나는 녀석의 등 뒤로 접근해 정의봉을 휘둘렀다.

퍽.

큰 소리가 나며 녀석이 그대로 바닥에 쓰러졌다.

그런데.

이상하게 시야가 빨갛다. 왜 이러지? 이제 컴퓨터뿐만 아니라 현실에서도 각성을 한 것인가?

그 생각을 마지막으로 나는 정신을 잃었다.

*　　*　　*

왕따 킬러 J.

동봉수는 드디어 지난 몇 달간 뒤쫓던 녀석을 붙잡았다.

킬러 J는 녀석이 희생자들의 뺨에 이니셜 J와 ㅈ을 남겼기에 붙여진 별명이었다.

녀석은 아무 직업도 없는 것치고는 상당히 치밀하고 잔인했다.

동봉수가 그동안 만나 본 사냥감 중에서도 상당히 난도가 높았다.

그리고 그 행태가 일반인의 기준에서는 매우 악질적이었다. 별명에서 알 수 있듯이, 녀석은 왕따만 노려서 사냥했다. 그것도 중학생 왕따.

그는 오늘 녀석을 직접 만나 보고는 정말 특이한 점 한가지를 발견했다. 그동안 사냥해 온 다른 사냥감들과는 확연히 차별되는 특징이었다.

현대사회의 기준에서 봤을 때, 반인륜범죄를 아무렇지도

않게 저지르는 녀석의 눈이 의외로 투명하다는 것이었다.

자신처럼 아무 감정이 없는 그런 투명함이 아니었다. 진심으로 녀석의 눈은 정의감으로 빛나고 있었다.

그가 살면서 한 번도 보지 못한 완벽한 위장술이 아니라면, 녀석은…… 정말로 정의감에 넘치는 '미친놈' 이리라.

그러나.

어차피 동봉수에게는 별 상관 없는 일이었다.

그저 아주 약간의 공부가 되었다 뿐이지, 특별한 일은 아니었다. 그에게 녀석은 그저 또 하나의 사냥감일 뿐.

동봉수는 녀석을 들쳐 메고 현장 근처에 세워진 자신의 차에 실었다.

부우웅.

차가 사라졌다.

그리고.

히어로도 없어졌다.

세상은 다시 어두워졌다.

동봉수는 여전히 어둠 속에서 사냥감을 찾아 도시를 배회하고 있었다.

「절세광인 3권 계속……」

www.bbulmedia.com